LA VIE AMOUREUSE
DE NATHANIEL P.

Adelle Waldman est née en 1977 à Baltimore. Elle est diplômée de Brown University et de l'école de journalisme de Columbia University. Elle a été reporter pour le *New Haven Register*, le *Cleveland Plain Dealer* et a tenu une rubrique pour le site du *Wall Street Journal*. Elle a également publié des articles dans le supplément littéraire du *New York Times*. Elle vit à Brooklyn avec son mari, l'écrivain Evan Hughes.

ADELLE WALDMAN

LA VIE AMOUREUSE DE NATHANIEL P.

Traduit de l'anglais (États-Unis)
par Anne Rabinovitch

CHRISTIAN BOURGOIS ÉDITEUR

Titre original :
The Love Affairs of Nathaniel P.

ISBN 978-2-267-02679-5

À mes parents, Edward et Jacqueline Waldman

Pour rendre compte de ce qui se passe réellement en nous, la sincérité ne suffit pas.

George Eliot,
Romola ou Florence et Savonarole

1

Il était trop tard pour faire comme s'il ne l'avait pas vue. Juliet plissait déjà les yeux, le reconnaissant. Un instant, elle parut heureuse de découvrir un visage familier dans une rue fréquentée. Puis elle comprit que c'était lui.

« Nate.

— Juliet ! *Salut*. Comment *vas-tu* ? »

Au son de sa voix, une petite grimace crispa la bouche et les yeux de la jeune femme. Nate eut un sourire gêné.

« Tu es superbe, dit-il. Où en est le *Journal* ? »

Juliet ferma les yeux un instant. « Il progresse, Nate. Je vais bien, le *Journal* aussi. Tout va bien. »

Elle croisa les bras, fixant d'un air pensif un point situé au-dessus du front de Nate. Ses cheveux bruns étaient détachés, elle portait une robe bleue cintrée et un blazer noir aux manches retroussées au niveau des coudes. Il détourna les yeux pour fixer un groupe de gens, puis la regarda à nouveau.

« Tu prends le métro ? demanda-t-il, désignant du menton l'entrée de la station à l'angle de la rue.

— *Ah oui ?* » La voix de Juliet se voila. « Vraiment, Nate ? s'exclama-t-elle. C'est tout ce que tu as à me dire ?

— Pas du tout ! » Il recula d'un pas. « Seulement je pensais que tu étais peut-être pressée. »

En fait, il était préoccupé par l'heure. Il était déjà en retard pour le dîner d'Elisa. Il passa la main dans ses cheveux – leur abondance le réconfortait toujours.

« Allons, Juliet, dit-il. Ne le prends pas comme ça.

— Ah ? » Elle se raidit. « Je dois le prendre comment, Nate ?

— Juliet… » commença-t-il. Elle l'interrompit.

« Tu aurais pu au moins… » Elle secoua la tête. « Oh, peu importe. Ça n'en vaut pas la peine. »

Il aurait pu quoi ? Nate voulait le savoir. Mais il se représenta l'expression blessée, le visage défait d'Elisa si tous ses invités étaient obligés de l'attendre pour dîner, il entendit sa voix un peu nasale excuser son arrivée tardive d'un désinvolte « Ça n'a pas d'importance » comme si elle avait depuis longtemps cessé de se formaliser des mauvaises surprises qu'il lui réservait.

« Écoute, Juliet, c'était super de te voir. Et tu es magnifique. Mais il faut vraiment que j'y aille. »

Elle renversa la tête en arrière. Tressaillant presque. Nate comprit – c'était évident – qu'elle se sentait insultée par ses paroles. Il les regretta aussitôt. Brusquement, il ne la vit plus sous les traits d'une adversaire, mais comme une très jeune femme vulnérable, malheureuse. Il eut envie de l'aider, de lui dire un mot gentil, sérieux, sincère.

« Connard », lâcha-t-elle, lui coupant l'herbe sous le pied.

Elle le fixa une fraction de seconde puis se détourna, s'éloignant d'un pas rapide vers la rangée de restaurants et de bars qui bordait le fleuve. Nate faillit la rappeler.

Il voulait du moins essayer d'arranger les choses. Mais que dirait-il ? Le temps lui manquait.

Juliet disparut au loin, marchant à longues foulées, mais elle se déplaçait avec la raideur d'une personne décidée à ne pas montrer que ses chaussures lui font mal aux pieds. À contrecœur, Nate partit dans la direction opposée. Le crépuscule s'épaississait, la rue bondée ne paraissait plus festive mais sordide et carnavalesque. Il se retrouva bloqué derrière un trio de jeunes femmes, des lunettes de soleil perchées sur le haut du crâne, un sac à main ballottant sur la hanche. Alors qu'il les contournait à grand-peine, la plus proche de lui entortilla sa chevelure blonde ondulée autour de son cou, s'adressant à ses compagnes d'un ton supérieur, un peu nasillard. Elle lui jeta un regard fugace. Il ne sut pas si le dédain empreint sur son visage était réel ou imaginé. Il se sentait exposé, comme si l'injure de Julie avait laissé une trace sur lui.

Quelques pâtés de maisons plus loin, les trottoirs se dégagèrent. Il accéléra le pas. Il s'en voulait d'être aussi ébranlé. Bon, Juliet ne l'aimait pas. Et alors ? Ce n'était pas comme si elle s'était montrée injuste.

Il aurait pu *quoi* ? Il n'était sorti que trois ou quatre fois avec elle lorsque l'incident s'était produit. Ce n'était la faute de personne. Dès qu'il avait constaté la rupture du préservatif, il s'était retiré. Pas tout à fait à temps, cependant. Il le savait parce qu'il n'était pas le genre de type à disparaître après avoir couché avec une femme – et certainement pas dans ces circonstances. Bien au contraire : Nathaniel Piven était le produit d'une enfance postféministe des années 80 et d'un cursus universitaire conventionnel dans les années 90. Il avait tout appris sur les privilèges masculins. De plus, il était doté d'une conscience fonctionnelle qui savait se faire entendre.

Songez malgré tout à ce que cela avait représenté pour *lui.* (Marchant à présent d'un pas vif, Nate imaginait qu'il se défendait devant un public.) D'après la version politiquement correcte – déclarait-il à ses auditeurs –, c'était elle, en tant que femme, qui avait le plus souffert. Il ne le contestait nullement. Mais pour lui non plus, ça n'avait pas été une partie de plaisir. Il avait trente ans, sa carrière démarrait enfin – une issue qui, dix ans plus tôt, n'avait pas semblé inéluctable, ni même vraisemblable – quand avait surgi soudain la question d'une éventuelle paternité qui risquait de changer sa vie d'une manière radicale. Pourtant, la décision ne lui *appartenait* pas. Elle était entre les mains d'une personne qu'il connaissait à peine, d'une femme avec qui il avait couché, certes, mais qui n'était pas du tout sa petite amie. Il avait l'impression de s'être réveillé dans une de ces émissions spéciales du jeudi après-midi qu'il regardait autrefois après l'école, dont la morale imposait de ne pas coucher avec une fille à moins d'être prêt à élever un enfant avec elle. Un tissu de conneries, avait-il toujours pensé. Quelle adolescente de classe moyenne digne de ce nom – sur le point d'entrer à l'université, destinée à réussir sa carrière dans n'importe quel domaine (la direction d'une multinationale, l'obtention du prix Nobel, l'élection présidentielle) – quelle fille douée de ces qualités déciderait d'avoir un bébé et de se transformer ainsi en « statistique », selon le jargon stupide des annonces de la fonction publique ?

Lorsque Juliet lui annonça la nouvelle, Nate se rendit compte que beaucoup de choses avaient changé depuis qu'il avait étudié la question. Une jeune femme comme Juliet, occupant déjà un poste lucratif, pouvait envisager la situation autrement qu'une adolescente dont l'avenir n'était pas encore tracé. Peut-être n'était-elle guère optimiste désormais sur ce que lui réservait le destin (être la première femme présidente, par exemple, semblait peu probable). Peut-être avait-elle acquis une vision pessimiste des hommes et des relations avec eux. Et voyait-elle cet événement comme sa dernière chance d'être mère.

L'avenir de Nate était suspendu à la décision de Juliet : non seulement son avis n'était pas requis, mais il devait prendre soin de ne pas avoir l'air de l'influencer indûment. En discutant avec elle de la « situation », assis dans son séjour sur le canapé rayé bleu et blanc, une tasse de thé (!) à la main, il eut l'impression que s'il lui suggérait d'avorter, de se débarrasser du bébé ou du fœtus, peu importe comment on l'appelait, il passerait pour un monstre. (Nate soutenait le droit de la femme à choisir, avec le vocabulaire approprié.) Assis sur le canapé, il avait prononcé les mots qui sonnaient juste – c'était sa décision, il serait là pour elle dans tous les cas, etc., etc. Mais qui aurait pu lui reprocher le soulagement qui l'envahit lorsqu'elle dit – avec ce timbre de voix « Je suis une journaliste de presse écrite qui en a vu d'autres et ne supporte pas les conneries » – que, bien entendu, la solution de l'avortement allait de soi ? Même alors il s'interdit d'exprimer la moindre émotion. Il prit un ton délibéré, mesuré. Il dit qu'elle devait peser le pour et le contre. Qui aurait pu lui reprocher de s'être mal comporté ?

Elle, apparemment. Elle lui en voulait.

Nate s'arrêta à un angle de rue alors qu'un taxi privé

passait au ralenti. Le chauffeur le jaugea pour voir s'il était un client potentiel. Il lui fit signe que non.

En traversant la rue, il se persuada que Juliet lui reprochait en réalité d'avoir réagi – en y mettant les formes, certes – en lui faisant bien comprendre qu'il ne souhaitait pas être son petit ami, et encore moins le père de son enfant. Toute l'affaire était si *personnelle*. On décidait si on voulait dire oui à la personne éventuelle, oui, littéralement, au mélange de deux êtres, ou éradiquer toute trace de son existence. On ne pouvait s'empêcher de se dire que dans d'autres circonstances la vie aurait été différente – en particulier, supposait-il, si on était une femme plus ou moins désireuse d'avoir un enfant. Assis dans le séjour de Juliet, Nate avait été surpris de se sentir aussi mal, aussi triste, aussi dégoûté par sa faiblesse, par le dévergondage libidineux (il le voyait ainsi à l'époque) qui l'avait mis dans cette position inconfortable, hypocrite.

Mais tout cela faisait-il de lui un connard ? Il ne lui avait jamais rien promis. Il l'avait rencontrée à une fête, l'avait trouvée séduisante, suffisamment pour avoir envie de la connaître mieux. Il avait pris soin de ne rien insinuer d'autre. Il lui avait expliqué qu'il ne cherchait rien de sérieux, que sa carrière était sa priorité. Elle avait acquiescé, approuvé. Pourtant il était certain que toute l'affaire aurait pris un autre tour s'il avait été capable de lui dire : « Écoute, Juliet, on ne garde pas ce bébé, mais plus tard, peut-être, si l'occasion se présente… » Pourtant, s'il admirait ses manières altières, pragmatiques, son assurance, sa vitalité, ce n'était pas avec émotion, mais avec une fascination distante, comme devant un beau spécimen de personnalité. En réalité il la jugeait un peu terne.

Il avait eu cependant le comportement exemplaire qu'on aurait pu attendre de lui. Bien qu'il ait moins d'argent qu'elle, il avait pris les frais médicaux à sa charge. Il l'avait accompagnée à la clinique et avait attendu pendant l'intervention, assis sur un canapé résistant aux taches style salle commune de résidence universitaire, en compagnie d'une noria d'adolescentes pianotant frénétiquement sur le minuscule clavier de leurs téléphones portables. Après, il la ramena chez elle en taxi. Ils passèrent ensemble une agréable journée, étrangement plaisante, à regarder des films et boire du vin. Il ne quitta l'appartement que pour aller chercher ses médicaments et lui rapporter quelques provisions. Lorsque, vers neuf heures du soir, il se leva enfin pour rentrer chez lui, elle le suivit jusqu'à la porte.

Elle le fixa intensément. « Aujourd'hui… euh, ça aurait pu être bien pire. »

À cet instant, il eut lui aussi un accès de tendresse. Il repoussa une mèche de sa joue avec son pouce, s'attardant quelques secondes. « Je suis vraiment désolé que tu aies dû traverser cette épreuve », dit-il.

Quelques jours plus tard, il rappela pour prendre de ses nouvelles.

« Un peu meurtrie, mais ça va », répondit-elle.

Il était heureux de l'entendre, reprit-il. Il y eut une longue pause. Nate savait qu'il aurait dû prononcer une phrase futile ou amusante. Il ouvrit la bouche pour parler. Mais un pressentiment alarmant le gagna : ce coup de téléphone serait suivi d'un nombre interminable d'autres appels, la journée dans l'appartement de Juliet conduirait à des séances de cinéma régulières, toutes teintées d'un sens du devoir et d'un quasi-flirt agaçant.

« Il faut que j'y aille, dit-il. Je suis content que tu te sentes mieux.

— Ah. » Elle inspira. « Bon… Salut. »

Il aurait sans doute dû rester en contact après cela. Lorsqu'il tourna à l'angle de la rue d'Elisa, Nate reconnut qu'il aurait pu l'appeler ou lui envoyer un mail quelques semaines après. Mais il n'était pas sûr, à ce moment-là, qu'un coup de téléphone venant de lui aurait été le bienvenu. Cela aurait pu raviver un souvenir douloureux qu'elle préférait oublier. Il ne savait pas non plus ce qu'il lui aurait dit. Il avait été distrait, absorbé par d'autres choses – par la vie. Elle aurait pu le contacter.

Il en avait fait plus que la plupart des types. Était-il coupable de ne pas être amoureux d'elle ? *Il aurait pu faire quoi ?*

Une grosse pierre maintenait la porte de l'immeuble d'Elisa. La lumière du hall projetait un arc jaune sur le perron en béton. Nate marqua un temps avant d'entrer, il respira, passa la main dans ses cheveux. À l'intérieur, les marches ployèrent sous ses pas en grinçant. Le palier d'Elisa embaumait les oignons grillés. Au bout d'un moment, la porte s'ouvrit toute grande.

« Natty ! » s'écria-t-elle, le prenant dans ses bras.

Ils avaient rompu depuis plus d'un an, mais son appartement, au dernier étage d'une maison mitoyenne dans un Greenpoint embourgeoisé, lui paraissait encore presque aussi familier que le sien.

Avant l'emménagement d'Elisa, les murs de brique avaient été plâtrés et recouverts d'une tapisserie à fleurs. Les grosses poutres inégales du plancher étaient dissimulées sous une moquette. Le propriétaire, Joe fils, leur avait une fois montré des photos. Après plus de vingt ans, le vieux locataire polonais était parti s'installer chez sa fille dans le New Jersey. Joe avait arraché la moquette et gratté le plâtre des murs extérieurs. Son père, qui avait acheté la maison dans les années 40 et avait depuis déménagé en Floride, lui dit qu'il était fou. D'après lui, ajouter un lave-vaisselle ou remplacer la baignoire antique aurait été un meilleur investissement. « Mais je lui ai dit que ce n'était pas comme ça qu'on attirait des locataires chics, expliqua Joe un après-midi à Nate et Elisa, alors qu'il réparait quelques carreaux de la salle de bains. Je lui ai dit que les gens qui sont prêts à payer très cher adorent les baignoires sur pied-griffe. C'est une affaire de goût, je lui ai dit. » Joe se tourna vers eux, un pot de mastic dansant entre ses doigts charnus. « Alors, j'avais raison ou pas ? » demanda-t-il d'un ton jovial, le visage éclairé par un large sourire. Nate et Elisa, main dans la main, hochèrent la tête d'un air gêné, ne sachant pas comment réagir quand on les traitait de pigeons aussi ouvertement – avec autant d'à-propos.

Nate avait aidé Elisa à peindre les deux murs de parpaings en beige, par contraste avec la brique foncée et le tapis crème sous son canapé. Ils avaient acheté ensemble chez Ikea la table de la salle à manger, mais les sièges et une longue vitrine près de la porte avaient appartenu à ses grands-parents. (Ou à ses arrière-grands-parents ?) Ses rayonnages de livres montaient jusqu'au plafond.

L'aspect familier de l'appartement lui donnait à présent une sensation de reproche. Elisa avait tenu à ce qu'il soit présent ce soir. « Si nous sommes vraiment amis, pourquoi ne pourrais-je pas t'inviter à dîner avec quelques personnes ? » avait-elle demandé. Qu'aurait-il pu répondre ?

Jason, un rédacteur de magazine qui désirait depuis longtemps sauter Elisa – ce qui énervait et amusait Nate tour à tour – se cala confortablement dans le canapé, les paumes derrière la nuque. Les genoux écartés d'une manière absurde, comme s'il essayait de laisser sur le mobilier l'empreinte la plus large possible. À côté de lui était assise Aurit, une autre amie chère de Nate, récemment revenue d'un voyage d'études en Europe. Aurit parlait à une fille du nom de Hannah, qu'il avait déjà croisée ici ou là – une écrivaine mince aux seins rebondis, une fille au physique agréable malgré des traits assez anguleux. Intelligente et charmante, ou charmante et intelligente, aux yeux de presque tout le monde. Sur la causeuse était assise une femme qu'Elisa avait connue à l'université. Nate ne se souvenait pas de son nom et l'avait rencontrée trop souvent pour le lui demander. Il savait qu'elle était avocate. Le costume au menton fuyant, le bras posé sur ses épaules appartenaient sans doute au banquier sur lequel elle avait jeté son dévolu.

« On se demandait quand tu daignerais nous honorer de ta présence », lança Jason dès que Nate eût franchi le seuil.

Nate posa sa besace sur le sol. « J'ai eu quelques problèmes pendant le trajet.

— La ligne G ? » demanda Aurit avec bienveillance.

Il y eut des murmures d'assentiment, chacun s'accordant à dire que la G était la moins fiable de toutes les lignes du métro new-yorkais.

Nate s'installa sur le seul siège disponible, à côté de l'amie de fac d'Elisa. « Je suis content de te voir, s'exclama-t-il d'une voix qu'il s'efforça de rendre chaleureuse. Ça fait un bail. »

Elle le regarda sans sourciller : « Tu sortais encore avec Elisa. »

Nate crut déceler un ton accusateur dans sa voix – comme si elle avait dit : « avant que tu aies piétiné son amour-propre et détruit son bonheur ».

Il se força à soutenir son sourire. « En tout cas, ça fait trop longtemps. »

Il se présenta au banquier et essaya de le faire parler. S'il mentionnait le nom de la femme au cours de la conversation, Nate serait déchargé de ce souci. Mais l'ex-membre de fraternité étudiante la laissa le plus souvent répondre à sa place (recherche de capitaux, Bank of America, ancien employé de Merrill Lynch, transition stressante). Son moyen préféré de communication ne passait pas par la parole : il se limitait à un sourire figé et à des hochements de tête aimables et paternels.

Bientôt – mais pas forcément assez tôt – Elisa leur fit signe de s'approcher d'une table garnie de plateaux et de saladiers.

« Tout a l'air délicieux », s'exclama quelqu'un tandis que les invités entouraient la table, contemplant les victuailles avec un sourire béat et échangeant des regards ravis. Elisa revint de l'autre bout du séjour avec une assiette à pain. Elle fronça les sourcils, passa une dernière fois la pièce en revue. Un soupir satisfait s'échappa de sa bouche tandis qu'elle se laissait glisser sur son siège avec grâce, le tissu jaune de sa robe ample voltigeant autour d'elle.

« Allez-y, commencez, dit-elle, sans faire un geste pour donner l'exemple. Le plat va refroidir. »

Pendant qu'il dégustait son poulet cacciatore – qui était très bon, en effet – Nate étudia le visage en forme de cœur d'Elisa : ses grands yeux limpides, ses pommettes remarquables, la jolie bouche en cerise, la profusion de dents blanches. Chaque fois qu'il la revoyait, il était saisi par sa beauté, comme si dans l'intervalle le souvenir de ses charmes avait été déformé par les émotions torturées qu'elle suscitait en lui depuis qu'ils avaient rompu : dans son esprit, elle prenait les proportions d'une créature abjecte. Quel choc lorsqu'elle avait ouvert la porte, éclatante d'une santé vibrante, presque agressive. Le pouvoir de sa grâce, avait décidé Nate, résidait dans sa capacité à se reconfigurer constamment. Quand il pensait l'avoir expliqué, classé comme un fait acquis – *une jolie fille* – elle tournait la tête ou se mordait la lèvre, et comme un jouet qu'on secoue pour le faire redémarrer, sa beauté changeait de forme, ses composantes variaient : elle irradiait tantôt des contours élégants de son front oblique et de ses larges pommettes, tantôt de ses lèvres au timide sourire. « La belle Elisa », avait dit Nate sans réfléchir lorsqu'elle l'avait serré dans ses bras sur le seuil. Elle s'était illuminée, s'empressant de fermer les yeux sur son retard.

Pourtant, quelques instants plus tard, il s'était acclimaté. Hannah avait fait compliment à Elisa de son appartement. « Je le déteste, avait répondu son hôtesse. Il est petit, et mal agencé. L'électroménager est *incroyablement* bas de gamme. » Un bref sourire. « Merci quand même. »

L'accent plaintif de la voix d'Elisa fit resurgir chez Nate le cocktail tout aussi familier de la culpabilité, de la pitié et de la terreur. Et d'un pur agacement – causé par ce tempérament déplaisant de petite fille gâtée. Son charme se transformait en un piège irritant tendu par Calypso pour le ramener dans ses filets.

D'ailleurs, alors qu'il piquait son poulet avec sa fourchette, il remarqua les pores sur le nez d'Elisa et un peu d'acné en haut de son front, près de la racine des cheveux, des défauts si mineurs qu'il eût été indélicat de les remarquer sur la plupart des femmes. Mais chez Elisa, dont la beauté semblait exiger qu'elle soit jugée d'après un canon olympien, ces imperfections donnaient l'impression irrationnelle d'être dus à un manque de volonté ou à une faute de jugement de sa part.

« Tu travailles sur quoi en ce moment ? » lui demanda-t-elle alors qu'on faisait passer le saladier de pommes de terre pour la seconde fois.

Nate se tapota la bouche avec une serviette. « Un essai. »

Elisa redressa la tête, le fixant avec des yeux ronds qui l'imploraient de développer.

« L'un des avantages de faire partie de l'élite, c'est que nous sous-traitons l'acte d'exploitation, voilà mon sujet », dit-il en lançant un regard oblique à Jason, assis en diagonale par rapport à lui.

L'idée de cet essai était un peu floue, aussi Nate craignait-il de paraître naïf comme le garçon qu'il avait été à vingt ans, avant d'apprendre que traiter de sujets importants, ambitieux, était un privilège que les magazines n'accordaient qu'aux gens qui avaient déjà réussi. Mais il avait récemment écrit un livre. Il avait reçu une avance importante, la publication n'était pas prévue avant de nombreux mois, pourtant l'ouvrage faisait déjà beaucoup de bruit. S'il n'avait pas encore atteint le succès, il n'en était pas loin.

« Nous chargeons d'autres gens de tâches que notre sensibilité nous empêche d'accomplir nous-mêmes, reprit Nate avec plus de conviction. La conscience est le luxe ultime.

— Tu veux dire que les ouvriers sont pratiquement les seuls à s'enrôler dans l'armée et tout le reste ? » s'écria Jason assez fort pour que tout le monde se taise. Il prit une tranche de pain sur un billot. « Tu me passes le beurre ? » demanda-t-il à Hannah, avant de se tourner de nouveau vers Nate, attendant sa réponse.

Les boucles de Jason étaient enduites d'un gel brillant. Il avait l'aspect d'un chérubin diabolique.

« Ce n'est pas exactement ce que j'avais en tête, observa Nate. Je veux dire…

— Je pense que tu as tout à fait raison, Nate, interrompit Aurit, brandissant sa fourchette comme une baguette. De façon générale, les Américains sont trop éloignés de toutes les vilaines choses qui servent à protéger une vie soi-disant normale.

— C'est la perspective des Israéliens, bien sûr, commença Jason.

— C'est insultant, Jason, intervint Aurit. C'est non seulement réducteur, mais racialiste…

— C'est insultant, reconnut Nate. En réalité je ne m'intéresse pas tellement aux questions de sécurité, mais plutôt à la vie au jour le jour, à la manière dont nous évitons de nous savoir complices de l'exploitation économique qui sévit autour de nous. Prenez les magasins bio Whole Foods. Quand vous y faites vos courses, vous payez la moitié du prix qu'elles vous coûtent pour le privilège de vous sentir éthiquement pur. » Il posa son verre de vin sur la table et se mit à gesticuler. « Ou encore, prenons le Mexicain que le propriétaire paie pour sortir les poubelles devant l'immeuble deux fois par semaine. Nous ne l'exploiterions pas nous-mêmes, mais à un certain niveau nous savons que le type est un immigrant clandestin qui ne touche même pas le salaire minimum.

— Joe sort lui-même les ordures, dit Elisa. Mais il est vraiment radin.

— Y a-t-il une différence entre racialiste et raciste ? demanda l'amie de fac d'Elisa.

— C'est pareil pour les types qui livrent nos pizzas et préparent nos sandwichs », poursuivit Nate. Il était conscient de violer une règle implicite du savoir-vivre dans les dîners en ville ; la conversation, destinée à amuser, était censée être décorative. Il n'était pas question de s'investir dans le contenu du discours, mais seulement dans le ton. Ce soir-là, il s'en moquait. « Nous ne les exploitons pas nous-mêmes, dit-il. Non, nous engageons quelqu'un, un intermédiaire, d'ordinaire un petit commerçant, pour le faire à notre place, aussi nous n'avons pas besoin de nous sentir coupables. Nous profitons néanmoins de leur travail bon marché, même quand nous parlons à tort et à travers de notre progressisme – vantant les mérites du New Deal, de la journée de huit heures, du salaire minimum. Notre seul regret – en théorie – c'est qu'il ne soit pas allé assez loin.

— Excuse-moi, Nate. » Aurit leva une bouteille vide. « On devrait peut-être en ouvrir une autre ?

— Joe emploie des Mexicains pour les travaux de rénovation », dit Elisa d'une voix brouillée par l'alcool, se dirigeant vers le meuble près de la porte. Plusieurs bouteilles de vin y étaient posées, le col dépassant de sachets en plastique bariolés. Offertes par les autres invités, bien sûr. Nate reconnut l'emballage vert tilleul du *Tangled Vine*, le magasin de vins et spiritueux de son propre quartier. Sa propre négligence n'en paraissait que plus criante. Il avait eu l'intention d'acheter une bouteille en venant. Elisa choisit un vin rouge et revint à sa place. « Quelqu'un peut l'ouvrir ? demanda-t-elle avant de se tourner vers Nate. Désolée, Nate. Continue. »

Il avait perdu la suite de ses idées.

Hannah prit la bouteille. « Tu disais que nous profitons de l'exploitation mais que nos mains sont propres », lui souffla-t-elle gentiment alors que son amie lui tendait un tire-bouchon en cuivre terni assez ancien pour avoir accompagné Lewis et Clark dans leur voyage vers l'Ouest. L'un des « objets de famille » d'Elisa, sans aucun doute. « Je pense… commença Hannah.

— Ça me revient, dit Nate. Ça y est. »

Il retrouva le fil de son propos. « Par exemple, vous lisez un roman de Dickens où des garçons de huit ans travaillent dans des usines ou mendient dans les rues. Et vous vous demandez pourquoi personne ne s'en souciait ? Eh bien, nous ne sommes pas très différents. Nous savons mieux faire l'autruche, voilà ce qui se passe. À cette époque, du moins, les gens justifiaient leur comportement en reconnaissant leur mépris pour les pauvres. »

Jason s'adressa au banquier. « Si tu ne l'as pas déjà remarqué, le jeune Nate souffre d'un cas très aigu de culpabilité progressiste. »

Jason travaillait alors à un article sur l'obésité épidémique, qu'il comptait intituler « Empêchez-les de manger des gâteaux ».

Hannah se tourna vers Nate sans lui laisser le temps de répondre. Elle avait calé la bouteille au creux de son bras et, de sa main libre, tournait ce ridicule tire-bouchon. « Lorsque les gens acceptent de payer plus cher chez Whole Foods, si on suit ton raisonnement, ils s'efforcent d'être responsables, non ? demanda-t-elle. S'ils paient plus cher, n'est-ce pas pour éviter d'exploiter la main-d'œuvre bon marché ?

— Très juste », répondit Nate d'un ton satisfait. (Quelqu'un l'écoutait vraiment, se dit-il.) « Mais à qui ces prix majorés bénéficient-ils, en dehors des actionnaires de Whole Foods ? Il leur suffit de mettre la photo d'un couple lesbien sérieux sur une boîte de céréales pour nous convaincre qu'elle a été prise dans un paradis de travailleurs qui pratiquent l'amour libre. Il est dans notre intérêt de le penser parce que cela nous permet d'acheter une bonne conscience, comme tout le reste. » Il marqua un temps avant de conclure : « C'est à la base un argument marxiste, sur le caractère inexorable de l'exploitation sous le capitalisme. »

Aurit fronça les sourcils. « Tu écris cet essai pour qui, Nate ?

— Je n'en ai encore aucune idée, répondit-il. Je veux l'écrire avant de me demander s'il m'aidera à progresser dans ma carrière. »

Aurit l'étudia tel un médecin qui examine une protubérance suspecte de malignité. « Les gens ne font-ils pas leurs courses chez Whole Foods parce que la nourriture y est plus saine ? »

La bouteille de vin émit un chuintement lorsque Hannah retira le bouchon.

« Ton idée me paraît intéressante », dit Elisa.

Elisa, songea Nate, se montrait d'une gentillesse extrême très inhabituelle à son égard. Peut-être franchissaient-ils réellement un tournant, ainsi qu'elle l'avait suggéré ?

« Je le pense aussi, dit le banquier en couple avec l'amie de fac, dont Nate avait déjà oublié le nom, Kevin ou Devon, mais qui, apparemment, avait retrouvé sa voix maintenant que le vin coulait à flots. Ça fait longtemps que je n'ai entendu personne appliquer l'épithète "marxiste" à une idée comme si c'était une qualité, déclara-t-il tandis qu'Elisa remplissait à nouveau son verre. Depuis l'université. »

Nate poussa son verre dans le champ de vision d'Elisa.

Elle le servit. Les pieds des sièges grinçaient sur le parquet, les glaçons craquaient sous les molaires, les couverts cliquetaient sur les assiettes. Nate passa en revue les livres de la jeune femme. Son choix était impressionnant, par le sérieux et le bon goût dont il témoignait. Elle gardait dans la chambre la littérature de fille et les magazines féminins.

« Alors, quelle est la différence entre le racialisme et le racisme ? demanda enfin la petite amie de Kevin / Devon.

— Le racialisme, se lança Aurit avec enthousiasme, n'est pas tant une affaire d'hostilité et de préjugés à l'égard d'un groupe que…

— Hé, devinez qui a obtenu un à-valoir de 400 000 dollars pour son livre ? » l'interrompit Jason. Par politesse à l'égard d'Aurit, personne ne réagit.

« … l'attribution de qualités personnelles ou… (Aurit fixa Jason avec insistance) … la *conviction* de l'appartenance de quelqu'un à…

— Greer Cohen, acheva Jason.

— … un groupe racial. » Les mots d'Aurit restèrent orphelins. Elle fit la grimace en entendant le nom de Greer. Hannah, qui ce soir avait paru aussi agréable qu'intelligente à Nate, haussa les sourcils.

« Tant mieux pour Greer », déclara Elisa, comme une sorte d'hôtesse de Stepford dont les bonnes manières s'adressent même aux absents.

« Qui est Greer Cohen ?

— Une écrivaine. Si l'on peut dire », répondit Aurit à Kevin / Devon et sa compagne avocate.

Les amis de Nate commencèrent à énoncer des jugements divers, fort peu charitables, sur le talent de Greer, émettant des hypothèses sur les hommes avec qui elle avait couché et ceux avec qui elle s'était contentée de flirter.

« Je pense que c'est un bon écrivain, reconnut Hannah.

— Ce n'est pas ce qu'elle écrit qui me dérange, dit Aurit. Mais sa façon d'exploiter sa sexualité et d'appeler ça du féminisme. »

Nate se cala sur sa chaise, allongeant les jambes sous la table. Il n'éprouvait aucune envie de se joindre à la discussion. Il avait lui aussi touché récemment une avance importante (bien inférieure à 400 000 dollars, cependant). Il pouvait se permettre d'être magnanime.

Son verre était encore vide. La bouteille de vin ouverte était posée de l'autre côté d'un large saladier primitif en bois. Il pivota pour l'atteindre et alors qu'il se tournait, son buste forma un rempart provisoire entre les autres convives et Elisa. Elle croisa son regard, lui adressa un clin d'œil langoureux, puis inclina le visage avec un sourire en coin curieusement suggestif, prenant l'air timide mais charmeur d'une femme qui avouerait un fantasme sexuel un peu excentrique.

Nate sentit son corps se crisper. Pris de panique, sur le qui-vive. Tel un soldat qui, après s'être bien amusé pendant son tour de garde, aurait entendu se rapprocher le crépitement des coups de feu. Les rapports antérieurs sur l'amélioration du conflit s'étaient avérés mensongers. La situation sur le front était en réalité mauvaise, très mauvaise.

Le vin gargouilla bruyamment avant d'éclabousser les parois bombées de son verre.

« Attention, mon pote », dit Jason en riant. Nate l'ignora. Il avait besoin de prendre des forces pour plus tard, certain à présent qu'Elisa le retiendrait après le départ des autres invités, disant qu'ils devaient « parler ». Des avances déplacées feraient resurgir les vieux griefs. La soirée se terminerait comme si souvent par le passé, dans les larmes.

Il expira de manière audible. Une ex-petite amie – pas Elisa – lui avait dit une fois qu'il avait une respiration théâtrale.

Lorsqu'il posa les yeux sur le meuble près de la porte pour s'assurer qu'il restait encore une bouteille en réserve, il crut sentir quelque chose lui frôler la jambe, près du genou. Il commit l'erreur de se tourner pour s'en assurer.

Elisa retira ses doigts avec coquetterie.

Nate se leva d'un bond et se rua vers la bibliothèque, apparemment gagné par un désir soudain et irrépressible d'examiner son contenu de plus près. Borges, Boswell, Boulgakov. Il glissa un doigt sur le dos des livres, dont la plupart portaient les autocollants « usagé » de la librairie Brown.

Lorsqu'il se risqua à lever la tête, prenant soin d'éviter la partie de la pièce où se trouvait Elisa, il vit la mince silhouette de Hannah se détachant dans l'embrasure de la porte de la cuisine. Elle portait un haut bleu et une jupe étroite. Elle avait vraiment une jolie ligne. Elle tenait une pile d'assiettes et se retournait pour répondre à quelqu'un. Elle éclata de rire, ouvrant la bouche toute grande – un rire franc, sincère.

Hannah se tut, puis croisa le regard de Nate. Elle lui adressa un sourire chaleureux, direct, peut-être le dernier qu'il verrait ce soir. Il se demanda si elle avait un petit ami.

2

Nate n'avait pas toujours été le genre de type que les femmes traitent de connard. Il n'était devenu assez populaire pour mériter un tel sort que depuis peu.

Dans sa jeunesse, on l'avait jugé « agréable ». C'était aussi un enfant prodige des classes d'excellence, un orateur vedette, un auteur de chansons en herbe dont l'hommage à Madonna[1] destiné à lui donner des points en plus, la « Semaine d'appréciation des mathématiques » – « Tel un cosinus (résolu du premier coup) » – avait malheureusement été diffusé à l'intention de toutes les classes supérieures. Il jouait depuis la seconde dans les équipes universitaires de football et de baseball (bien entendu, il fréquentait un externat juif), mais n'avait jamais acquis une réputation d'athlète. Il ne rebutait pas les filles à proprement parler. Elles sollicitaient son aide en biologie ou en mathématiques, et même pour résoudre leurs problèmes personnels. Elles flirtaient avec lui quand elles avaient besoin de renforcer leur ego, puis lui racontaient leurs béguins pour Todd, Mike ou Scott.

1. Référence à la chanson de Madonna : « *Like a Virgin / Touched for the Very First Time* ». (*N.d.T.*)

Il n'était pas très beau à l'époque. Brun, maigrichon, il avait un torse pâle, creusé qui lui donnait l'air poltron, comme s'il cherchait sans cesse à se dérober. Il n'était pas ridiculement petit, mais pas grand non plus. Ses mains, ses sourcils, son nez et sa pomme d'Adam semblaient avoir été destinés à une personne beaucoup plus imposante. Il avait donc nourri l'espoir, au cours de sa scolarité, d'atteindre au moins un mètre soixante-dix-sept. En attendant, ces attributs ne changeaient pas grand-chose à son capital actuel de charme.

Todd, Mike et Scott étaient ses coéquipiers de football et de base-ball. Scott était le garçon le plus populaire de leur classe. Massif, les épaules larges, il possédait ce mélange de grossièreté et de confiance qui rendait l'intelligence non seulement obsolète mais un peu dérisoire, la faisant paraître comme un talent certes distrayant, mais aussi curieux que l'art de monter sur un monocycle. Todd, Mike et Scott n'étaient pas exactement les amis de Nate – du moins pas en termes d'égalité – mais ils le trouvaient drôle. Ils comptaient aussi sur son aide pour leurs devoirs de maths. (Todd et Mike, en tout cas ; Scott ne dépassa jamais le stade de la trigonométrie.) Nate allait à leurs fêtes. Il se soûlait. Les autres plaisantaient à son sujet, s'amusant de voir s'enivrer le champion du département de mathématiques, avec sa moyenne de 20/20.

Nate éprouvait une forte attirance pour des filles comme Amy Perelman, la sirène blonde plantureuse de leur classe, dont les yeux baissés avec pudeur et le sourire modeste étaient compensés par ses pulls moulants et ses jeans serrés. Bien entendu, Amy sortait avec Scott, mais confia un jour à Nate que leur avenir la préoccupait : « Je veux dire, que va-t-il devenir ?

Tu vois, si les magasins de son père (des fins de solde de vêtements de marque) font faillite ? D'après mes parents ils sont, euh, surendettés. Mais Scott sait à peine lire – bon, il sait lire. Enfin, pas des livres entiers. Je ne l'imagine pas réussir à l'université et obtenir un boulot normal. Ça ne lui ressemblerait pas, tu vois ? »

Rétrospectivement, il n'était pas surprenant qu'Amy Perelman, qui n'était pas vraiment stupide mais feignait de l'être dans sa façon de parler parce que c'était la mode, eût en fin de compte largué Scott et obtenu un MBA[1] à Wharton. À l'époque, cependant, Nate s'était surpris à défendre Scott.

« C'est un bon garçon, Amy. Et il t'aime sincèrement. »

Amy parut pensive mais guère convaincue. « Je suppose. »

Ces années-là, le gentil Nate, ami des filles en difficulté, consacra une bonne partie de ses ressources intellectuelles à des questions comme la similitude de différents objets domestiques avec les organes génitaux féminins. Après la classe, quand ses parents étaient encore au travail, il arpentait le pavillon étrangement silencieux en quête d'une inspiration érotique, laissant les lumières éteintes alors que l'obscurité envahissait les couloirs. Glissant d'une pièce à l'autre tel un cambrioleur, il testait les mitaines doublées de mouton, les condiments, et même le collant de sa mère, en vue d'une éventuelle réquisition. Un jour, dans la chambre de ses parents, il découvrit à son étonnement un livre très osé écrit par une certaine Nancy Friday, et pendant un temps il ajouta à sa collection un « chouchou » uti-

1. Master en administration des entreprises. (*N.d.T.*)

lisé par Amy Perelman pour sa queue-de-cheval, qu'elle avait oublié un jour dans le labo de physique. Pendant des après-midi solitaires passés à se masturber devant la télévision, Nate, convaincu par Friday que les femmes avaient elles aussi des pensées cochonnes, renifla le chouchou jaune et blanc jusqu'à ce que l'odeur des blondes ondulations d'Amy se fût atténuée. Avait-il inhalé tout leur parfum, ou cessé de le sentir à force de le respirer – il n'en savait rien. Espérant qu'une interruption de son usage quotidien rendrait à l'objet sa gloire première, il le cacha au fond du tiroir de son bureau, derrière une vieille calculatrice graphique et des boîtes de gommes colorées en forme d'animaux récoltées à l'école primaire. Avant d'avoir pu mener à bien l'expérience, il l'oublia – l'entraînement du base-ball avait commencé, empiétant sur ses après-midi autoérotiques. Nate devait pourtant empester l'amour de soi car à cette période Scott le surnomma Learned Hand[1] (signe surprenant que le garçon avait prêté attention une fois au moins au cours de sciences humaines).

Des années après, lorsque Nate et Kristen, sa petite amie à l'université, vinrent dans le Maryland pour vider son ancienne chambre avant la vente de la maison, elle découvrit le chouchou d'Amy Perelman.

Elle le saisit entre ses doigts : « D'où ça sort ? »

Quelques cheveux blonds, que Nate avait autrefois conservés précieusement, s'accrochaient encore au tissu.

1. En 1930, Billings Learned Hand, grand juge américain, soulignait le rôle fondamental de disciplines comme l'histoire, la philosophie ou la littérature pour le juge dans l'exercice de sa profession. L'auteur joue sur les mots *learned hand*, qui signifie « main experte ». (*N.d.T.*)

Dès qu'il eut reconnu l'objet, Nate le lui arracha, horrifié, craignant qu'elle n'attrape à son contact une maladie de peau débilitante, ou ne perçoive l'odeur de son corps d'adolescent.

« Ma mère a dû l'égarer », marmonna-t-il.

Nate avait une admiratrice au lycée : Michelle Goldstein, avec ses cheveux frisés. Le problème n'était pas son physique médiocre – il avait été intéressé par des filles encore moins jolies qu'elle – mais il y avait chez elle quelque chose de pénible, de forcé. Il aurait été rafraîchissant de voir une élève de leur établissement se plonger dans l'ouvrage de Mary Wollstonecraft, *Défense des droits de la femme*, mais son approche de la culture paraissait affectée. Elle avait un faible pour l'expression *pas de deux*[1] qu'il avait été assez choqué de l'entendre employer à propos de sa « relation » avec lui.

Pourtant, il ressentait parfois une véritable affection pour Michelle. Un soir de printemps – sans doute après un concert ou une pièce de théâtre présentés par les élèves – ils avaient passé des heures assis sur un banc devant le lycée, contemplant l'étendue obscure des terrains de football et d'athlétisme, au bas de la colline herbue. Michelle parla avec intelligence, d'une manière touchante, de la musique qu'elle aimait (des auteures-compositrices-interprètes mélancoliques qui écrivaient des chansons progressistes) et de son intention de vivre un jour à New York, d'aller souvent au Strand – « une énorme librairie de livres d'occasion dans le centre ».

Nate n'était pas sûr d'être déjà entré dans ce genre

1. En français dans le texte. (*N.d.T.*)

d'endroit. Dans sa banlieue il n'en existait pas, à sa connaissance.

« Tu devrais aller un jour à New York, dit Michelle.

— J'y suis allé. Nous n'avons visité aucun lieu de la sorte. »

De son week-end familial à New York, Nate avait conservé des photos prises par son père, de lui et de sa mère serrés l'un contre l'autre sur le pont d'observation de l'Empire State Building. Ils portaient des ponchos achetés pour l'occasion et souriaient sans conviction sous la bruine glacée qui les enveloppait.

Michelle lui adressa un regard plein de sympathie.

À la lumière des projecteurs qui éclairaient le parking, Nate trouva du charme aux taches de rousseur de Michelle et à ses cheveux couleur paille. Il faillit tendre la main pour la toucher – poser la main sur sa cuisse.

Il ne s'agissait même pas de sexe. La vie de Nate avait été pauvre en amitié, en véritable amitié, à ne pas confondre avec la sorte d'alliance conditionnelle qui le rapprochait de Scott et des autres. Il y avait eu Howard, au camp de vacances, et Jenny, une fille aux allures de garçon manqué qui habitait dans sa rue mais avait déménagé dans le Michigan lorsqu'il était en sixième et lui avait écrit de temps à autre pendant plusieurs années, puis Ali, qui habitait aussi le quartier et fréquentait un établissement public. Après le collège ils s'étaient perdus de vue. Assis à côté de Michelle sur ce banc, Nate eut l'impression qu'ils avaient quelque chose en commun, une sensibilité nébuleuse, un peu mélancolique, qui les rendait différents de leurs camarades.

Mais le lundi suivant au lycée, Michelle parut être redevenue comme avant.

« Je n'arrive pas à croire que tu aies eu un A, dit-elle après un contrôle de maths. Un vrai coup d'État. » Elle le salua de la main en s'éloignant. « Ciao, *chéri*[1]. »

« Un joli coup, eut-il envie de lui crier. On dit un joli coup. »

Pourtant Michelle et lui étaient toujours fourrés ensemble, et traités comme un couple. Scott ne cessait de demander à Nate si sa chatte sentait l'antimite à cause de tous les habits vintage qu'elle portait. Le statut social ambigu de Michelle, qui n'était pas super mais pas nul non plus, faisait d'elle, apparemment, son pendant féminin. Ils se rendirent même ensemble au bal de fin d'études. Nate s'était armé de courage, s'apprêtant à inviter une jolie élève de seconde, mais lorsque Michelle le pria de l'accompagner, il fut à la fois soulagé et dépité de devoir renoncer à son projet. Le soir du bal, il pensa que Michelle était disposée à coucher avec lui, mais il n'essaya pas vraiment malgré des préliminaires assez poussés – et plus encore : il eut brièvement l'occasion de vérifier l'hypothèse de Scott concernant l'odeur de son entrecuisse (le mot *fauve* lui parut approprié). Nate n'insista pas car à ce moment particulier il ne voulait pas s'empêtrer dans une relation avec une fille qui lui inspirait une certaine répulsion. Il ne se voyait pas non plus coucher avec Michelle et la larguer comme auraient pu le faire Todd ou Mike (au contraire de Scott, qui en dépit de sa grossièreté était un garçon sensible et vouait un attachement indéfectible à Amy). Il y avait quelque chose qui hérissait Nate dans l'attitude de Todd et Mike – cette conviction implicite que si une fille bête ou

1. En français dans le texte. (*N.d.T.*)

moche subissait des déboires, elle l'avait bien mérité. Ils réservaient leur empathie aux filles les plus jolies. (Les revers mineurs d'Amy, un B+ ou un léger rhume, suscitaient des murmures alarmés.)

D'ailleurs, lors du bal de fin d'études, Nate misait déjà tous ses espoirs érotiques sur l'université, où, s'imaginait-il, même des filles qui ressemblaient à Amy Perelman seraient brillantes et, plus important encore, *matures*, c'est-à-dire – avait-il décrété depuis peu – « disposées à coucher avec lui ». S'il devait faire la liste des plus grosses déceptions de son existence, la première année de fac se placerait tout en haut, juste après la découverte, bien plus tard, que même un acte apparemment aussi sublime qu'une fellation – son pénis dans la bouche d'une femme ! *son pénis dans la bouche d'une femme !* – pouvait être ennuyeux, et même un peu désagréable, pratiqué avec maladresse ou dans des circonstances inappropriées.

S'il avait été un gamin sauvé dans la ruelle où il fouillait les poubelles en quête de nourriture et résolvait des problèmes de mathématiques vieux de plusieurs millénaires à l'intérieur de boîtes de céréales déchirées, il n'aurait pas été plus naïf, plus ignorant des mœurs d'un lieu comme Harvard. S'il avait été un autodidacte sans abri, il aurait du moins tiré un avantage social de son exotisme. Ce qui avait paru normal chez lui – le *Mall of America*, le *middle management*, la médiocrité – détonnait sur un campus dont le ton avait été donné longtemps auparavant par des puritains qui s'appelaient Lowell, Dunster, Cabot. Todd, Mike et Scott, avec leurs cheveux enduits de gel coiffés en éventail, leurs polos et leurs BMW, devenaient tout rabougris. Les étudiants qui semblaient à leur place à Harvard – l'air détendu, ils bavardaient gaiement dans le Yard, saluaient de vieux amis en riant, la tête renversée en arrière – conduisaient des vieilles Volvos déglinguées, commandaient leurs vêtements dans des catalogues (une activité que Nate avait associée auparavant aux fermes isolées des prairies et aux circulaires de Montgomery Ward) et, dans un anglais plat dépouillé de tout accent régional, égrenaient les noms d'endroits dont il n'avait jamais entendu parler. « Ouais, je suis allé à Islesboro ! » « Mon oncle y a une maison ! » « Nous allons chaque été à Blue Hill. »

Avant d'arriver à Cambridge, Nate s'était mentalement préparé à Park Avenue, aux country clubs, aux yachts, au caviar, à l'extravagance insouciante de Tom et Daisy Buchanan, mais le Maine, le *Maine* le stupéfia. Nate était habitué aux stations estivales qui se présentaient comme telles : *Long Beach Island*, *Ocean City*. Ses nouveaux camarades n'étaient ni des play-boys ni des débutantes. Ils ne portaient pas de blazers ; les filles ne s'appelaient ni Muffy ni Binky. Bon nombre d'entre eux avaient fréquenté les écoles publiques (mais le plus souvent, une catégorie spécifique d'établissement d'élite). C'étaient des filles minces à queue-de-cheval qui ne se maquillaient pas et des garçons avachis en tee-shirt et short kaki. Ils parlaient de descente de rivières en kayak et de randonnées à pied comme des distractions *nec plus ultra* de leur jeune existence. Pour Nate, qui avait pratiqué ces sports en colonie de vacances, c'étaient simplement des activités obligatoires qui rappelaient les chants autour du feu de camp et la fabrication des marionnettes au doigt en bandes de feutre.

Quand la famille d'Amy Perelman était partie à Vail, dans le Colorado, pour les vacances de printemps, tout le monde au lycée savait qu'elle avait résidé dans un chalet qui semblait être une sorte de palais alpin pourvu d'un régiment de grooms en livrée. En revanche, les étudiants de Harvard évoquaient le « pied-à-terre » familial dans le Vermont ou le New Hampshire comme une cabane en rondins que leurs parents ou leurs grands-parents avaient construite de leurs propres mains, et ils semblaient presque se disputer le privilège du confort le plus rustique. (« Nous n'avons jamais assez d'eau chaude parce que nous dépendons de notre générateur solaire, sans connexion au réseau électrique. ») Amy parlait du grill-room où sa famille mangeait après une longue journée sur les pistes ; les gens de Harvard racontaient qu'ils attendaient dehors, par -17°, que leur gril à charbon de bois soit assez chaud, comme si leurs familles n'avaient jamais cédé à l'engouement pour le poêle intérieur. Nate avait fait du ski lui aussi. Avec un groupe de jeunes de sa synagogue, il avait passé un week-end – cela s'appelait un « *Shabbaton* » – sur une montagne dénudée de Pennsylvanie qui abritait une mine abandonnée. Ils avaient logé dans un Holiday Inn et mangé au Denny's situé de l'autre côté du parking.

Nate ne s'était jamais considéré comme défavorisé. Ses parents étaient des immigrants, mais de ceux qui avaient de bons emplois. Ils travaillaient dans le secteur de la défense. Nate avait grandi dans une maison individuelle avec une pelouse et, à l'arrière, une balançoire. Il était allé dans une école privée religieuse, où il avait reçu une excellente éducation. Ses parents avaient des diplômes d'études supérieures (des masters en engineering de l'université polytechnique de Bucarest, et non des PhD en histoire de l'art à Yale, par exemple). En grandissant, Nate discutait des événements d'actualité à la table du dîner ; il regardait en famille *60 Minutes* et *Jeopardy*. Apparemment, certains parents lisaient la *New York Review of Books* et buvaient des martinis. Avec le temps, Nate apprendrait à faire une distinction plus subtile entre les maisons de ses camarades les plus sophistiqués – les WASPs de l'ancienne école opposés aux intellectuels universitaires (juifs ou goys) – mais les premières semaines à Harvard, il lui sembla que tous parlaient la même langue, des enfants de célèbres agitateurs gauchistes à la progéniture des titans industriels anti-syndicalistes. C'était le cas, en effet. (Beaucoup d'entre eux avaient fréquenté les mêmes établissements privés.) Dans le fond, ces groupes étaient comme les Capulet et les Montaigu. Malgré leurs différences, ils descendaient les uns et les autres de riches familles véronaises. Les parents de Nate étaient d'origine roumaine.

Avant d'arriver à Harvard, il avait lu *Guerre et paix* et *Ulysse* pour son édification personnelle, mais plus important encore, il s'était présenté sans avoir jamais entendu parler de J. Pres – et ne pouvait donc s'en moquer. (Il finit par s'apercevoir qu'il s'agissait d'un magasin de vêtements.) Le *New Yorker* ne lui évoquait pas grand-chose et il ignorait tout à fait qu'il était facile de transformer une pomme en pipe pour fumer de l'herbe. Il avait une culture très étendue – par exemple, il connaissait les capitales de tous les pays africains ainsi que l'appellation coloniale de chacune de ces nations, qu'il pouvait réciter par ordre alphabétique – mais il n'avait aucune idée du genre d'informations qui posait quelqu'un à Harvard à l'automne 1995.

Il fut par conséquent enchanté d'être guidé par son colocataire, Will McDormand. L'arrière-grand-père de Will avait été un cadre des chemins de fer assez éminent pour avoir été haï par Eugene Debs. Après de longues journées où il s'efforçait de participer aux discussions lors des activités d'orientation, Nate assistait ébahi au défilé des « mecs » qui venaient boire avec Will. Alors même qu'ils buvaient d'un trait des canettes de Millet Lite et échangeaient des coups de coude au sujet de la fille boutonneuse qui avait dispensé ses faveurs en pension, on voyait qu'ils étaient du genre à vous serrer la main énergiquement, à faire rougir et pouffer les vieilles dames ou à prononcer les condoléances d'usage aux enterrements (avant de se retirer dans une partie déserte du cimetière pour fumer un peu d'herbe). Ils avaient un air un peu ironique, et évitaient avec soin tous les sujets sérieux, intellectuels ou sentimentaux. Lorsque Nate mentionnait un cours qu'il était impatient de suivre, un silence embarrassé gagnait l'assemblée.

Nate croyait dur comme fer à l'égalité des hommes, dédaignait les privilèges innés, et déplorait sur un plan idéologique l'échec des révolutions française et russe ; néanmoins, durant ces premiers jours à Harvard, chaque fois qu'on frappait à la porte, il se levait d'un bond du canapé avec une curiosité non dissimulée. Il essayait de deviner quel nouvel arrivant était le neveu d'un membre du cabinet et qui était le petit-fils de l'économiste lauréat du prix Nobel, des détails que Will égrenait avec une nonchalance que Nate s'efforçait d'imiter dans ses répliques. (La rançon qu'un kidnappeur aurait pu récolter s'il avait enlevé la chambrée de types regardant les Red Sox de Boston sans le son sur fond de Smashing Pumpkins sur la stéréo de Will !) Nate était le colocataire préféré de Will – les deux autres étant Sanjay (« Jay ») Bannerjee, un garçon aimable mais un peu rigide de Kansas City, qui ne parvenait pas à contenir sa nervosité devant une telle consommation de bière, et Justin Castlemeyer un jeune républicain d'une petite ville de Caroline du Nord – que Will traitait avec une déférence de plus en plus moqueuse à mesure que le semestre avançait. Mais Will jugeait Nate « hystérique ». Il aimait l'entendre dire « des choses intelligentes » en ingurgitant vodka, tequila, Jägermeister, schnapps de pêche, tout ce qu'il avait sous la main. Will aimait par-dessus tout entendre Nate réciter les noms coloniaux des pays africains. « On dirait un jouet mécanique, s'écriait-il. Encore ! Encore ! »

Nate mit longtemps à comprendre que « merci » n'était pas l'unique réponse possible à l'amitié que lui offrait Will. Pendant la plus grande partie de sa première année, il se trouva en compagnie des amis de Will, convoitant des filles d'une surprenante stupidité qui, si elles avaient l'énergie de se lancer dans des expéditions en voilier ou de passer des week-ends à la campagne, et avaient été *acceptées à Harvard*, fuyaient non seulement les discussions abstraites, mais toute forme de culture étrangère à l'alcool et à la vie en plein air (ainsi que les films sous-titrés et tout ce qui s'apparentait à la « réalisation »). De temps à autre, en privé, seulement avec Nate, l'une de ces filles bronzées, pleines de santé faisait une discrète allusion à un roman sans prétention oublié par un invité capricieux qu'elle avait lu autrefois dans sa résidence secondaire. Elles savaient donc *lire.* Nate se rendait compte qu'il y avait d'autres sortes de filles sur le campus, mais celles avec lesquelles traînait Will, pour la plupart des camarades de pensionnat, les filles d'amis de ses parents ou dont les familles passaient depuis si longtemps leurs vacances à côté de la sienne qu'elles étaient devenues « comme des cousines », semblaient être « les meilleures de toutes », elles faisaient partie du paysage.

Les autres camarades de cours perdaient tout intérêt pour Nate une fois que Will les avait tournés en ridicule. Les filles qui aimaient le théâtre étaient des « Thésbos[1] », les militantes des « Œufs au plat », les futurs journalistes du campus des « Fouille-chatte ». Lorsque Nate passait du temps avec d'autres gens, Will semblait se sentir menacé. Du moins, c'était ainsi que la psychologie de comptoir lui avait appris à l'interpréter. (Des années plus tard, Nate conclut que Will était tout simplement un crétin.) « Tu vas au truc des horribles ce soir ? demandait-il. Si c'est ce qui te branche, parfait, mais si tu en as marre des queues tristes et des chiens aboyeurs, viens dans l'appart de Molly. On va jouer au Quarters[2] – ou bien on va s'attaquer au problème de la séparation du corps et de l'esprit. » Comme si Nate était venu à Harvard pour jouer au Quarters ! Pourtant, immanquablement, il finissait par se glisser hors de la salle où un groupe regardait la série *MST3K* ou un film de Godard et se rendait chez Molly. Il y jouait au Quarters avec des filles soûles qui l'appelaient « mon chou » et demandaient en pouffant, la voix pâteuse, si Will sortait avec quelqu'un et s'il était un aussi bon joueur qu'on le disait. (Nate n'arrivait pas à deviner si la réponse qu'elles souhaitaient entendre était oui ou non.)

1. Des accros de la scène lesbiennes. (*N.d.T.*)
2. Jeu à boire. (*N.d.T.*)

Il ne commença à se lasser sérieusement du monde où évoluait Will que vers le milieu de sa seconde année d'université. Trop tard. Il ne s'était pas lié d'amitié avec grand-monde. Parfois il passait du temps avec Jay, son ancien colocataire, mais il s'était en grande partie aliéné toutes les personnes sympathiques et réfléchies qu'il aurait – peut-être – envisagé de fréquenter les premiers mois en leur préférant la compagnie de Will. Quand, lors d'une quelconque activité extrascolaire, il se retrouvait avec d'autres sortes de gens, il ne pouvait s'empêcher de penser avec les mots de Will. Chaque fois qu'il voyait une fille avec un collant coloré, même si elle était jolie ou sensible à la poésie, il se disait « thésbo » et entendait un hurlement en arrière-plan. Les sorties des gentils étudiants qui allaient voir un film, assister à une conférence pour se réunir ensuite dans un café ou un petit restaurant étaient d'une fadeur, d'une sobriété déprimantes. La plupart de ces débatteurs enflammés et de ces rédacteurs de journaux passionnés buvaient beaucoup de café et, d'une voix qui déraillait aux moments de forte tension, discutaient des implications allégoriques de *Seinfeld*.

Nate commença alors à lire vraiment. Il lui semblait que toutes ses lectures de lycée avaient été orientées. Une partie de lui avait cherché à impressionner, à atteindre un raffinement qui, croyait-il, lui serait utile – en société – à l'université. (Ha ha.) Au printemps de sa deuxième année, il se mit à lire, inspiré par un sentiment fébrile de solitude, une solitude qui, craignait-il, risquait de devenir permanente. Après tout, si quelqu'un comme *lui* n'était pas heureux à l'université, où et quand trouverait-il le bonheur ? Sa déception et son isolement le rendaient amer, il jugeait durement le monde autour de lui, avec des tours de manivelle trop larges. À l'exception de types comme Will, qui disposaient déjà d'un nombre suffisant de privilèges qu'ils avaient le loisir de considérer comme acquis, ses camarades s'efforçaient aveuglément de gravir l'échelle de la méritocratie, donnant l'impression que leur vie n'était rien de plus que la préparation à l'école de gestion ou les études de droit – ou, s'ils étaient « créatifs », à un emploi de scénariste à Hollywood. Seulement quand il lisait, et parfois pendant les discussions en classe ou les heures de réception des professeurs, Nate ressentait un espoir fugace. Peut-être sa personnalité n'était-elle pas aussi imparfaite qu'il le croyait si du moins il trouvait une affinité quelque part, même si c'était dans les écrits d'hommes depuis longtemps disparus. Ou bien en cours, ce qui, tout le monde le savait, était la partie la moins importante des études à l'université.

Au milieu de la troisième année, il rencontra Kristen. Ils assistaient au même séminaire de sciences politiques. À ses commentaires pendant les cours, Nate vit qu'elle était très brillante. Belle aussi, avec ce physique d'athlète, cet air florissant particulier aux amies de Will. Elle avait cette assurance naturelle qui vient d'un bon sens inné et de la pratique d'une solide autodiscipline. Elle et Nate étaient souvent d'accord lors des discussions. Ils ne tardèrent pas à échanger des sourires chaque fois qu'un camarade d'une bêtise notoire prenait la parole. Ils sortaient des cours ensemble et s'aperçurent qu'ils étaient tous les deux issus de milieux modestes. Élevée en Nouvelle-Angleterre, Kristen semblait intriguée par ses parents immigrants. Ses plaisanteries la faisaient rire. Pourtant, lorsqu'il rassembla enfin son courage pour lui proposer de sortir avec lui,

Nate s'attendait à ce qu'elle le repoussât – sortant de son chapeau un petit ami à Hanover ou Williamstown, son homosexualité latente, un vœu de chasteté effectif jusqu'à la mise en œuvre d'un système de santé universel. Mais… Kristen dit oui. Elle avait récemment rompu avec son petit ami (ô providence).

Kristen était étudiante en médecine, elle avait un grand cœur, c'était le genre de fille qui passait ses vacances d'hiver à réaliser des projets d'habitat pour l'humanité dans la jungle du Honduras, mais elle était acerbe, entêtée, pleine d'un mépris caustique à l'égard de l'irresponsabilité ou de l'absurdité à la fois convaincant et un peu intimidant. Les gens recherchaient d'instinct son approbation. Entre son air autoritaire et sa beauté ensoleillée, Kristen était, selon l'appréciation grossière du monde extérieur, un trophée au tableau de chasse de Nate, plusieurs crans au-dessus de lui dans la hiérarchie sociale de l'université. Nate adhérait sans réserve à ce point de vue : il se considérait extrêmement chanceux. Si Kristen ne partageait pas son amour pour la littérature – eh bien, c'était accessoire, on ne demande pas à sa petite amie de préférer le Pepsi au Coca pour vous faire plaisir. Kristen ne prétendait pas sortir seulement avec des étudiants en biologie.

À la même époque il fit la connaissance de Jason au cours de théorie littéraire et, par son intermédiaire, il rencontra Peter. Sur certains plans c'était avec ce garçon sensible et réfléchi que Nate se sentait le plus lié. Mais un trio fonctionnait mieux qu'un duo. L'intensité était trop forte, étouffante, quand deux garçons buvaient du whisky, parlant inlassablement jusqu'au bout de la nuit de littérature, du glissement vers la droite de la nation financé par les entreprises, se demandant s'il était juste d'affirmer que le marxisme avait fait ses preuves, étant donné la perversion du communisme à la soviétique. Jason, dans le rôle du troisième larron, allégeait la dynamique. Son joyeux bavardage dissipait la timidité de Nate et de Peter et donnait à leurs sorties l'imprimatur d'une virée nocturne entre hommes.

La dernière année d'université, partageant son temps entre Jason-Peter et Kristen, Nate s'était épanoui. Beaucoup plus tard, il se demanda s'il avait vécu alors les moments les plus heureux de son existence. Tout était si nouveau – la fille et les amis. Il avait attendu si longtemps pour les rencontrer. Après la remise des diplômes, il avait suivi Kristen à Philadelphie, où elle mena à terme ses études de médecine, et il écrivit des articles en free-lance pour une revue de centre gauche de Washington. Jason travaillait pour un magazine de luxe à New York, Peter préparait un PhD en études américaines à Yale, et ils lui manquaient tous les deux. Seul à la maison, Nate se trouvait isolé. Peut-être en attendait-il trop de Kristen. Elle avait une forme d'esprit différente ; de plus, très occupée, elle était fatiguée. Ses études la comblaient sur le plan intellectuel aussi bien que social.

Avec le temps, Nate se sentit de plus en plus frustré par son manque de sensibilité littéraire, le pur pragmatisme de son intelligence, autant que par un certain rigorisme, une intransigeance chez elle – en d'autres termes, par sa « kristénitude » intrinsèque, qu'il avait autrefois vénérée. Il se rendait de plus en plus souvent à New York pour voir Jason. Il commença à remarquer que les femmes s'habillaient autrement, qu'elles portaient des lunettes élégantes, des bottes sexy à hauts talons, des coiffures géniales qui faisaient paraître banale la queue-de-cheval de Kristen. Beaucoup de ces femmes semblaient lire Svevo ou Bernhard dans le métro. Il lui arrivait de lire à Kristen des extraits de Proust, mais elle prenait un air pincé, comme si l'extravagance de la prose proustienne était répréhensible moralement, laissant entendre qu'en Afrique des enfants auraient pu faire un meilleur usage de cette pléthore de mots. Kristen semblait aussi désapprouver le mode de vie casanier de Nate à un niveau viscéral, presque calviniste, qu'elle ne pouvait justifier par aucun de ses principes fondamentaux. (En théorie elle était dévouée aux pauvres et aux désœuvrés.)

Mais l'animosité s'accumula d'une manière si insidieuse que, pendant longtemps, Nate y prêta à peine attention. Il fut sincèrement choqué lorsque Jason lança l'idée que la relation était loin d'être idéale : « Je ne sais pas, dit-il, c'est juste le ton que tu prends quand tu parles d'elle – par exemple, "Kristen, soupir, ceci", "Kristen, soupir, cela". » Nate avait été si furieux qu'il avait dû se contrôler pour ne pas quitter le bar. Alors que dans les vingt-quatre heures précédentes il avait accusé Kristen en secret d'être prude et bornée une douzaine de fois. En outre, quelques secondes avant la sortie de Jason, il avait imaginé leur serveuse « gothique » en train de le sucer.

Ce printemps-là, Kristen les avait inscrits tous les deux comme guides d'aveugles dans une course de huit kilomètres à travers le parc Fairmount. Le matin de l'événement Nate eut envie de rester au lit pour lire et peut-être, *peut-être* de boire un bloody mary ou deux un peu plus tard en poursuivant sa lecture dans un bar où un match était diffusé sur grand écran.

« Pourquoi tout doit-il être aussi foutrement sain, ensoleillé et pétri de bonnes intentions ? » s'exclama-t-il.

Il ne criait pas, mais n'en était pas loin.

Kristen était assise sur leur chaise de bureau, pliée en deux tandis qu'elle enfilait ses baskets. Elle le regarda sans inquiétude, mais avec un air surpris qui vira aussitôt à l'agacement, puis se concentra à nouveau sur ses chaussures. Cela l'énerva encore plus.

« Je ne baise pas Jimmy Stewart », dit-il, mélangeant *Pollyanna* et *La vie est belle*.

Un spasme d'irritation – de mépris absolu, en fait – traversa le visage de Kristen.

« Si tu as envie de traîner en caleçon toute la journée, vas-y, dit-elle. J'irai te chercher une bière dans le frigo si c'est ce que tu veux. »

Nate avait pris son ordinateur portable pour travailler au lit. Il le referma, fixant le mur au-dessus de la tête de Kristen. « Ce n'est pas ce que je voulais dire. »

Elle commença à tirer ses cheveux pour les nouer en queue-de-cheval. « Je vais faire la course, énonça-t-elle, prenant la voix de médecin qu'elle cultivait : une voix neutre, détachée, où perçait une empathie sans âme. Je pense que tu le devrais, puisque tu l'as promis, et qu'ils comptent sur toi, mais c'est toi qui vois. »

Bien entendu, Nate s'excusa. Il commença lui aussi à se préparer. Mais en réalité il aurait préféré ne pas être contraint d'obtempérer. Il sentait qu'il avait plus ou moins raison, bien qu'il fût dans son tort, car il fallait tenir ses promesses, c'était galère d'être aveugle, et il avait de la chance de posséder une bonne vue.

Après cela, leurs querelles ressemblèrent à des jugements sublimés de la personne de l'autre. Pendant un temps, chaque dispute fut suivie – dans le cas de Nate – par une forte résistance interne. Le précipice où semblaient le mener ses pensées amères le mettait mal à l'aise. Il voulait se rétracter, retirer, même mentalement, ses critiques de Kristen et restaurer le *statu quo* tacite (Kristen était merveilleuse, il l'adorait) qui lui avait si bien convenu pendant trois années. Mais les disputes persistant, son désir de faire marche arrière s'atténua. Par ailleurs, Kristen prit de plus en plus goût à la compagnie de ses camarades de cours. Nate s'aperçut qu'il était soulagé d'être livré à lui-même. Ils ne tardèrent pas à reconnaître qu'ils s'étaient « éloignés l'un de l'autre ».

Leur rupture fut très amicale – il avait suffi qu'ils acceptent de se séparer, semblait-il, pour que leurs frustrations réciproques reprennent une dimension raisonnable. Certes, Nate fut un peu surpris qu'elle se mît en ménage tout de suite après avec un étudiant en médecine de sa promotion, mais jusqu'à ce jour c'était l'être qu'il respectait le plus au monde, à cause de cet esprit citoyen, droit, honnête et solide.

Il s'installa à New York. Il nourrissait de grandes espérances, sur le plan professionnel et amoureux. La poussée de croissance tant attendue n'avait pas eu lieu, mais il avait forci. Son apparence physique était plus harmonieuse. Il avait l'impression d'avoir réussi un test : il rayonnait d'une confiance en lui toute neuve, et le sceau d'approbation de Kristen serait transmis à toutes les autres jolies filles. Après tout, quand il sortait encore avec elle, il lui était arrivé d'échanger un regard avec une fille dans une voiture de métro, et il avait senti que, si Kristen n'avait pas existé, il serait descendu du train avec la charmante inconnue pour l'emmener boire un verre dans un boui-boui et échanger avec elle des propos pétillants d'intelligence. Une fois célibataire, cependant, Nate s'était rapidement rendu compte qu'une chaîne d'événements d'une infinie complication devait se dérouler avant qu'un regard se traduise en une conversation et un numéro de téléphone, sans parler d'un verre. Il découvrit que beaucoup de ces belles filles lascives dans le métro avaient des petits amis qui les attendaient dehors. Ou le prétendaient.

Lorsqu'il réussissait à obtenir un rendez-vous avec une fille qu'il draguait dans la rue, il se trouvait confronté à une succession de surprises. Oui, ces filles à lunettes carrées qui lisaient Svevo ou Bernhard ou, plus souvent, Dave Eggers (Nate devait reconnaître qu'il n'était pas courant, même sur la ligne F, de voir quelqu'un lire Svevo et Bernhard), étaient de façon générale très attirantes. Lorsqu'il faisait la somme de ce qu'il avait appris sur l'une d'elles grâce aux détails glanés en observant ses vêtements, sa posture, son matériau de lecture, et l'expression de son visage, il n'avait aucun mal à remplir les blancs. Elle était non-végétalienne, n'avait pas de chat (ou bien un seul chat), était de gauche, saine d'esprit, et critiquait les lacunes du système éducatif américain sans les incarner personnellement. Il avait été très naïf.

Ce fut vers cette période qu'il commença à comprendre ce que signifiait l'expression *manque de respect de soi*, une notion à laquelle il avait cru s'identifier d'instinct. Mais ce qu'il avait lui-même vécu n'était rien en comparaison de l'accoutumance aux mauvais traitements qu'il découvrit chez certaines des filles dont il fit la connaissance la première année à New York. Il sortit avec une élève de l'école d'art Pratt qui s'appelait Justine et vivait dans un minuscule studio de Bed Stuy, à Brooklyn, avec Pierre, son caniche, et Debbie Gibson, son chat. Plusieurs soirs après que Nate lui eut gentiment laissé entendre qu'ils n'avaient sans doute pas d'avenir, elle l'appela sur son portable.

« J'ai pensé que tu aurais peut-être envie de venir », dit-elle.

Il était deux heures du matin. Nate répondit qu'à son avis ce n'était pas une bonne idée. « Je pense… euh, je ne suis pas sûr d'être encore remis de ma séparation avec mon ex. »

Kristen venait juste de lui apprendre que son nouveau chéri emménageait dans l'appartement qu'ils avaient partagé, et bien qu'il eût été, hum, *surpris* par la rapidité avec laquelle elle l'avait remplacé, le prétexte qu'il donna à Justine n'était pas la stricte vérité – il ne regrettait pas Kristen. Mais sur le moment il ne trouva rien de mieux.

Justine se mit à pleurer. « Alors Noah avait raison. »

Noah était son ex. Apparemment, il lui avait dit qu'elle avait besoin de se faire poser des implants mammaires pour qu'un type veuille bien d'elle. Contraint de réfuter les propos de ce prince, Nate annonça qu'il serait chez elle vingt minutes plus tard.

Le lendemain il eut honte. Qu'importaient des lunettes carrées et des tatouages si on parlait à une fille qui suggérait, d'une voix monocorde, résignée à un point déchirant, qu'il voulait peut-être la sauter sur fond de film porno « parce que c'était ce qui plaisait à Noah » ? (Nate se demanda ce que ressentait Noah lorsque la forme poilue de l'odieux caniche Pierre folâtrait devant les scènes de fessée et de pénétration anale en poursuivant Debbie Gibson à travers la pièce.) Nate avait de la compassion pour Justine – parce qu'elle avait grandi dans une banlieue infiniment plus lugubre que celle qu'il avait connue, parce que sa mère avait toujours pris le parti du « connard » (son beau-père) contre elle ; parce que, malgré ses études à l'école d'art, elle s'attendait tristement à rester serveuse ou secrétaire toute sa vie (« Je ne connais pas les bonnes personnes ») ; et parce que des types comme Noah et Nate profitaient d'elle. Mais la pitié ne pouvait se muer en sentiment amoureux et Nate savait que la meilleure chose à faire pour aider Justine, c'était de cesser de la voir.

D'ailleurs, il avait ses propres problèmes. Mécontent de la façon dont l'un de ses articles avait été édité, il s'était juré – dans un moment de dépit ou au nom de ses grands principes – de ne plus jamais écrire pour la revue de gauche qui avait été sa principale source de revenus et de crédibilité. Cette décision avait eu des conséquences désastreuses pour sa carrière et ses finances.

À son arrivée à New York, il était persuadé d'avoir fait ses preuves pendant ses années à Philadelphie. Cela s'était révélé faux à un point risible. Malgré les contacts de Jason dans les magazines haut de gamme pour hommes, Nate avait eu des difficultés à obtenir des commandes à New York. Il accepta un emploi temporaire qui devint un plein-temps à durée indéterminée, dans la bibliothèque d'un fonds d'investissement privé, avec l'intention d'écrire la nuit. Son travail était si démoralisant qu'il passait presque toutes ses heures de liberté à boire. Ce fut une mauvaise année (plutôt deux, en réalité). Ses parents industrieux, qui avaient émigré pour lui dans un pays inconnu, dont le labeur frustrant et peu créatif avait permis de financer ses études, étaient bien entendu mécontents. Ils voulaient qu'il trouve un vrai travail ou suive un troisième cycle à l'université. Nate était cependant décidé à vivre de sa plume.

En regardant en arrière, il était fier d'avoir « persévéré », c'est-à-dire de n'avoir pas fait son droit. Il avait emménagé dans un appartement moins cher, ce qui lui permit de renoncer à son plein-temps en faveur de contrats à durée déterminée, et de corrections d'épreuves en free-lance pour un cabinet d'avocats. Il écrivait de la fiction, rédigeait des articles et des recensions de livres, obtenant des commandes ici et là. Sa voix critique s'améliora. Il fut de plus en plus sollicité. Un peu avant ses trente ans, il devint évident qu'il avait réussi à se bâtir une vraie carrière d'écrivain. Ses efforts furent couronnés de succès lorsqu'un magazine en ligne de premier plan lui offrit un poste de critique littéraire permanent.

Il avait alors presque cessé de draguer les filles dans les bars (*a fortiori* dans le métro), ayant compris qu'il avait plus de chances de rencontrer une personne d'un niveau de conversation acceptable s'il sortait avec les femmes qu'il rencontrait aux soirées du monde éditorial – assistantes d'édition, rédactrices adjointes, publicitaires, stagiaires… Elles ne brillaient pas toutes par leur intelligence, mais n'avaient sans doute fréquenté aucun garçon du nom de Noah leur conseillant de se faire poser des implants mammaires. Elles n'avaient jamais rencontré un type comme lui, en tout cas pas dans un rapport amoureux, ni à Wesleyan, ni à Oberlin, ni à Barnard. Si elles n'avaient lu ni Svevo ni Bernhard – il devait admettre que c'était le cas de la plupart – elles en avaient au moins entendu parler. (« *La Conscience de Zeno*, c'est ça ? James Wood aime ce livre, n'est-ce pas ? »)

Comme par hasard, les dames de l'édition avaient tendance à l'apprécier de plus en plus. Son charme séduisait ces femmes soignées, vêtues avec élégance, ayant étudié dans des universités coûteuses. Plus sa signature apparaissait dans la presse, plus elles le trouvaient attirant. Elles n'étaient pas exactement des arrivistes, mais commençaient à le voir sous un jour flatteur, celui même sous lequel il se voyait à présent. Il n'était pas sous-employé, ni chroniquement sans le sou – pas seulement, en tout cas. C'était aussi un jeune intellectuel prometteur.

Nate en éprouvait de la joie, mais se sentait aussi disculpé, comme si un interminable débat avait finalement tourné à son avantage. Son impopularité, quoique persistante, n'avait jamais paru vraiment juste. Il n'était pas, n'avait jamais été du genre nerveux, empoté ; son intérêt pour la science-fiction, jamais très intense, avait atteint des sommets à l'âge de treize ans. Il avait toujours été quelqu'un d'agréable, de bien disposé, du moins à ses propres yeux.

Il sut qu'il était vraiment arrivé lorsqu'il se mit à sortir avec la Belle Elisa. Peu après, il progressa rapidement dans la rédaction du livre qui lui avait valu une avance à six chiffres d'une grande maison d'édition, rehaussant à la fois sa réputation professionnelle et sa popularité personnelle. L'eau finit par tracer son chemin, à ce qu'on dit.

3

Le bloc de texte qui apparut sur l'écran de son ordinateur était d'une densité oppressante. Nate prit sa tasse avant de commencer à lire.

C'était un e-mail de Hannah, qu'il avait rencontrée au dîner d'Elisa. « Je me demandais quelque chose, écrivait-elle. L'autre soir tu as dit que l'indifférence à la souffrance qui était normale du temps de Dickens existait encore aujourd'hui. Que nous parvenions mieux à la tenir à distance, c'est tout. Mais à l'époque le travail des enfants – par exemple – était toléré alors qu'aujourd'hui la situation a changé. Ils ont été littéralement mis hors la loi. C'est important, non ? » Elle continuait dans cette veine pendant deux paragraphes avant de conclure sur une note amicale : « J'ai passé un très bon moment l'autre soir. J'ai eu plaisir à bavarder avec toi. »

La tasse de Nate ne contenait que du Coca. Ce n'était pas sa boisson favorite au saut du lit, mais il n'avait pas les produits de base nécessaires à la préparation d'un café, en partie parce que cet état de fait durait depuis si longtemps qu'il craignait d'affronter les cultures vivantes qui colonisaient sa cafetière.

Après avoir lu l'e-mail de Hannah, il posa sa tasse.

Le choc produit sur le bureau fit vaciller une pile de livres. Quand il se pencha pour la redresser, l'agrafeuse perchée sur une pile voisine tomba en avant, atterrissant sur le dos de sa main tendue. Il poussa un cri.

Plusieurs minutes s'écoulèrent avant qu'il ne clique de nouveau sur le message de Hannah. Il fronça les sourcils en le relisant. Sobre, à la lumière du jour, il hésitait étrangement à poursuivre l'échange. Pour une raison mystérieuse.

D'un autre côté, il n'était pas assez éveillé pour se remettre à écrire son essai sur la marchandisation de la conscience. Il n'avait rien d'autre de particulier à faire. Même quand il n'était pas occupé à écrire un nouveau texte, il pouvait toujours revenir en arrière et modifier des phrases déjà rédigées. À présent que le livre était dans les mains de l'éditeur, cela lui manquait.

Il cliqua sur RÉPONDRE. « N'est-il pas vrai, pourtant (ses doigts tapotèrent le clavier avec un cliquetis satisfaisant), que nous sommes aussi cupides que les gens de cette époque, sinon plus ? Nous voulons une vie confortable et, si nous n'avons pas de domestiques, nous possédons des appareils *made in China* qui nous facilitent la tâche. Mais aujourd'hui nous refusons de nous sentir coupables. Donc nous faisons en sorte que l'exploitation des enfants se passe hors de notre vue. La Chine est la solution idéale. »

Après avoir cliqué sur la touche ENVOYER, Nate vérifia son courrier. Il attendait quelque chose de Peter, qui avait récemment quitté New Haven pour le Maine, où il avait été nommé à un poste universitaire. Mais il n'y avait rien.

Il se leva, regarda par la fenêtre. Sa rue était nue, des petits arbres grêles bordaient ses trottoirs, leur feuillage peu fourni même au cœur du printemps. Ils avaient été plantés quelques années plus tôt, dans le cadre d'un projet de revitalisation urbaine, et avaient un air triste, abattu, comme si les fonctionnaires avaient été les seuls à se soucier d'eux. Peut-être leur espèce n'était-elle pas adaptée, ou s'agissait-il simplement de spécimens impropres. Les résidents de Park Slope, un quartier voisin, n'auraient jamais permis à la ville de planter des jeunes arbres aussi rabougris et pitoyables dans leurs rues. Les gens de Park Slope importaient sans doute leurs propres arbres à la verdure luxuriante, peut-être même des arbres fruitiers.

L'odeur du bacon s'engouffra par la fenêtre. Nate se demanda s'il avait laissé échapper quelque chose la dernière fois qu'il avait fouillé ses placards en quête de nourriture.

Quand il pénétra dans la cuisine, ses chaussettes collèrent au plancher de feuillu. Des gouttelettes de café de l'époque antérieure à l'abandon de la cafetière s'étaient solidifiées, transformant son couloir en une bande de papier tue-mouches qui accrochait la poussière, les factures roulées en boule et les minuscules disques de papier crachés par sa perforatrice.

Il examina le contenu de son réfrigérateur, cherchant il ne savait quoi. Un petit déjeuner tout fait d'œufs Bénédicte avec une tasse de café fort lui auraient plu. Hélas. Pas même une barquette de riz de son livreur chinois préféré, dont la devise était *pour VOUS ce pur délice*. Il versa le reste du Coca dans sa tasse et jeta la bouteille. Une odeur rance monta de la poubelle. Il appuya sur le couvercle pour la fermer.

Son ordinateur émit un tintement dans l'autre pièce. Il revint en hâte près de son bureau. « Même dans ces conditions, avait écrit Hannah, le fait que des formes d'exploitation tolérées dans le passé soient cachées sous le tapis a son importance, non ? N'est-ce pas le signe d'un changement dans notre conception de ce qui est acceptable ou pas ? »

Elle avait marqué un point. Nate se cala sur sa chaise. Ce n'était pas un argument essentiel, mais un thème qu'il devrait aborder dans son essai. Alors que nous devenons plus ambitieux sur le plan éthique, peut-être sommes-nous tentés de nous dissimuler nos échecs à nous-mêmes ? Il griffonna « Rawls[1] » sur un post-it qu'il colla sur l'écran de son portable.

Puis il se mit à envisager de plus près les implications personnelles de ces courriels. Pourquoi se sentait-il si méfiant ?

Il y avait Elisa. Il ne pensait pas que se lier avec une de ses bonnes amies serait bien perçu, et Hannah avait été présente au dîner. Mais il n'était pas certain qu'elles soient très proches. Il n'avait jamais entendu Elisa parler d'elle. De plus, Hannah avait au moins trente ans, presque son âge, tandis qu'Elisa était plus jeune. Elle paraissait… différente d'Elisa, plus mûre en quelque sorte. Elles n'avaient pas l'air d'être intimes.

Non, c'était autre chose qui le retenait. Nate ferma les yeux et revit Hannah se retournant sur le seuil de la cuisine d'Elisa. Elle était jolie, saisissante et attirante par moments, lorsqu'elle s'animait, mais il y avait quelque chose dans la ligne dépouillée de ses sourcils et son visage pointu qui n'était pas précisément esthétique. Bien faite, mais plutôt grande, son allure rappelait le côté dégingandé d'un acteur comique,

1. Philosophe politique américain. (*N.d.T.*)

ridicule et embarrassé, de bonne composition, mais un peu asexué.

Si Hannah avait été plus excitante, il lui aurait sans nul doute accordé plus d'attention avant cette soirée, où elle lui avait paru être la seule femme digne d'intérêt. Cela signifiait à coup sûr quelque chose, mais il ne savait pas exactement quoi. Quand il était plus jeune, il avait imaginé qu'en grandissant il deviendrait peu à peu moins superficiel et que le physique des femmes aurait moins d'importance. Il était à présent plus ou moins adulte, mais se rendait compte que ça ne se produisait pas. Il n'était pas aussi superficiel qu'il l'avait cru. Beaucoup de ses amis étaient plus froids et plus expérimentés dans leur attitude à l'égard de la beauté des femmes, comme si les sentiments plus tendres qui avaient animé les béguins de leurs jeunes années s'étaient envolés. À leur place émergeait le regard glacial de l'expert aguerri, qui sait avant tout calculer le taux du marché.

L'attrait physique l'avait poussé directement dans les lits d'Elisa et de Juliet. Ce n'était pas une preuve de sagesse. Avec Kristen, d'un autre côté, il y avait eu une brève parenthèse, avant leur premier échange, où il l'avait jugée un peu ordinaire, prude, lui trouvant un air de petit lapin. Plus tard, lorsque la jeune femme lui apparut dans sa beauté déchirante, il eut peine à croire à la dureté de son impression initiale.

Il se rendit compte que le problème n'était pas le physique de Hannah.

Il revint près de la fenêtre, relevant les stores, puis il fixa le ciel blanc laiteux en plissant les yeux. Le problème était qu'il n'avait aucune envie du genre de relation qu'il avait eue avec Kristen.

Il songea à Juliet, à l'expression de son visage l'autre jour, quand elle s'était détournée de lui. Ensuite, plus tard, Elisa. *Putain*. Lorsque les autres étaient partis, elle avait essayé de l'embrasser. « Je ne pense pas que ce soit une bonne idée, avait-il dit en se dégageant, ni pour toi ni pour moi. » Elle avait paru contrariée – embarrassée ou furieuse, il n'en savait rien. Il était les deux à la fois. Il n'arrivait pas à croire qu'elle allait encore leur imposer cette comédie. Pendant qu'elle pleurait, ressortant de vieux griefs, il avait terminé le reste du vin, puis entamé une bouteille de vodka qu'il avait achetée une éternité plus tôt, toujours intacte au fond du freezer. Une heure plus tard, elle continuait. Il était si en colère qu'il fut tenté de la baiser – juste pour la faire taire. Il s'en abstint. Il avait sa part de responsabilité dans cette situation, il en était conscient. Au bout d'un moment, ils se calmèrent, et il la persuada de se mettre au lit.

« Il faut juste que tu saches, dit-elle sous les couvertures, qu'il ne s'agissait pas de sexe. » Il s'appuya au chambranle, prêt à s'éclipser. « J'avais juste besoin que tu me tiennes dans tes bras, poursuivit-elle. Ne pas me sentir seule un petit moment. Tu sais ?

— Je sais », répondit-il. Lorsqu'il prit sa sacoche et referma la porte de l'appartement, il avait lui aussi envie de pleurer.

Contrairement à ce que ces femmes avaient l'air de croire, il n'était pas indifférent à leur malheur. Pourtant il semblait, malgré lui, le provoquer.

Lorsqu'il avait vingt-cinq ans, où qu'il se tournât, il voyait une femme qui avait déjà un petit ami, ou n'en voulait pas. Certaines faisaient une pause pour tenter une expérience avec les femmes ou se tourner vers le célibat. D'autres étaient occupées à constituer des dossiers pour entamer un troisième cycle, ou à planifier des séjours d'un an dans des ashrams indiens, ou à faire une tournée aux États-Unis avec leur groupe rock de filles. Celles qui avaient un copain ne se souciaient pas de la relation et semblaient le tromper fréquemment (ce qui l'arrangeait quelquefois). Mais après trente ans tout était différent. Le monde était peuplé à un point alarmant de femmes dont la carrière, cahoteuse ou fulgurante, n'était plus au centre de leurs préoccupations. Elles avaient beau prétendre le contraire, elles donnaient l'impression, dans la pratique, de ne pas s'intéresser à grand-chose d'autre qu'aux relations amoureuses.

Le soleil était sorti des nuages. Une perle de sueur roula dans le cou de Nate, absorbée par le tissu mou de son maillot de corps. Lorsqu'il retira son tee-shirt et le jeta par terre, il lui vint à l'esprit que Hannah voulait peut-être simplement être son amie. Sans doute se montrait-il présomptueux ?

Il retourna devant son ordinateur et cliqua sur la barre d'espace. Lorsque l'écran s'éclaira, il parcourut de nouveau les courriels de Hannah. Dickens ceci, le travail des enfants cela. Même si elle ne proposait pas d'emblée de lui sucer la queue, c'était ce qu'elle faisait, en un sens. Par sa gentillesse délibérée, circonspecte même quand elle n'était pas d'accord, par la longueur de son premier message. Ces e-mails lui signifiaient qu'elle était prête à sortir avec lui s'il le lui proposait. S'il acceptait, tôt ou tard sa queue se retrouverait dans la bouche de Hannah.

À sa surprise, l'image de Hannah en train de le sucer provoqua un léger frémissement dans son entrejambe.

Intéressant. Vêtu seulement d'un boxer gris, il fit pivoter sa chaise, s'écartant du bureau pour allonger ses jambes et approfondir cette idée – à titre expérimental, afin d'évaluer son degré d'intérêt pour la jeune femme.

Il fut distrait par une inquiétante fissure qui partait de la moulure au-dessus de son lit et descendait peu à peu sur son mur. En forme de flèche, elle semblait désigner d'un air accusateur le fouillis sordide de la pièce. Des parties du matelas de son futon noir étaient exposées à l'air parce que les vilains draps noirs et blancs achetés dans l'un des « grands magasins » qui vendent des marchandises illicites dans des quartiers urbains pas tout à fait embourgeoisés, trop petits, glissaient la nuit et s'entortillaient comme des cordes autour de ses chevilles. La couette verte retombait sur le sol, un de ses angles traînant au fond d'une tasse oubliée.

Nate ne disposait pas d'un séjour, aussi sa chambre était-elle l'espace de vie principal. Quelqu'un lui avait dit une fois que l'absence de canapé était un moyen efficace d'attirer une fille dans son lit, à supposer que la saleté de l'endroit ne la rebutât pas sur-le-champ. Pour le moment, son appartement ressemblait à un corps humain négligé, avec des odeurs fétides s'échappant de fissures obscures et des débordements ingérables qui jaillissaient ici et là. Nate ne se souciait guère du ménage, ni de trouver quelqu'un d'autre pour s'en charger. Ce n'était même pas pour faire l'économie des soixante ou soixante-dix dollars que cela aurait coûtés tous les deux mois. Cela tourmentait sa conscience de voir une dame hispanique pliée en deux pour récurer ses toilettes ; il résistait jusqu'à ce que le niveau de crasse soit intolérable. Lorsqu'elle venait enfin, Consuela, Imelda ou Pilar le regardait avec de grands yeux effrayés, comme si un individu vivant de cette façon était à coup sûr un personnage dangereux. Il ne la blâmait pas. En fourrageant dans ses propres détritus, Nate avait souvent honte. Lorsque quelqu'un frappait à sa porte sans s'être annoncé, il était aussi paniqué que s'il avait dû remonter en hâte son pantalon, détacher le collant noué autour de son cou, et cacher la poupée gonflable dans son placard.

Au bout d'un moment Nate renonça à son « enquête ». Il se remit au lit – pour rassembler ses forces.

Jason lui dirait de sauter Hannah s'il en avait envie. Mais – Nate dessina dans l'air au-dessus de son oreiller un cercle de la taille d'une assiette – ce n'était pas la bonne personne à consulter pour ce genre de chose. Certes, Jason était beau (en outre, il mesurait neuf centimètres de plus que Nate), mais il lui manquait le gène « nécessaire pour plaire aux femmes » que Nate possédait et avait fini par se découvrir – même à l'époque où elles cherchaient surtout à être amies avec lui. En dépit de tout son bavardage stupide, Jason était bégueule, presque chochotte quand il s'agissait de contact physique. Il s'interrompait au milieu d'une partie de jambes en l'air pour dire à la fille qu'elle devrait utiliser un baume pour les lèvres plus riche. « Comment ? » s'exclamait-il, sincèrement surpris quand on lui reprochait ce genre de comportement. La conviction d'avoir droit à ce qu'il y avait de plus désirable – rien de moins que cela – était si enracinée en lui que non seulement il était dégoûté par les imperfections mineures des femmes, mais il considérait ce dégoût comme parfaitement légitime. « Comment aurais-je pu coucher avec une fille aux lèvres râpeuses comme du papier de verre ? » demandait-il. Bien, Jason, parfait. Mets-toi à dos chaque putain de femme célibataire qui t'accorde la moitié d'une chance. Rentre chez toi et regarde un film porno. *Une fois de plus.*

Pourtant, Jason conseillait Nate : « Arrête de réfléchir, mon pote. Tu te comportes comme une fille. » Nate détestait, détestait vraiment qu'on lui dise qu'il pensait trop. Jason n'était pas le seul à le répéter : les hippies qui idéalisent le naturel et l'« intuitif » préfèrent aussi le sentiment à la réflexion. Mais ne pas penser était une manière de s'autoriser à être un mufle. Si Nate se contentait d'écouter ses « sentiments », il se ferait Hannah sans tenir compte du reste.

Il renifla plusieurs fois de suite. Une odeur de rance planait dans l'air. Ça ne venait pas de l'appartement. C'était sa sueur qui sentait le fauve, le moisi. Il se leva d'un bond. Depuis un moment, son estomac crachait et miaulait comme un couple de chats en rut. Il avait besoin de manger quelque chose rapidement. Prendre une douche était une bonne idée, une façon d'aller de l'avant.

Après, il s'attarda devant le lavabo, une serviette nouée à la taille. Dans le miroir embué, son corps paraissait en état de panique. Ses tétons étaient des *o* roses que les poils frisés de sa poitrine qui poussaient dans tous les sens semblaient fuir en toute hâte. Une petite bedaine s'avançait, maussade, au-dessus du drap de bain blanc. Ses sourcils, épais et broussailleux comme ses cheveux, avaient besoin d'être taillés. Elisa l'avait initié au concept de l'épilation des sourcils, ainsi qu'à beaucoup d'autres innovations esthétiques, telles que les chaussettes qui ne montaient pas jusqu'à mi-mollet. « Comme des tomates sur un échalas », avait-elle dit, fronçant les sourcils devant la marque de l'élastique et les poils qui s'en échappaient avec une ferveur gesticulante.

Dans la glace, Nate serra la mâchoire et pinça la bouche. L'expression faisait penser à un expert d'une chaîne d'information par câble prenant son temps pour composer une réponse à une question épineuse : Quand Al Qaïda va-t-il frapper de nouveau ? L'Iran possède-t-il une quantité de plutonium suffisante pour l'arme atomique ? Nate n'avait jamais cessé de juger son nez problématique (un nez en forme de bulbe, un nez de paysan, comme celui du moine paillard dans une farce), mais son agente littéraire, une doyenne joyeuse et effrontée de la profession, lui avait dit qu'il avait un visage télégénique : intelligent sans être suffisant, séduisant mais, ajouta-t-elle gaiement, pas au point de saper sa crédibilité. Nate encaissa ce dernier commentaire avec un peu moins d'entrain que celui dont elle avait fait preuve en l'énonçant.

Tandis qu'il s'habillait, il jeta un coup d'œil à son ordinateur. Il hésitait encore sur la manière de répondre à Hannah. Il enfila une paire de chaussettes marron et découvrit un trou de la taille d'une pièce de dix *cents* près d'une couture. Il fit tourner le tissu pour éviter que l'orteil ne glisse dans le trou pendant qu'il marchait. Puis il se souvint qu'il venait de signer un contrat avec une maison d'édition. Récemment, en vertu de ce contrat, il avait même engagé un comptable, un progrès singulier dans la vie d'une personne qui durant des années aurait presque pu prétendre à un crédit d'impôt sur les revenus du travail. D'autres gens, tels que Jason et Peter, considéraient comme acquise une idée beaucoup plus élevée de ce qu'ils méritaient.

Jason attachait trop de valeur à son bien-être pour garder au pied une chaussette trouée. Peter, tout universitaire en difficulté qu'il fût, portait sans doute des chaussettes de soie cousues main qu'il commandait spécialement à un vieux fabricant italien. Les pieds de Nate ne méritaient-ils pas la même considération ? Nate jeta ses chaussettes marron. Il en trouva une autre paire dans son tiroir.

Avant de sortir, il contrôla une fois encore ses courriels. Juste des publipostages de différents organes de presse. Agacé, il masqua le programme e-mail. À la place apparut le dernier site web qu'il avait visité. Une femme nue plaquait ses seins contre un mur de brique, son cul poussé vers l'arrière tandis qu'elle se dressait, chancelante, sur la pointe des pieds.

Cela faisait longtemps – près de deux mois – qu'il n'avait personne dans son lit. Le week-end précédent, il aurait pu coucher, ou du moins s'amuser, avec une jeune assistante d'édition rencontrée à une fête, mais il avait décidé à la dernière minute de renoncer, de rentrer seul chez lui. Il avait été récemment anéanti par une terreur des larmes féminines, des crises de sanglots hypothétiques qui n'auraient peut-être jamais lieu. (Toutes les femmes avec qui il sortait ne l'aimaient pas !) Au milieu de la soirée, un instant fugace de lucidité lui suffisait pour anticiper la scène périlleuse et embarrassante qui risquait de se produire au bout d'une ou deux, ou trois nuits, à l'instant où il essaierait de quitter l'appartement de la fille sans promettre de la revoir ni croiser son regard, parce qu'il savait qu'elle avait compris. Puis, quelques jours plus tard, le coup de téléphone, la gaieté forcée de sa voix, son optimisme délibéré, quand elle proposait l'air de rien qu'ils projettent de faire quelque chose ensemble. Le combiné collé à l'oreille, Nate se sentait non seulement mal à l'aise, mais coupable. L'avait-il encouragée, s'était-il montré un tant soit peu plus intéressé qu'il ne l'était en réalité, alliant le tact à une stratégie perverse, animé par le désir de ne pas gâcher l'instant ? Une fois qu'il en avait pris conscience – son esprit embrumé par l'alcool, la main déjà baladeuse, soudain assailli par cette vision récurrente d'un avenir pathétique – toute l'affaire devenait simplement… irréalisable. *Inimaginable.* C'était tout lui, que ses érections indéfectibles avaient conduit à se demander s'il était un obsédé sexuel et ne risquait pas d'être arrêté pour s'être masturbé dans un cinéma porno de Floride. Mais au lieu d'apaiser son esprit, sa récente abstinence lui inspirait une autre sorte d'anxiété. Il avait l'impression d'être une mauviette.

Merde, pensa-t-il en saisissant ses clés et son portefeuille sur la commode. Peut-être devrait-il aller de l'avant et baiser Hannah, ainsi que toutes les filles bien disposées de Red Hook à Williamsburg. Pourquoi ne pas commencer au café, avec Beth, la petite si mignonne qui travaillait au comptoir ?

4

La lumière était tamisée, rougeâtre dans le bar choisi par Hannah dans Myrtle (anciennement Murder) Avenue. La musique, un album alternatif du début des années 90 vaguement familier aux oreilles de Nate, n'était pas trop forte. Une énorme canalisation dénudée traversait le plafond. Les tables étaient garnies de lampes de bureau démodées, une touche haut de gamme dans un soi-disant bouge garni d'épais rideaux dont l'aspect miteux était reproduit avec soin. Selon la formule de Jason, on reconnaît un vrai bouge à ses toilettes. Si elles ne puent pas, ce n'est pas une gargote, même si leurs murs sont couverts de graffitis.

Hannah arriva quelques minutes après huit heures, s'excusant de son retard. « Je suis impardonnable, dit-elle en se glissant sur le tabouret de bar. J'habite au bout de la rue. »

Nate sentit une odeur de shampoing à la noix de coco.

Tandis que Hannah hésitait entre un chianti et un malbec, la tête inclinée loin de la sienne, la bouche un peu boudeuse, Nate remarqua qu'elle ressemblait beaucoup à une fille qu'il avait connue au lycée. Emily Kovans était en seconde, lui en terminale. Il la revoyait encore assise sur la bande de gazon entre le bâtiment des grandes classes et la cafétéria. Ses longs cheveux blond foncé, aussi brillants que ceux de Hannah, mais un peu plus clairs et moins auburn, étaient tressés par endroits avec un cordon, et elle portait une quantité de bracelets en argent et des bagues ornées de pierres colorées. Ses sandales étaient posées à côté d'elle ; ses petits pieds dépassaient sous sa longue jupe fleurie. De façon générale, Nate n'était pas attiré par les nanas hippies, mais pendant des mois il avait nourri un tendre sentiment pour la petite Emily Kovans. Ce seul souvenir lui inspira une émotion étrange, impalpable.

« J'adore ce quartier, dit-elle. Bien sûr, la dernière fois que mes parents sont venus me rendre visite ils ont assisté à une vente de drogue devant mon immeuble. » Elle sourit en glissant les doigts d'une main dans un rideau de cheveux soyeux. « Ils n'aiment pas trop. »

Nate continua d'étudier son visage, cherchant à retrouver Emily. La ressemblance changeait avec son angle de vision. Au bout d'un moment, le sourire de Hannah se mit à faiblir. Nate se rendit compte que c'était son tour de dire quelque chose.

« Les miens détestent Brooklyn en général, déclara-t-il.

— Ah oui ? » répondit Hannah en inclinant la tête.

Nate fit pivoter son verre sur le comptoir entre son pouce et son index. « Même le fils du chiropracteur de ma mère habite à Manhattan, dit-il. Et lui n'est pas allé à Harvard, comme ma mère se plaît à le souligner. »

Hannah pouffa. « Charmant.

— Ils savent que j'ai emménagé ici quand j'étais fauché, poursuivit-il. Ils n'arrivent pas à comprendre pourquoi je reste. Je leur ai expliqué que ça me plaisait. Que tous mes amis vivent ici. J'ai dit que toute l'industrie du livre est basée à Brooklyn. »

Hannah souriait toujours. « Et ?

— Et je suis tombé dans un piège. Mon père me répond : "Tu vois ? Je te l'ai toujours dit – personne ne devient riche en écrivant. Sauf Stephen King. Et autant que je sache il n'habite pas à Brooklyn." »

Tournant le menton d'un geste enjoué, Hannah renvoya ses cheveux en arrière.

Nate se revoyait au lycée. Au cours d'histoire, la voix rocailleuse de Mme Davidoff décrivant les batailles de Franklin Delano Roosevelt avec le pouvoir judiciaire (Scott, couvrant sa bouche de ses mains et formant les mots *learned hand* chaque fois qu'elle mentionnait les tribunaux) tandis que Nate regardait Emily par la fenêtre.

Il ne se rappelait pas quand il avait pensé à Emily Kovans pour la dernière fois. Dans ce bar obscur, où une odeur de cigarette se dégageait des vêtements des gens et où un néon rose en forme de verre de martini luisait tristement sur le mur, il se rappela non seulement Emily, mais l'impression que le monde lui avait laissée. Il voyait ce qu'il n'avait pas perçu alors : à quel point son béguin palpitant, dénué de la moindre angoisse, avait été lié à sa jeunesse, à la griserie particulière qu'éprouvait un élève de terminale pendant les mois d'avril et de mai – l'université et la vie adulte scintillant devant lui comme pour le récompenser de son comportement exemplaire. (Naïvement, il avait cru ce que les professeurs et les conseillers d'orientation lui disaient sur les joies de l'université.) Il ignorait alors que la capacité d'éprouver le sentiment sincère et inconditionnel que lui inspirait Emily disparaîtrait, s'effeuillant comme des lambeaux de peau morte. Son moi actuel était beaucoup plus douteux – traversé par des désirs de courte durée, le plus souvent lubriques, dont la satisfaction, croyait-il désormais, ne le rendrait pas heureux, en tout cas pas pour longtemps.

« J'aimais bien cet air. »

La voix de Hannah le ramena à l'instant présent. Il tendit l'oreille. « *Those sheets are dirty and so are you* », entonna une chanteuse sur fond de musique pop surf californienne. C'était un album différent de celui qui jouait avant. Il ne le reconnut pas.

« Je l'ai écoutée pendant toutes mes années de lycée, dit Hannah. Et ma première année à l'université. »

Elle lui raconta qu'elle avait grandi dans l'Ohio et fait ses études dans une grande école publique, la sorte d'établissement où on prenait au sérieux la formation des *pom pom girls*.

Elle but une gorgée de vin. « Tu peux imaginer pourquoi le punk nous paraissait vraiment génial.

— L'Ohio, euh ?

— Ouais. »

Elle glissa le doigt sur la couture d'une serviette de cocktail qu'elle avait pliée en triangle. « La plupart de mes amis d'enfance sont encore à Cleveland. Peut-être à Chicago, s'ils avaient de l'ambition. »

Elle dit qu'elle s'était inscrite à Barnard sur un coup de tête et avait fini par rester dans la ville pour entrer à l'école de journalisme. « Je ne connais personne chez moi qui écrive ou se consacre à ce genre d'activité, poursuivit-elle. Ils ont des boulots normaux, ils travaillent dans une banque ou une compagnie d'assurances. Des trucs de ce genre. »

Elle cala son menton dans le creux de sa paume. Un

léger bracelet en argent glissa le long de son bras et disparut dans la manche de son pull. « Et toi ? demanda-t-elle. Tu te sentais éloigné de ce monde avant de venir ici ? Ou bien ta famille… »

Nate savait ce qu'elle entendait par là. « Je t'ai dit ce que mon père pense du métier d'écrivain ? »

Hannah eut un rire chaleureux, guttural.

Nate était charmé par quelque chose qu'il ne parvenait pas tout à fait à identifier, un ton peut-être, un tour d'esprit malicieux. À présent qu'il était seul avec elle, il trouvait Hannah un peu différente de ce qu'il avait imaginé. L'image qu'il s'était forgée était celle de la personne enjouée et compétente dont on apprécie la compagnie dans les dîners et les voyages en camping, mais elle lui paraissait plus intéressante que cela.

« Je n'ai pas grandi dans un environnement intellectuel de haut niveau, lui expliqua-t-il. Mais j'étais décidé à ne pas rester à Baltimore. J'ai fait une année de stage à Washington. Et j'ai rencontré des mecs dont les parents étaient diplomates ou chroniqueurs au *Washington Post.* J'ai compris que c'était ça que je voulais, ce que leurs parents avaient. J'avais l'impression que, s'ils y étaient arrivés, il n'y avait pas de raison pour que je n'y parvienne pas. »

Hannah se pencha, l'air amusé. « Tu voulais quoi exactement ? »

Nate entrevit la naissance de ses seins dans le décolleté en V de son tee-shirt ample.

Il jouait avec le glaçon imbibé de whisky qu'il était en train de sucer, l'appuyant contre l'intérieur de sa joue. Il n'avait pas de plan d'action pour la soirée. Il n'avait pas même pris la décision consciente de l'inviter à sortir avec lui. Le lendemain du jour où il avait reçu son e-mail, il s'était senti fébrile, rien de plus. Il avait fait défiler les noms sur son téléphone, jusqu'au dernier – Eugene Wu – dans le même esprit que lorsqu'il feuilletait des piles de menus de plats à emporter, sans en trouver un seul qui lui plût. Chacun avait un écho lassant, trop familier. À défaut d'autre chose, Hannah apportait la nouveauté. Il lui répondit, lui suggérant de poursuivre cette conversation en tête-à-tête.

« Ce que je voulais ? répéta-t-il. Tu as vraiment envie de l'entendre ?

— Oui, vraiment. »

Il se souvenait de ses anciennes rêveries : un personnage pontifiant, d'une beauté commune, avec une mâchoire puissante, assis dans un bureau lambrissé devant lequel attendait une file d'étudiants pendant qu'il parlait avec sa superbe épouse au téléphone. Parfois le bureau n'était pas lambrissé mais tout en verre avec des garnitures de chrome, une secrétaire qui lui passait ses communications et un mur vitré donnant sur les gratte-ciel de New York. Il y avait aussi une petite hutte en Afrique où il distribuait des antibiotiques et apprenait aux villageois à aimer Shakespeare.

« D'une part, faire quelque chose d'intéressant, dit-il. De l'autre, être admiré pour ce que je fais. »

Nate se rappela autre chose : la certitude que le succès vous arrivait comme ça – vous accomplissiez votre œuvre et, si vous le méritiez, il vous était accordé par la même main invisible qui veillait à ce que le traiteur ait un stock de lait et de sandwichs à vendre à ses clients. Cela aurait été si agréable. N'est-ce pas ? Il enviait parfois les gens moins clairvoyants, si séduits par le succès en soi que leur enthousiasme pour les personnes qui avaient réussi était tout à fait authentique. Nate savait très bien quand il cherchait à s'attirer les bonnes grâces de quelqu'un – ou s'y efforçait – et il était très capable d'avoir honte de ce comportement.

« Je pensais... » commença-t-il. Mais il ne savait pas comment terminer. Il se mit à tripoter un des boutons de sa chemise. « C'est plus compliqué que je ne le croyais, tout ce processus – l'ambition et l'écriture, dit-il enfin. Plus sordide. »

Hannah éclata de rire. « Tu viens de vendre ton âme ?

— Des petits bouts seulement.

— Tu as de la chance, répondit-elle. J'ai essayé. Je n'ai pas trouvé preneur. »

Comme lui, Hannah écrivait en free-lance, mais Nate était certain qu'elle n'était pas encore très avancée. Il se souvint qu'elle essayait d'obtenir un contrat pour un livre. « Ça viendra », lui assura-t-il.

Lorsqu'elle se leva pour aller aux toilettes, elle marchait les épaules voûtées ; la tête un peu baissée, comme si elle était habituée aux pièces conçues pour des gens plus petits. Elle portait un cardigan sur son tee-shirt et son jean était rentré dans ses bottes, un style qui avait rappelé Wonder Woman à Nate quand les filles l'avaient toutes adopté, un an ou deux auparavant. Sa tenue semblait presque délibérément peu excitante. Mais elle avait la manie de serrer contre elle les deux pans de son gilet, ce qui avait pour effet de rehausser sa poitrine (assez substantielle). Tandis qu'elle s'éloignait, le long cardigan le priva d'une vision inédite de son cul.

« Vous en voulez un autre ? »

Nate tourna la tête. La serveuse, une jeune femme, fixait l'endroit où aurait dû se trouver le visage de Nate s'il n'avait pas suivi Hannah des yeux. Elle était plus élégante que jolie, avec un nez légèrement busqué et des lèvres boudeuses. Deux longues couettes de cheveux bruns encadraient son visage.

« Oui, merci », dit-il. Il indiqua le verre vide de Hannah. « Et un autre chianti pour elle.

— Elle buvait du malbec.

— Alors un malbec. »

Elle se pencha au-dessus du comptoir pour ramasser la serviette froissée de Hannah. Son décolleté était franc et assumé. Les deux boutons supérieurs de son chemisier en tissu écossais étaient défaits, et le débardeur qu'elle portait dessous, très échancré.

Elle se glissa à l'autre bout du bar. Pendant qu'il parlait avec Hannah, des petits groupes de gens étaient entrés. Leurs longues silhouettes oscillaient dans l'ombre. Une boule disco projetait des taches lumineuses rouges et bleues qui dansaient sur les murs de la longue salle étroite.

Lorsque Hannah revint, elle jeta un coup d'œil à son verre. « Merci. La prochaine tournée est pour moi. »

Jason avait une théorie : les filles qui proposent de payer lors d'une sortie avec un garçon manquent d'amour-propre. Elles ne se croient pas dignes d'être invitées ; c'est un signe que la demoiselle a un problème. Nate n'était pas sûr de l'approuver. Quelquefois, c'était simplement agréable, équilibré – surtout si on n'était pas Jason, toujours plein aux as parce qu'il bénéficiait, Nate en avait la certitude, de l'aide financière conséquente de ses parents ou de ses grands-parents. Bien sûr, Jason et lui ne discutaient pas ouvertement de ces sujets. Personne ne le faisait dans leur cercle d'amis.

Jason ne serait jamais sorti avec Hannah de toute manière. Il ne s'intéressait qu'aux femmes d'une beauté très conventionnelle, une préférence qu'il avait un jour défendue avec des arguments fondés sur la justice sociale : « Si les gens brillants ne s'accouplaient qu'avec d'autres gens brillants, les structures des classes sociales s'ossifieraient. Il y aurait une sous-classe permanente de crétins. Mais lorsque des hommes intelligents s'accouplent avec de belles femmes, intelligentes ou pas, tu déstabilises ce système de castes figé. Les gosses de riches bornés rendent service à tout le monde en contredisant la théorie qui justifie le privilège de naissance. » Jason était un âne. Pourtant, Nate était préoccupé par le jugement que porterait son ami sur Hannah – il la noterait sûrement 7/10 (collègue de travail). Il n'aimait pas l'idée de sortir avec des filles dont Jason ne voudrait pas. C'était une erreur, puisque Nate restait le meilleur des deux – par son succès, et par ses mérites.

Un genre de réflexion qui ne l'aidait guère. « Quel est le sujet de ton projet de livre ? demanda-t-il à Hannah.

— Comment ? Oh… *ça.* » Elle se mit à ajuster les plis de son cardigan. « Les classes sociales et l'université en Amérique, dit-elle enfin. C'est l'histoire et l'analyse d'une obsession nationale. Les grandes universités, notre version de l'aristocratie. » Elle hocha la tête dans sa direction. « Tu as un joli tee-shirt, tu sais. »

Nate baissa les yeux. Il avait défait les premiers boutons de sa chemise Oxford. Laissant juste apparaître les lettres cramoisies *A-R-V.* Il rit.

Jason pouvait aller au diable. Nate passait un bon moment.

« Quand vas-tu présenter ton projet ? » demanda-t-il.

Hannah effleura une de ses boucles d'oreilles, un anneau d'argent qui se balançait. « Je n'ai pas encore terminé, répondit-elle. Ça me prend plus de temps que je ne l'espérais. »

Nate hocha la tête. « C'est beaucoup de travail. Tu dois l'étayer le plus possible. »

Un instant plus tard, il observa d'un ton désinvolte qu'il était affligeant de constater combien les gens lisaient peu aujourd'hui. « On a du mal à ne pas se sentir insignifiant dans un monde où un livre qui se vend bien ne dépasse pas les 100 000 exemplaires. Même l'émission de télé la plus nulle sur le voyage dans le temps ou les animaux domestiques assassins serait supprimée sur-le-champ si elle faisait une aussi mauvaise audience.

— Oh, je ne sais pas, dit Hannah, se tournant sur son tabouret pour lui faire face. Je pense que c'est de l'orgueil de vouloir jouer sur les deux tableaux. Tu veux écrire des livres parce que c'est ton truc mais tu veux aussi être traité comme une rock star. »

Elle tenait son verre de vin par la base, de façon précaire mais assez élégante, presque au niveau de son menton. Il y avait dans son attitude une certaine majesté insouciante qui ne cadrait pas tout à fait avec sa timidité d'avant.

« Tu es vraiment aussi indifférente au sort des livres ? demanda Nate. Tu as dit l'autre soir que tu aimais Nabokov. Tu ne crois pas que, si les gens ne lisaient pas *Lolita*, ce serait dommage ?

— Je pense que les gens susceptibles d'apprécier *Lolita* le liront, répliqua-t-elle avec une expression de défi – l'air charmeur. Je me moque du reste. Je veux dire, peu m'importe ce qu'ils font pour le plaisir. »

L'idée que le point de vue de Hannah n'était pas très féminin traversa l'esprit de Nate. Elle s'exprimait en esthète, et les femmes, d'après son expérience, étaient plus portées sur la pédagogie. Il eut l'intuition qu'elle paraphrasait quelqu'un d'autre (un professeur ? les cours de littérature de Nabokov ?) et qu'il s'agissait d'un homme.

« Tu affirmes que la plupart des gens sont des philistins et que ni l'éducation ni l'ouverture culturelle n'y changeront rien ? » reprit-il.

Elle haussa un sourcil. « Pas précisément. Enfin, plus personne n'emploie le mot "philistin" aujourd'hui !

— Tu sais ce que j'entends par là.

— Je ne crois pas que ces gens soient pires parce qu'ils n'aiment pas les romans, si c'est ce que tu veux dire.

— Ah oui ?

— Ils pourraient être, voyons, des génies scientifiques ou des chrétiens qui consacrent leur vie aux bonnes œuvres. Je ne vois pas en quoi le fait de lire des romans devrait faire de toi un être supérieur.

— Tu le penses vraiment ? Ou bien tu fais semblant de t'y intéresser parce que c'est politiquement correct ? »

Hannah éclata de rire et son cardigan s'ouvrit, révélant la forme de ses seins sous son tee-shirt.

« Je le pense en grande partie, répondit-elle. Du moins, je m'y emploie. »

Nate se rendit compte qu'il avait un dialogue avec elle – c'est-à-dire qu'il ne menait pas une conversation tout en notant mentalement ses tics, ses limites intellectuelles. Lorsqu'il sortait avec une fille, sa propre intelligence ressemblait souvent à un appendice gênant qui échouait à lui fournir les qualités requises dans ce genre de situation – à savoir un humour cynique, décapant ; la galanterie ; l'appréciation de certains romanciers tendance – et qui constituait un handicap car elle lui rappelait qu'il s'ennuyait. Ce n'était pas le cas en ce moment.

« C'est du snobisme de penser que *Lolita* vaut mieux qu'une émission de télé sur les animaux domestiques ? insista-t-il.

— C'est du snobisme de croire qu'on est supérieur à une autre personne juste parce que le récit le plus raffiné au monde de l'agression sexuelle d'un enfant la laisse de marbre. »

Ses yeux étincelèrent dans un faisceau de lumière projeté par la boule disco.

Nate proposa de commander une autre tournée.

Quand la serveuse apporta leurs verres, il se souvint de quelque chose. « Je ne savais pas que tu étais amie avec Elisa », observa-t-il.

Hannah regarda le comptoir en Formica noir. Du bout des doigts, elle fit glisser son verre de vin dessus, le guidant comme un palet de hockey sur la glace.

« Nous ne sommes pas vraiment amies, répondit-elle. Pour être honnête, j'ai été surprise par son invitation à dîner. Agréablement surprise, je dirais. »

C'était tout à fait logique. Elisa n'était pas douée pour entretenir des amitiés avec les femmes. Elle s'entichait souvent de nouvelles amies, mais d'une année à l'autre ce n'étaient plus les mêmes. Sans doute n'était-ce pas une coïncidence si la moitié des invités de cette soirée avaient été les amis de Nate plus que les siens.

« Et toi ? s'enquit Hannah. Toi et Elisa…

— Nous étions ensemble », répondit-il aussitôt.

Hannah acquiesça. Nate l'imita. Il soupçonnait qu'elle était déjà au courant pour lui et Elisa. Ils continuèrent un moment de se regarder en hochant la tête.

« C'est super que vous soyez encore amis », dit-elle.

Elle lui proposa de sortir pour fumer une cigarette. Nate fut heureux de cette occasion de se lever.

Le mois de juin avait été froid ; l'air du dehors était vif. Hannah et lui tournaient le dos au bar. De l'autre côté de la rue, dans une nouvelle bodega très éclairée, de hautes piles d'ananas et de bananes s'empilaient sur une table. Le mur du fond disparaissait derrière des monceaux de papier toilette emballé dans une cellophane d'un vert bucolique. À côté de la bodega se trouvait un bureau d'assurances miteux avec une façade en verre.

Hannah fouilla dans son sac à main et tendit un paquet de cigarettes jaune à Nate. Il le tint à distance de son corps, tel un abstinent forcé de garder un verre de martini à la main.

« Je ne savais pas que tu fumais », observa-t-il.

Elle continuait de chercher dans son sac. « Seulement quand je bois », répondit-elle. Sa voix était devenue un peu chantante. Elle avait bu autant que Nate, à la même cadence. Cela l'avait étonné.

Le feu passa au vert. Deux taxis jaunes au lumineux éteint passèrent en trombe en direction de Manhattan. Hannah avait récupéré un briquet en plastique. Il la regarda porter une cigarette à sa bouche, la protégeant d'une main pour l'allumer de l'autre. Lorsqu'elle inhala, ses lèvres dessinèrent un petit *o*. Ses paupières se fermèrent, indolentes. Le plaisir parut l'envahir.

« On dirait une junkie. »

Sans croiser son regard, elle lui fit un doigt d'honneur. Nate éclata de rire.

« J'en ai assez de la lutte antitabac, dit-elle. C'est si totalitaire. »

Avant de savoir ce qu'il était en train de faire, Nate se pencha pour l'embrasser. Il fondit sur elle avec une telle rapidité qu'elle émit un petit gloussement puéril de surprise avant de céder et de répondre à son baiser. Il sentit que la cigarette tombait sur le sol.

Sa bouche avait un vague goût de cendrier. Cela ne le dérangeait pas. Cela lui plaisait qu'elle juge la campagne antitabac « totalitaire ».

Il la fit marcher à reculons jusqu'à ce que ses épaules touchent la façade en brique d'un bâtiment voisin. Il s'appuya contre elle, une main posée sur le mur au-dessus de sa tête pour garder l'équilibre, l'autre suivant la courbe de sa hanche. Brusquement, il sentit sa poitrine se contracter, comme si son corps réagissait à une pensée que son esprit n'avait pas encore formulée. Sans le vouloir, il avait commencé à se demander s'il ne commettait pas une erreur, si l'affection spontanée qu'il ressentait pour Hannah ne lui prouvait pas que c'était la dernière chose à faire.

Non. La main appuyée au mur se ferma, s'égratignant contre la brique ; l'autre se glissa dans le creux des reins de Hannah, juste au-dessus de son cul, qui était très, *très* agréable. À travers sa chemise, il sentit ses doigts monter dans son dos. Il se donna l'ordre de la fermer et de jouir de l'instant présent.

5

Nate leva sa cafetière à contre-jour. La moitié inférieure était une mixture de taches marron pâle aux contours sombres, une chronique de fossiles de chaque pot de café qu'il avait préparé depuis la dernière fois qu'il l'avait nettoyée. Il se mit à frotter l'intérieur avec une éponge tiède.

Au bout d'un petit moment, ses pensées se tournèrent vers Hannah. Il avait eu du plaisir à passer la soirée avec elle l'autre fois. Ce n'était pas tellement inhabituel. En général, il aimait les premiers rendez-vous. Plus insolite, l'impression d'elle qu'il avait gardée, un mélange de bon sens et de profondeur intellectuelle. Il ne l'avouerait pas tout haut, mais il pensait souvent que les femmes étaient soit profondes, soit raisonnables, mais rarement les deux à la fois. Aurit, par exemple, était profonde mais pas raisonnable. Kristen était raisonnable mais pas profonde.

Parfois il se demandait s'il n'était pas un peu misogyne. Au cours des années, différentes femmes lui avaient reproché d'admirer presque toujours des écrivains morts, blancs et de sexe masculin. Elles s'en plaignaient avec une jubilation accusatrice, mais Nate n'y attachait guère d'importance. Pendant la plus grande partie de l'Histoire des barrières systémiques avaient empêché les femmes de faire des études et de saisir leur chance. Elles n'avaient pas beaucoup écrit.

Il ne précisait pas – pourquoi verser des pièces dans le dossier de l'accusation ? – que le genre d'écriture qu'il préférait était foncièrement masculin. Les auteurs qui l'impressionnaient le plus n'étaient pas animés par un sentiment de rancune personnelle. (Ils n'étaient pas susceptibles d'écrire, disons, des poèmes intitulés « Maman ».) Bien sûr, ce n'était pas une description exacte de tous les ouvrages publiés par des femmes. Cependant, lorsqu'il lisait une œuvre qu'il admirait, une œuvre contemporaine – fiction, essai, qu'importe – il y avait 80 % de chances pour que l'auteur fût un homme.

Il pensait que les femmes étaient en tout point aussi intelligentes que les hommes, aussi capables de calculer combien de temps il faudrait au train A pour entrer en collision avec le train B s'ils roulaient à une vitesse moyenne de C. Elles étaient aussi capables d'avoir une pensée rationnelle ; simplement, elles n'avaient pas l'air de s'y intéresser. Elles étaient heureuses d'utiliser des arguments rationnels pour défendre ce qu'elles croyaient déjà mais peu susceptibles de se laisser influencer s'ils contrariaient leur penchant, voire leur intuition, démontaient une opinion qui leur était chère ou irritaient leur amour-propre. Bien des fois, lorsque Nate discutait avec une femme, il atteignait un point où il était clair qu'aucun argument ne modifierait sa façon de penser. Elle « sentait » que son point de vue était juste ; il était par conséquent hermétique.

Même les femmes sciemment « intellectuelles » s'intéressaient avant tout à la défense d'une cause, utilisant leur intelligence pour militer en faveur du féminisme, de l'environnement, du bien-être des enfants, ou pour interpréter leur propre expérience. Aurit, par exemple, était l'une des personnes les plus brillantes qu'il connût. Clairvoyante, originale, elle n'était pas timorée sur le plan intellectuel comme beaucoup d'autres ; défier la sagesse conventionnelle ne lui posait pas de problèmes. Mais elle puisait ses sujets – le sionisme, le judaïsme, le patriarcat – dans sa propre vie. Lorsqu'elle essayait d'écrire des textes plus abstraits, le résultat était plutôt mince. Elle ne s'intéressait pas aux relations internationales ni à la politique du Proche-Orient ; ce qui l'intéressait, c'était l'expérience de quelqu'un qui avait grandi dans une famille israélienne conflictuelle fonctionnant comme un monstre à deux têtes, tiraillée entre le socialisme progressiste et le tribalisme primitif. En d'autres termes, être Aurit l'intéressait. Très bien. Mais ce n'était pas la même chose.

Bien sûr, si on le lui faisait remarquer, elle était furieuse. Si un propos la mettait mal à l'aise, c'était à ses yeux une raison suffisante pour le rejeter. Elle n'aimait pas non plus que Nate aborde des sujets qui lui échappaient. S'il se mettait à parler de philosophes qu'elle n'avait pas lus – c'est-à-dire presque tous –, son visage se crispait, elle pinçait les lèvres, une veine palpitait sur sa tempe, comme si Nate, en parlant de Nietzsche, brandissait sa queue pour la fouetter. Même Jason – pourtant Aurit était une bien meilleure personne que lui – se montrait plus correct sur le plan intellectuel.

La brillante Aurit se comportait la sorte. S'il était honnête avec lui-même, Nate pensait aussi que les femmes en général étaient moins capables (ou moins soucieuses) que les hommes d'avoir une approche esthétique désintéressée de la littérature ou de l'art : elles étaient plus susceptibles de fonder leurs jugements sur le message d'une œuvre – soit elles l'approuvaient (ou non), soit il méritait d'être exprimé.

Le pot à café avait atteint une transparence acceptable.

Nate le posa et inspecta la cafetière, examinant les résidus de moutures incrustés à l'intérieur. Lorsqu'il retourna l'appareil en plastique, les compartiments s'ouvrirent, dansant sur leurs charnières. La machine se mit à glisser dans ses mains. Il s'accroupit aussitôt et la rattrapa, la plaquant sur son ventre. Il la posa sur l'évier et commença à la tapoter avec l'éponge ramollie.

Une fois sa tâche achevée, il laissa la cafetière sécher sur le plan de travail, à côté de la carafe. Il se dirigea vers la chambre, retirant son tee-shirt humide. Le faible soleil de la fin d'après-midi ne parvenait pas à percer l'épaisse couche de nuages et une mélancolie fébrile planait dans l'air. Un léger film de condensation mouchetait la vitre de la fenêtre, lui donnant l'impression d'être dans un espace clos, hermétique.

Il éprouva une bouffée d'affection pour son petit pigeonnier. Son style sordide très personnel le touchait à un niveau basique. La vraie misère, ce n'était pas ça – au contraire de l'utilitarisme aride de l'appartement de banlieue de ses parents, où différents appareils invisibles, tels des moniteurs d'hôpital, émettaient une vibration monotone, continue. Ou bien était-ce l'élégance de pacotille du pavillon où ils avaient habité pendant son enfance, une version immigrante du foyer américain, inspirée des émissions de télé de la génération précédente, avec des fleurs artificielles et un salon rarement utilisé. Même les logements acquis ces dernières années par certains de ses amis dans des copropriétés haut de gamme de bon goût d'avant-guerre, avec leurs barrières pour enfants et leurs réfrigérateurs pour le vin (des réfrigérateurs pour le vin !), semblaient plus sordides à Nate que son petit appartement qui était, par contraste, le lieu de vie d'un individu tourné vers d'autres préoccupations que le confort domestique si aliénant recherché par la plupart.

Il avait fait un peu de ménage. C'était mieux. La vie quotidienne de Nate était caractérisée par des accès de productivité ponctués de rechutes dans la léthargie, la solitude, la crasse, la mélancolie. Ses humeurs noires avaient tendance à se perpétuer. Il ne disposait pas d'un travail ou d'une routine permanente pour s'extraire de ce bourbier, et l'alcool – son recours habituel – ne lui rendait service qu'à court terme. Pourtant, Nate n'avait jamais été vraiment mis en échec par ses humeurs, pas plus d'un jour ou deux en tout cas, et depuis qu'il avait vendu son livre, ses passages à vide étaient à la fois moins fréquents et moins sérieux. Si son succès relatif ne l'avait pas rendu précisément heureux, il avait allégé son fardeau. Aujourd'hui l'approche d'une date limite l'avait poussé à sortir du désœuvrement. Il devait rédiger une critique de livre au plus vite. Pour s'y préparer, il s'était lancé dans une activité intensive. Au cours des dernières heures, il était allé courir (8 kilomètres en 45 minutes et 38 secondes), il avait posté une carte RSVP en retard pour le mariage d'un ami, avait déposé son linge à laver, et s'était rendu à l'épicerie pour acheter de la bière, du lait, trois pizzas Celeste pour le prix d'une (en promotion), une provision conséquente de céréales Raisin Bran et Lucky Charms (son petit déjeuner préféré se composait d'un bol de Raisin Bran suivi d'un « dessert » de Lucky Charms).

Jugeant qu'il méritait un instant de repos, Nate ouvrit la fenêtre de sa chambre et se pencha au dehors, respirant des bouffées d'air humide. Les deux baies de son appartement – l'autre se trouvait dans la cuisine – étaient les seuls avantages qu'un jeune cadre aurait pu convoiter. Orientées vers le sud, elles laissaient pénétrer beaucoup de lumière, et depuis le cinquième étage, la vue était correcte – si on regardait la ligne des toits au-delà des immeubles voisins, au lieu de la rue tout en bas. Mais son pâté de maisons lui était plus cher à cause de sa laideur. Sa proximité avec les endroits à la mode – bars et restaurants attractifs, cafés, où se pressaient ses amis – était un atout, mais c'était son côté ringard qui lui plaisait. À l'angle de la rue, on lisait sur l'auvent jaune d'un magasin de réparation de pneus « Ouvert de 7 heures à… ». Le dimanche matin, l'église de l'autre côté de la rue attirait une foule de femmes noires vêtues de jupes à mi-mollet que la brise plaquait sur leurs jambes.

Ces vestiges du quartier tel qu'il avait été autrefois étaient particulièrement émouvants aujourd'hui. Dans son propre immeuble, des gens qui vivaient depuis de nombreuses années dans des appartements sombres, moisis avec des plaques de lino fissurées assistèrent depuis leur seuil à la destruction des bâtiments voisins, puis à leur réhabilitation avec de nouvelles fenêtres étincelantes, des planchers en feuillu, des équipements en acier inoxydable – et des locataires d'une espèce différente, prêts à payer plusieurs fois le loyer d'un logement non rénové. Nate avait emménagé quelques années avant la vague actuelle de super-embourgeoisement ; il tirait orgueil d'habiter dans un appartement ayant subi des améliorations minimes.

Pourtant, comme les arrivants les plus récents, il ne vivait parmi les pauvres que de façon superficielle. Ils marchaient dans les mêmes rues et prenaient les mêmes métros (les bus, néanmoins, étaient abandonnés en grande partie au sous-prolétariat), mais les deux groupes auraient pu exister dans des strates différentes de l'atmosphère terrestre, qui de loin seulement semblaient être sur le même plan. Un magasin intitulé National Wines & Liquors, Inc., où l'alcool et le caissier étaient enfermés derrière des vitres blindées, n'était pas réellement un concurrent pour le Tangled Wine beaucoup plus récent, qui se spécialisait dans les vins bio et locaux et exposait les œuvres d'artistes de la région lors de ses dégustations du jeudi soir. Même dans les bodegas, où convergeaient tous les chemins, les différentes strates de résidents maniaient rarement la même marchandise. Nate prenait le *New York Times* (ils ne l'avaient en stock que depuis peu – lorsqu'il s'était installé dans le quartier, il devait aller jusqu'à Park Slope pour l'acheter), tandis que les chauffeurs de taxi et les ouvriers du bâtiment s'emparaient du *Post.* Il achetait six packs de bière à emporter plutôt que les canettes de quarante onces à usage unique. Seuls les billets échangés sur le comptoir passaient entre toutes les mains.

Nate entendit dans la rue le vrombissement sonore d'un moteur, suivi d'un crissement de pneus. Des cris retentirent mais les mots lui échappèrent tandis que deux jeunes femmes traversaient la rue devant un véhicule à l'arrêt.

Il repensa à Hannah. Après s'être embrassés l'autre soir, ils étaient retournés dans le bar pour terminer leurs verres. Il l'avait raccompagnée chez elle, et ils avaient encore un peu flirté devant son immeuble. Même avec le recul, il la trouvait – par sa volonté naturelle de le contredire, sa tenue peu féminine mais plutôt seyante – extrêmement sexy.

Il devait se calmer. Il avait la mauvaise habitude de se concentrer au départ sur une ou deux choses qui lui plaisaient chez chaque nouvelle fille qui l'intéressait, comme pour justifier son attirance. Celle-ci (Emily Chiu) n'était pas seulement belle, délicate avec une finesse qu'il jugeait fascinante, mais le jour de leur première rencontre, ils avaient eu à propos de leur histoire d'enfants d'immigrants une conversation intense qui les avait rapprochés. Celle-là (Emily Berg) était drôle. Une troisième était éblouissante par son bon sens, sa compétence et ses manières efficaces. (Oui, au début, il avait cru tomber amoureux de Juliet.) Mais les premières impressions n'étaient pas fiables. Juliet, par exemple. Elle se vantait d'être une personne qui avait le courage de ses opinions, qui appelait un chat un chat, mais au bout de quelques rendez-vous, Nate avait senti que le terme *agressive* lui correspondait mieux. Elle était dépositaire de vérités à la fois évidentes et grossières : une amie devait faire un régime, un collègue en difficulté devait accepter ses limites et arrêter d'essayer d'être « le reporter pro dont il n'a pas les épaules ». Elle posait rarement à Nate des questions sur lui, sauf pour se demander s'il était allé à tel ou tel restaurant et pour s'ébahir lorsqu'il répondait que non. Ils ne parvenaient pas à trouver beaucoup de sujets d'intérêt commun ; lorsqu'ils étaient ensemble, Nate passait presque tout son temps à prétendre se passionner pour des questions qui ne l'attiraient que modérément : des problèmes de personnel au *Wall Street Journal*, le nombre important de journalistes économiques qui ne maîtrisaient pas leur domaine faute de solides connaissances, les mérites comparés des céréales complètes et des céréales allégées. Le fort pourcentage de New-Yorkais intimidés – d'après Juliet – par les femmes qui réussissaient.

Nate n'avait rien à lui reprocher – beaucoup d'hommes la jugeaient désirable, sans aucun doute – mais ils n'étaient pas faits l'un pour l'autre. Pourtant, lorsqu'il se rendait compte qu'il avait été trompé par sa première impression – de Juliet ou d'une autre fille avec qui il était sorti – il se trouvait idiot de s'être laissé aller à un enthousiasme qui était retombé par la suite.

Bien sûr, ces femmes auraient dû l'écouter lorsqu'il leur disait qu'il ne cherchait rien de sérieux. Mais, à un certain niveau, peu importait leur manque de discernement. Les gens soucieux de l'éthique n'abusent pas de la faiblesse des autres ; on ne se comporte pas comme un propriétaire peu scrupuleux ou un escroc profiteur. Rencontrer ces femmes donnait précisément l'impression de piétiner leur faiblesse – tant d'entre elles affichaient cet espoir sans limites, cet appétit de contact, que les hommes, croyaient-elles, partageaient avec la même ferveur.

Se basant sur quoi ? Sur qui ?

Nate sentit la fraîcheur de l'air du dehors sur son torse nu. Il revint à l'intérieur, prêt à se mettre au travail. L'ouvrage qu'il recensait était écrit par un romancier israélien de gauche. Les semaines précédentes, il avait lu toutes les œuvres précédentes de l'auteur et d'autres ouvrages en rapport avec le sujet, mais n'avait pas encore ouvert le livre dont il devait rendre compte.

Il se plongea rapidement dans le texte, levant à peine les yeux pour voir le soleil s'enfoncer derrière l'horizon gris en dents de scie composé d'immeubles de cinq ou six étages. Il était déjà déçu par le contenu du roman – débordant de sentimentalité, avec des idées politiques superficielles et complaisantes – lorsqu'il se rendit compte qu'il plissait les yeux pour lire dans une semi-obscurité ; il alluma sa lampe de bureau. Il termina sa lecture vers minuit et commença à prendre des notes. Plusieurs heures après, il éteignit pour faire un petit somme. Il était de nouveau à son bureau, penché sur son ordinateur portable, lorsque la première lueur orangée commença à briller dans l'obscurité. Il s'approcha de la fenêtre. Même la façade de l'église paraissait austère et empreinte de dignité dans la brume du petit jour. *La ville à présent porte, tel un vêtement, la beauté du matin ; silencieux, nus*[1]... Il se jura de prêter plus souvent attention au lever du soleil, après une nuit blanche. C'était ce qu'il se répétait toujours lorsqu'il n'avait pas fermé l'œil depuis la veille.

Au milieu de la matinée, le soleil était éclatant, brillant de tous ses feux. Les derniers nuages étaient réduits à des filaments ballottés par la brise. Nate ferma ses stores pour bloquer la clarté. Il développait à présent le cœur de son argument. Il partageait l'indignation de l'auteur devant certains changements dans l'Israël contemporain, mais jugeait inévitable, écrivit-il, le glissement du pays vers la droite. Lorsqu'une nation proclamant son allégeance aux principes de la démocratie libérale est fondée sur des considéra-

1. « Composé sur le pont de Westminster », de William Wordsworth (*N.d.T.*)

tions nationalistes, elle devra inévitablement faire face à cette contradiction, même si le nationalisme prend la forme du sionisme. Dès sa création, Israël a été rongé par l'esquive – comme les États-Unis par l'esclavage – et ne dispose donc pas d'arguments solides pour discuter avec un nombre grandissant d'Israéliens, en particulier les Juifs orthodoxes et les immigrants russes, qui rejettent les principes progressistes à cause de leur « faiblesse ». Un jour viendra où il faudra rendre des comptes, au lieu de se tordre les mains de désespoir. (Aurit allait détester cet article, s'avisa Nate.)

De temps à autre, alors qu'il réfléchissait à une phrase ou mettait au point un contre-argument, il se levait et marchait de long en large, les mains croisées sur la nuque, arpentant le petit périmètre de son appartement. À la fin de l'après-midi, il releva ses stores et regarda dehors. L'ombre des nuages passait si vite sur les toits des immeubles qu'il avait la sensation d'être lui-même en mouvement.

Au début de la soirée, il envoya sa critique achevée. Il eut l'impression d'émerger d'un cabinet obscur et secret. Il se doucha, puis laissa sur le sol une succession d'empreintes de pas mouillés quand il repartit dans sa chambre, une serviette nouée autour de la taille, les joues lisses et rosies au contact du rasoir. Il résista à l'envie d'envoyer un courriel au rédacteur en chef avec des corrections mineures qui lui étaient venues à l'esprit pendant qu'il se rasait. Au lieu de cela, il ramassa trois bols de céréales, deux tasses, une canette vide de Bud Light, une assiette orangée en céramique remplie de croûtes de pizza, et plusieurs serviettes en papier graisseuses. Un résultat modeste après vingt-quatre heures de travail continu.

Assis dans un bar du quartier environ une heure plus tard – sa faim apaisée, son intérêt pour le match des Yankees sur l'écran plat déclinant au fur et à mesure qu'ils menaient par un score de plus en plus important devant les Orioles – il éprouva le désir de voir Hannah. Il voulait lui parler de sa critique, dont il était très satisfait. Il avait fait une allusion indirecte à Nabokov qui lui plairait sans doute.

Il joua avec l'idée de l'appeler pour voir si elle avait envie de le rejoindre. Mais c'était ridicule. Il s'endormait littéralement sur son tabouret et avait la tête qui tournait après une seule bière. D'autre part, l'idée d'entamer une relation éveillait sa méfiance.

Il laissa quelques dollars sous son verre, salua d'un signe de tête le barman, un type musclé et bourru qui avait son âge. Lorsque Nate arriva dans la rue, un livreur à vélo passa en trombe, l'obligeant à battre en retraite. Il se rendit compte à quel point il était ridicule, *névrosé*. Il attachait beaucoup trop d'importance à tout cela. Il décida de téléphoner à Hannah le lendemain.

Le restaurant où ils se retrouvèrent était un de ces endroits ressemblant à un bistrot, avec des banquettes en cuir rouge et un carrelage noir et blanc, un décor inspiré par *Casablanca* et le colonialisme français. Lorsque Nate arriva, Hannah s'appuyait au bar, un verre à la main. Un rayon de soleil dessinait une rayure sur son dos mince, puis traversa sa poitrine et ses épaules comme elle se tournait vers lui.

Elle portait un chemisier ajusté et une jupe étroite qui n'était pas mini mais ne lui arrivait pas aux genoux. Elle était charmante. « Tu es très bien habillée, dit-il.

— Merci. »

Nate tira sur son tee-shirt, et remarqua que son ventre dépassait un peu. Il le rentra, s'apercevant que son jean à la mode, choisi par Elisa, était avachi en raison de lavages trop espacés. Ses poches gonflées par son portefeuille, ses clés et son téléphone produisaient un effet inesthétique.

« Tu penses qu'il va pleuvoir ? » demanda Hannah.

Elle indiqua du menton le parapluie qu'il tenait, inclinant la tête vers la fenêtre. Au-dessus des toits, le ciel était d'un bleu lumineux.

« J'ai peut-être été mal renseigné », répondit-il.

Il lui raconta que la fille qui travaillait dans son café habituel le lui avait donné. Quelqu'un l'avait oublié des semaines plus tôt.

« C'est gratuit, ça ne se refuse pas, hein ? » dit-il. Puis il plissa les yeux pour examiner le parapluie qui était d'une taille démesurée, avec un tissu blanc et violet. « Un peu voyant peut-être. »

Lorsque Hannah sourit, il fut de nouveau frappé par sa ressemblance avec Emily Kovans.

« J'espère que je ne vais pas devenir comme mon père, observa-t-il une fois qu'on les eût installés à une table au fond du restaurant. Il adore se vanter de n'avoir jamais eu à acheter de torchons ni de gants de toilette parce qu'il garde ceux qu'on vous fournit au gymnase. »

Hannah lui demanda de décrire ses parents – « quand ils ne volent pas du linge de maison, j'entends ».

Nate eut aussitôt envie de retirer ce qu'il avait dit. Il n'aimait pas la dérision qui se glissait dans sa voix chaque fois qu'il parlait de ses parents, comme lors de son précédent rendez-vous avec Hannah, où il avait tourné en ridicule leur point de vue sur Brooklyn. Pour distraire son auditoire, il se surprenait souvent à se moquer de leur comportement d'immigrants de classe moyenne : leurs remarques non politiquement correctes sur les minorités, leur manière défensive, presque puérile, d'affirmer leur supériorité sur les Américains et la culture américaine qu'ils interprétaient si souvent de travers, leur souci trop flagrant des questions d'argent, leur méfiance à l'égard des gens qu'ils soupçonnaient souvent de chercher à profiter d'eux. Toutes ces histoires étaient vraies, mais lorsque Nate les répétait, quelque chose ne passait pas. Il éprouvait pour ses parents plus d'empathie que son ton ne le laissait entendre, car ce qu'il essayait vraiment de dire était sans doute : « Je suis différent – je viens de Harvard, de New York, je n'ai rien à voir avec ces ploucs. » Cela avait été particulièrement désastreux avec Elisa. Peut-être ne lui avait-il jamais pardonné l'accent cruel de son rire lorsqu'il lui avait raconté qu'une fois, il y avait très longtemps, ils s'étaient exclamés avec des Oooh et des Aaah devant le mobilier exposé dans la vitrine d'un magasin de location avec option d'achat. Ils avaient dit que la table basse crème et or laquée et la tête de lit en forme de cygne leur rappelaient Versailles.

« Ils ne sont pas comme ça, dit-il à Hannah alors qu'un serveur déposait les menus. Ce sont des gens très gentils. »

Elle se montra plus communicative. Ses deux parents avaient grandi dans la partie ouest de Cleveland (« le mauvais côté »). Son père était le fils intelligent d'un ouvrier de l'industrie automobile qui avait courtisé et séduit une fille populaire, la mère de Hannah, lorsqu'ils étaient étudiants à Kent State.

« C'était littéralement la reine de la fête », dit Hannah. Son père était un avocat d'entreprise. Elle avait deux sœurs plus âgées, toutes les deux équilibrées, brillantes, « plus typiques du Middle West ». Elles étaient mariées ; l'une vivait à Chicago et l'autre à Cleveland, dans la partie est.

Ils terminèrent leurs cocktails, et Nate commanda une bouteille de vin.

« Ce dîner prend un tour très formel, observa Hannah. Très WASP. »

Elle lui raconta que deux week-ends plus tôt, elle s'était rendue à Cape Cod, dans la maison de bord de mer d'une amie. Elle décrivit la cave à vins et sa chambre, qui donnait sur une véranda avec accès direct à la plage. Elle avait eu de la peine à se persuader qu'elle ne rêvait pas, dit-elle. Nate fit remarquer que les riches aiment se montrer hospitaliers avec les artistes, les intellectuels. Ils ont besoin d'un public assez subtil pour apprécier tout ce qu'ils possèdent. Cela leur permet d'en tirer plus de plaisir. Hannah suggéra qu'il était trop cynique. La famille de son amie avait de l'argent. En quoi cela rendait-il son accueil plus suspect que celui des autres gens ? Nate répondit qu'il ne cherchait nullement à insulter son amie. Il parlait sur un plan « macro ».

« Ah, sur un plan *macro*, commenta Hannah. Je vois. »

Nate fut aussitôt embarrassé. Pourquoi avait-il employé ce mot ? Il avait la mauvaise habitude de se laisser emporter, révélant à son insu sa précision tatillonne, sa tournure d'esprit universitaire. Quand il écrivait, il pouvait le masquer par un langage décontracté en apparence, un ton familier acquis de haute lutte qui lui faisait souvent défaut... dans la conversation. Par contraste, Hannah, en dépit de sa légère timidité, semblait tout à fait maîtresse d'elle-même ; cela se sentait dans sa posture relâchée, son air ironique, amusé, son ton pince-sans-rire, et même dans sa manière désinvolte de tenir son verre.

« Je veux dire..., commença-t-il.

— Je sais ce que tu veux dire, l'interrompit-elle. Je pense juste qu'une théorie fondamentale basée sur une idée erronée, ou une exagération, est forcément fausse. »

Elle sourit d'un air innocent.

Nate éclata de rire. Pourquoi affirmait-on que les hommes se sentaient menacés par les femmes qui les défiaient ?

La serveuse versa le reste du vin dans leurs verres. Lorsqu'ils quittèrent le restaurant, les immeubles et les trottoirs étaient luisants de pluie. Nate essuya une grosse goutte sur son front. Hannah leva les yeux vers le ciel, indignée.

Nate agita son parapluie, triomphant : « J'en étais sûr ! »

Hannah roula les yeux, avec l'air faussement exaspéré que les filles aiment prendre quand elles flirtent. Lorsqu'elle se réfugia près de lui sous le parapluie, sa hanche le frôla. Elle était si proche que Nate sentait presque ses cheveux sur son visage.

« Allons chez toi », proposa-t-il.

L'expression de Hannah devint méditative. Elle repoussa une mèche derrière son oreille et s'éloigna de lui le plus possible tout en restant sous le parapluie. Nate eut envie de la toucher mais quelque chose le retint – peut-être le fait qu'elle était occupée à « réfléchir » – comme si un geste de sa part avait été une forme d'ingérence aussi illégale qu'une subornation de juré.

« Je veux voir ta bibliothèque, dit-il alors.

— Berk.

— Alors c'est oui. »

Le taxi qu'il héla semblait avancer comme une auto tamponneuse sur la chaussée luisante, et fit jaillir des gerbes d'eau quand il s'arrêta six mètres plus loin. Ils coururent le rejoindre, riant et titubant, et grimpèrent sur la banquette arrière. Le petit chauffeur au crâne dégarni grogna lorsqu'ils lui annoncèrent qu'ils se rendaient à Brooklyn et, marmonnant une langue d'Asie du Sud dans son portable, tapa du poing sur son volant recouvert d'un napperon. Cela leur parut extrêmement comique.

En traversant le pont, Nate se retourna pour contempler les toits de Manhattan derrière eux. Les chaînes de lumières blanches le long des câbles des autres ponts de l'East River ressemblaient à des colliers dansant sous les tours très éclairées, tel un feu d'artifice figé à l'instant du bouquet final. Cette vue familière et pourtant encore – toujours – excitante, mêlée à l'odeur de plastique du taxi, lui donnait presque le vertige. Il avait une sorte de réaction pavlovienne aux taxis. Il n'en prenait pas souvent, sauf quand il se rendait chez une nouvelle fille pour coucher avec elle.

Hannah habitait à l'angle de Myrtle, au premier étage d'un immeuble sans ascenseur. Nate attendit près de la porte pendant qu'elle faisait le tour du salon, allumant une succession de petites lampes. L'espace s'éclaira peu à peu quand elle atteignit la troisième ou la quatrième. Ses planchers en bois étaient éraflés, mais les murs étaient d'un blanc très pur, avec des moulures originales au niveau du plafond et très peu de tableaux. Une paroi était tapissée de rayonnages de livres. De l'autre côté, un demi-mur séparait la cuisine du séjour. La pièce était inhabituellement spacieuse pour un appartement new-yorkais, en partie parce qu'il y avait assez peu de meubles. Nate ne vit pas de canapé. Ni de télévision.

Hannah lui fit signe de s'asseoir près de la fenêtre où deux fauteuils capitonnés dépareillés encadraient une petite table triangulaire. Un cendrier était posé sur le rebord.

Une brise soufflait à travers la moustiquaire. L'air chargé d'humidité était frais. Hannah mit de la musique sur une platine vinyle, un type apparemment défoncé, à la voix triste, éthérée, s'accompagnant à la guitare.

« Je croyais que tu étais branchée punk, lança Nate à Hannah qui se dirigeait vers la cuisine.

— Comment ? »

Elle se retourna. « Ah oui… Les Descendents. Une autre ère. »

Une *ère*. Cela plut à Nate. La musique n'était pas mauvaise, bien qu'elle lui rappelât Starbucks.

Il y eut à nouveau un frémissement dans l'air. Nate se cala sur son siège, éprouvant l'agréable sensation d'être hors du temps et de la vie normale. Officiellement, c'était le premier jour de l'été, et pour une fois son humeur était en phase avec le calendrier. Il se sentait libre, exalté, comme dans sa jeunesse, où l'été représentait des possibilités infinies, un état d'esprit, et n'était pas une période où le travail avançait lentement à cause des éditeurs en vacances.

Hannah évoluait dans l'appartement avec une gaieté

vertigineuse, pivotant sur ses talons, l'équilibre instable, chaque fois qu'elle changeait de direction. Elle se dressa sur la pointe des pieds pour attraper une bouteille de bourbon et deux verres fins cerclés de bleu dans un placard de la cuisine. Elle les posa sur la petite table près de Nate et versa l'alcool, tenant la bouteille très haut comme un barman, le long filet ambre scintillant à la lumière de la lampe. Quand elle se servit, elle renversa quelques gouttes, traçant un chemin en pointillé entre leurs verres.

Nate prit le sien, posé près de lui. « Santé. »

Il remarqua, posée sur le comptoir, de la vaisselle en porcelaine bleu et blanc. « Ça me rappelle ce que ma mère a rapporté de Roumanie », dit-il. Il avait éludé ses questions plus tôt dans la soirée, mais depuis qu'elle lui avait parlé de sa famille il avait envie de lui raconter son histoire. Elle n'était pas du tout comme Elisa.

Il lui décrivit le pavillon en brique rouge où ils avaient habité pendant son enfance. Après l'école, Nate s'asseyait avec sa mère à la table en formica dans leur cuisine ensoleillée des années 60, ils buvaient du thé – c'était avant que sa mère ne travaille à temps plein. Il tournait les morceaux de sucre dans un bol en porcelaine cerclé de délicates cannelures, plaqué or à l'intérieur. Ce petit bol était l'un des rares objets qu'elle avait pu emporter lorsqu'elle et son père avaient émigré, on le considérait chez lui comme un trésor d'une valeur inestimable. Avec le recul, dit-il à Hannah, il était frappant que sa mère eût auréolé sa vie en Roumanie d'une certaine grâce aristocratique, d'un romantisme très vieille Europe, en dépit de la pauvreté, de l'antisémitisme, de la morosité. « Elle a gardé un peu de ce snobisme européen », observa-t-il. En prenant le thé, elle lui avait expliqué que là-bas, les enfants ne lisaient pas « ce, ce… » – elle avait froncé le nez – « *Encyclopedia Brown*[1] ». Elle avait donné à Nate un exemplaire de *Vingt mille lieues sous les mers*. Toujours à l'heure du thé, elle lui avait parlé pour la première fois des livres qu'elle aimait. Elle avait repoussé sa longue chevelure miel sur ses épaules en expliquant qu'Anna Karénine n'en pouvait plus, tout simplement. M. Karénine était un brave homme, mais son genre de bonté – Nate se souvenait du geste de sa mère qui lui avait saisi le bras de sa main osseuse – son genre de bonté pouvait être abêtissant. Le bord de sa tasse était taché de rouge à lèvres.

« Je suppose qu'elle n'avait pas beaucoup d'amis à cette époque, ajouta rapidement Nate, sentant tout d'un coup qu'il en avait trop dit. Elle et mon père sont vraiment différents. »

Hannah hocha la tête.

Nate fut soulagé qu'elle ne posât pas de questions sur le mariage de ses parents, ni sur ce qu'il pensait aujourd'hui, à l'âge adulte, de la manière un peu égoïste dont sa mère l'interprétait.

Il se leva pour examiner sa bibliothèque. « Tu as beaucoup de Graham Greene. »

Elle avait surtout des éditions en poche aux titres imprimés dans une police de caractères en vogue durant les années 60 au-dessus du nom de l'auteur.

« J'ai eu une éducation catholique », répondit-elle.

Elle s'était approchée de lui, apportant avec elle l'odeur suave du bourbon. Nate se tourna pour l'embrasser.

1. Personnage principal d'une série de littérature jeunesse. (*N.d.T.*)

Un instant après, elle se dégagea, fixant le plancher. La lumière de la lampe scintillait sur ses longs cils, donnant à son visage une expression abandonnée, langoureuse. Les mots qui sortirent alors de sa bouche gâchèrent cette impression. Elle lui dit qu'il était le bienvenu s'il souhaitait passer la nuit avec elle, mais qu'elle préférait ne pas… « euh, tu comprends ». Elle se mordit la lèvre. « J'aurais sans doute dû te prévenir avant de t'inviter ici. »

Nate s'écarta comme si elle lui avait fait un reproche. Il aurait préféré qu'elle se montre moins nerveuse. Il n'était pas une brute et ne se mettrait pas en colère si elle ne voulait pas baiser avec lui. Il regarda vers la cuisine.

« Pas de problème, répondit-il. Comme tu voudras.

— C'est juste que… » Hannah leva brusquement les yeux pour regarder son visage. « On ne se connaît pas vraiment. C'est la raison principale. »

Nate commença à faire craquer les articulations de sa main droite. Il pouvait se passer de relations sexuelles, mais ne tenait vraiment pas à se laisser entraîner dans une conversation longue et désagréable à ce sujet.

« Hannah, l'interrompit-il. Je comprends. Ça ne pose pas de problème. Sincèrement. »

Il avait dû paraître impatient car elle eut l'air agacée. Elle ébaucha un sourire. « Super », répondit-elle.

Nate mit les mains dans ses poches. Il se tourna de nouveau vers les rayonnages.

« Dis-moi juste une chose, demanda-t-il au bout d'un moment. Ça a un rapport avec ta religion ? »

Un instant, Hannah sembla prise au dépourvu. Puis elle haussa un sourcil. « Non. Avec la tienne. »

Nate eut un rire franc, chaleureux. Lorsqu'il se

calma, la gêne qu'il avait ressentie un instant plus tôt s'était envolée. Hannah avait elle aussi surmonté son irritation. Elle s'appuya contre la bibliothèque, l'air amusé. Nate lui effleura la joue.

« Si ta proposition tient, je voudrais rester. »

Elle acquiesça. « C'est d'accord. »

6

Nate et Aurit avaient un restaurant attitré. Situé à mi-chemin de leurs appartements, l'endroit proposait des prix assez modérés au goût de Nate et n'était pas dénué de prétention culinaire au point d'être inacceptable pour Aurit. En outre, pour une raison mystérieuse, en ce qui concernait Nate, il était branché. Certaines touches médiévales – des murs sombres, de longs bancs en bois, des lampes style flambeau sur luminaire métallique fixé au plafond – évoquaient un décor à thème qui aurait pu aisément signifier le contraire.

Nate arriva le premier et s'assit à la table près de la cuisine.

Aurit entra dix minutes plus tard. Elle passa la salle en revue. « Je ne sais pas pourquoi tu veux rester là alors que d'autres boxes sont libres », protesta-t-elle.

Nate regarda l'heure sur son téléphone.

Une fois qu'ils eurent changé de place, Aurit commença à lui raconter la fête à laquelle elle était allée le week-end précédent. « J'ai entendu ces deux types hideux, complètement nuls, qui se demandaient en hurlant à tue-tête quelle femme ils avaient le plus envie de ramener chez eux ? J'ai failli leur dire : "Vous ne comprenez pas que les gens vous entendent ? Vous vous imaginez que vous parlez dans une langue exotique ?" » Elle secoua la tête. « J'ai dit qu'ils étaient hideux ? » Un autre soir, elle avait dîné avec une amie qui « par ailleurs est sympa mais qui a le don de m'exaspérer. Tu fais une remarque, et elle se met à te l'*expliquer*, comme si tu étais une incapable. Tu dis : "Beaucoup de gens s'installent dans le South Slope ces temps-ci", et elle te répond : "Bien sûr, c'est plus abordable que d'autres quartiers", et tu as envie de répliquer : "Merci, d'ailleurs je ne suis pas idiote" ». Nate rit. « Ça m'agace à un point phénoménal, poursuivit Aurit. Mais c'est quand même tragique. Elle doit se mettre tout le temps les gens à dos sans comprendre pourquoi. »

Leur serveuse avait des cheveux blond platine aux racines foncées et des tatouages élaborés sur les bras. Quand elle eut pris leur commande, Aurit demanda à Nate où il en était. Il lui parla de sa critique de livre, laissant de côté les aspects qu'elle aurait pu, selon lui, juger inappropriés.

« Hum… mmh… mmh… C'est intéressant. »

Elle parut beaucoup plus concernée quand il mentionna qu'il était de nouveau sorti avec Hannah. Elle se pencha vers lui. « Raconte. »

Nate décrivit leur rendez-vous, surpris de son propre enthousiasme. Ce moment de tension mis à part, il avait passé une nuit très agréable.

« C'était quand, mercredi ? Jeudi ? demanda Aurit. Et depuis ? »

Elle beurrait une tranche de pain. Nate ne répondit pas tout de suite, aussi elle reposa sa tartine. « Nate. Tu ne l'as pas appelée ? »

Quelquefois Aurit lui rappelait le Lorax, le personnage au regard noir du petit Dr Seuss qui grimpe hors des souches d'arbres pour persécuter le capitaliste cupide. Comme la tour aux échecs, le haut de son corps était petit et imposant avec une généreuse poitrine maternelle et de larges épaules qui ressemblaient au sommet d'un triangle, avec au-dessous des hanches menues qu'elle aimait mettre en valeur dans des jeans moulants. Elle avait la peau mate et un joli visage délicat, presque émacié. Ses cheveux noirs étaient courts, mais étonnamment, ils n'en donnaient pas l'impression – ou du moins, aux yeux de Nate, ils n'avaient pas cet aspect androgyne qu'on remarque parfois. Une quantité de mèches éparses se superposaient à différents niveaux, se pressant autour de son visage, descendant parfois jusqu'à son menton, dégringolant sans arrêt, et elle les repoussait derrière ses oreilles d'elfe.

Longtemps auparavant, Aurit avait expliqué à Nate qu'ils n'avaient jamais eu de relation amoureuse car il sortait déjà avec Elisa lorsqu'ils avaient commencé à passer du temps ensemble. Quand le couple avait rompu, c'était trop tard : lui et Aurit étaient déjà dans la « zone amicale ». Elle l'affirmait avec une telle autorité que Nate l'avait crue pendant des années. Cela paraissait plausible, et il jugeait son amie plus perspicace que lui dans ce domaine. Jusqu'au jour où il se rendit compte qu'il n'avait jamais été attiré par elle. Il avait été tout à fait capable de trouver séduisantes d'autres femmes qu'Elisa. Aurit n'en faisait simplement pas partie. Cette découverte l'avait un peu effrayé. Il avait failli se laisser convaincre par cette interprétation erronée de ses propres sentiments à cause du ton sans appel de son amie. Il était aussi soulagé. Aurit avait son quant-à-soi. Si elle l'avait voulu comme petit ami, il en aurait probablement été réduit, amoureux ou pas, à porter ses sacs de provisions en ce moment même.

La serveuse arriva avec son burger. Elle apporta ensuite à Aurit une grande assiette de verdure, puis repartit aussitôt, peut-être pour échapper à des demandes supplémentaires.

« Qu'est-ce que c'est ? s'enquit Nate.

— Tu n'as pas répondu à ma question, insista-t-elle. Ça fait combien de jours ? »

Nate se pencha pour examiner son plat. « C'est de la roquette ? Des pousses de bambou ?

— Quatre ? Cinq ?

— Une sorte de trèfle ? C'est tout ce que tu vas manger ?

— Tu prends ton pied en la faisant attendre ? Je voudrais juste savoir ce que les hommes pensent quand ils se comportent de cette manière.

— Tu suis un régime draconien ? Il faut que je m'inquiète ? »

Aurit était trop fière de sa ligne pour laisser passer ce commentaire. « C'est une pizza.

— Peut-être que, là d'où tu viens, on appelle ça une pizza. Aux États-Unis, c'est un monticule herbu.

— Pour ton information, c'est une pizza au prosciutto et à la roquette. » Aurit prit sa fourchette pour soulever une partie de la verdure. Nate vit au dessous ce qui semblait être une pizza classique au fromage et au jambon. Elle reposa son ustensile, et les feuilles de roquette reprirent leur place.

« Alors... *Hannah ?* »

Nate commença à verser du ketchup sur son burger. « Pourquoi est-ce que tu tiens à me faire subir un interrogatoire au troisième degré ? On est sortis ensemble à peine deux fois. Je n'ai même pas couché avec elle. »

L'autre nuit dans le lit de Hannah – *quatre* jours plus tôt, en fait – ils avaient bavardé, se livrant de temps à autre à une sorte de flirt adolescent prolongé, assez innocent. Très agréable, cependant. Peut-être était-ce l'âge, mais la certitude qu'il ne se réveillerait pas gagné par l'embarras au goût crayeux qui suivait souvent les soirées de baise alcoolisées lui avait procuré un sentiment surprenant de consolation. Le lendemain matin, il avait traîné un moment. Pour rentrer chez lui il avait emprunté une rue bordée d'hôtels particuliers situés en retrait du trottoir, qu'il aimait beaucoup. Construits par des industriels du XIXe siècle, ils avaient été transformés en pensions pour personnes seules au milieu du XXe siècle. Depuis peu, le quartier s'était à nouveau transformé, les meublés avaient été reconvertis en appartements haut de gamme. Ce matin d'été, la rue ombragée était luxuriante, parfumée. Nate avait éprouvé une joie inhabituelle sur le chemin du retour.

« Alors ? persista Aurit. Ça ne compte pas ? Tu peux faire ce que tu veux parce que tu n'as pas tiré ton coup ? »

Putain, pas ça.

Nate posa le petit pain sur son burger, attrapa le tout des deux mains, et prit une bouchée. Il tressaillit lorsqu'un peu de ketchup gicla sur sa main. Il sentait le regard d'Aurit posé sur lui. Elle avait une façon très spéciale de vous fixer. Elle restait immobile, à l'exception de ses pupilles qui se dilataient légèrement, suggérant que son esprit était à l'œuvre, et cherchait à intégrer une vérité nouvelle, effroyable qu'elle venait juste de découvrir. Nate se concentra sur le petit pain de son burger, imaginant qu'il se trouvait sur un voilier bercé par les vagues. Avec pour seule compagnie un énorme cheese-burger juteux. Cette idylle fut éphémère.

« C'est génial, Nate, reprit Aurit. Alors que tu écris la critique littéraire de l'année et que tu fais je ne sais quoi d'autre, tu sors deux fois avec une fille, tu passes la nuit avec elle – peu importe que tu n'aies pas couché avec elle ? – mais pour toi, loin des yeux, loin du cœur. Dès qu'elle n'est plus dans la pièce, tu es de retour à Nateland. Et elle ? »

Nate regretta de ne pas avoir téléphoné à Jason à la place. Jason vous laissait déguster en paix votre putain de cheese-burger.

Il jeta un coup d'œil au mur d'en face, où était exposée une sorte de lance menaçante.

« Je pense qu'il serait un peu curieux que Hannah soit investie à ce point après deux rendez-vous », dit-il enfin. Il sentait qu'accorder une réponse à Aurit était une manière de lui céder, mais il ne voyait aucune autre solution pour bloquer son élan. « Je trouve que tu n'es pas très tendre à son égard.

— Deux rendez-vous très réussis, tu l'as dit toi-même. Donc elle pense à toi et se demande si elle a tout imaginé, peut-être cru à tort que vous aviez passé des moments formidables ensemble, parce que sinon tu l'aurais appelée ?

— Elle se dit peut-être que je ne l'ai pas fait parce que je suis occupé. Ce qui est la stricte vérité. Ou bien elle n'a rien pensé du tout parce qu'elle a beaucoup à faire. C'est une fille intelligente et elle a un emploi du temps chargé. Je trouve vraiment que ce n'est pas juste d'en faire une triste créature qui se morfond en attendant mon coup de téléphone. Peut-être que je ne lui plais pas tant que ça. » Nate composa ses traits, lui adressant un sourire qui se voulait charmeur. « Aussi choquant que cela paraisse, toutes les femmes ne me jugent pas irrésistible. »

Aurit cueillit une feuille de roquette sur sa pizza. « Ne le prends pas mal, Nate, mais tu as l'air sur la défensive. »

Il laissa tomber son burger sur son assiette.

Aurit se mit à manipuler sa fourchette avec délicatesse, écartant de petites touffes de salade de la surface de sa pizza. Elle coupa un morceau triangulaire. Elle allait le glisser dans sa bouche quand elle recommença à parler.

« En fait, Hannah a l'air super, c'est quelqu'un qui pourrait vraiment te plaire. » Elle avait pris un ton apaisant, et agitait sa fourchette au-dessus de son assiette. « D'habitude tu choisis des femmes qui ne te conviennent pas. Tu vois une jolie fille, tu trouves une raison de la trouver intéressante. Ensuite, quand ça ne marche pas, tu te comportes comme si le problème venait des "femmes" ou des "relations", et non de la fille sur qui tu as jeté ton dévolu… Comme cette fofolle d'Emily, seize ans d'âge mental.

— Quelle Em… ? » commença Nate. Mais elle parlait visiblement d'Emily Berg. Il ferma un instant les yeux. « Je n'ai aucune envie d'aborder ce sujet, dit-il en les rouvrant. On laisse tomber, tu veux bien ? »

Il savait comment Aurit interpréterait sa réaction. Il n'était pas sur la défensive. Il se sentait frustré par son attaque (injuste) d'Emily et son analyse simpliste de sa vie personnelle – exposée, bien entendu, d'un ton qui n'admettait aucune réplique.

« Bien, dit-elle.

— Merci. »

Nate prit une bouchée de son burger.

« C'est juste que je ne comprends pas, reprit Aurit. Il me semble que, lorsque tu rencontres une personne qui te convient et que tu passes des moments agréables avec elle, tu devrais procéder avec prudence, prendre l'affaire au sérieux… »

Nate avait la sensation d'être entre les mains d'un tortionnaire hautement sophistiqué qui écoutait ses objections, exprimait même de la sympathie, tout en continuant de lui administrer des électrochocs.

Aurit avait autrefois adopté un système de catégorisation des gens qu'il jugeait utile. Certaines personnes, disait-elle, étaient orientées à l'horizontale, d'autres à la verticale. Les premiers se préoccupaient exclusivement de ce que les autres pensaient, ils cherchaient à s'intégrer, à impressionner leurs pairs. Les seconds étaient obsédés avant tout par une « vérité » supérieure à laquelle ils croyaient sans réserve et qu'ils voulaient claironner sans se soucier de savoir si le sujet intéressait quelqu'un. Les premiers étaient des hypocrites et des lèche-bottes, tandis que les autres manquaient d'aptitude sociale – ce sont eux qui crient dans la rue pour annoncer l'apocalypse. Les gens normaux se tiennent au milieu, mais penchent d'un côté ou de l'autre. Nate fut tenté de dire à Aurit qu'elle avait dérapé dans le territoire autiste de la verticalité.

« S'il te plaît, demanda-t-il plutôt, est-ce que nous pourrions parler d'autre chose que de rencontres amoureuses ? Il y a dans la vie des choses plus palpitantes que de savoir qui veut sortir avec qui, ou : “Comment, tu ne l'as pas encore appelée ?" On se croirait dans *Sexe à New York*. »

Aurit haussa les sourcils et renversa la tête en arrière, le menton en l'air, de telle sorte que, malgré sa taille minuscule, elle semblait le regarder du haut d'une sorte de perchoir. « Oh, je m'excuse, Nate. J'ai oublié à quel point tu étais profond. Quelle étourdie je fais ! Je suis vraiment désolée de t'avoir ennuyé avec mes bavardages puérils. On devrait peut-être parler du désarmement nucléaire. »

Comment avait-il pu commettre une telle erreur ? Nate ne savait pas ce qui s'était passé, mais à présent le mal était fait.

« Je regrette, dit-il. Je suis fatigué, c'est tout.

— Peu importe. » Aurit haussa les épaules. « Je déteste la façon dont la plupart des hommes traitent "les rencontres amoureuses", comme s'il s'agissait d'un sujet frivole. C'est crétin. » Elle eut un sourire glacial, inclinant la tête vers lui pour s'assurer qu'il avait bien compris à qui elle faisait allusion. « La rencontre amoureuse est probablement l'interaction humaine la plus stressante qui soit. Tu évalues les gens pour voir s'ils méritent que tu leur consacres du temps et de l'attention, et ils font pareil avec toi. C'est de la méritocratie appliquée à la vie privée, mais tu n'as pas de comptes à rendre. Nous nous soumettons à ces inspections intimes et nous les infligeons simultanément aux autres, tout en nous efforçant de garder notre psychisme intact – pour éviter de devenir froids et sans cœur – et nous espérons finir plus heureux que nos grands-parents, qui dans leurs jeunes années – un temps infini – n'ont pas connu cette solitude totale, ni subi encore et encore cette dissection inflexible, dénuée d'ambiguïté. Mais qui s'en soucie, hein ? C'est juste un truc de fille. »

Aurit tout craché. Elle prenait ce qui la concernait à titre personnel, puis déployait toute son ingéniosité à le transformer en quelque chose d'important. Il ne lui venait jamais à l'esprit qu'il pouvait exister un sujet de réflexion ou de préoccupation plus valable que la recherche du bonheur des femmes de la classe moyenne supérieure, dans le sens fatalement bourgeois du terme, associé à une vie de couple douillette. Elle s'imaginait que, si elle réussissait à démontrer à quel point *cela comptait pour les femmes* – à articuler ce concept une fois pour toutes –, le monde se rangerait à son avis. Jamais elle n'avait conscience de l'aspect limité de cette perspective, ni de sa propre insensibilité à tout ce qui n'entrait pas dans la sphère où elle évoluait.

« Je ne sais pas, dit Nate d'un ton qui se voulait apaisant alors même qu'il s'apprêtait à la contredire. C'est facile d'exagérer l'importance de ce qui te touche toi en particulier. Ça me rappelle les mères dont les enfants ont de mauvais résultats scolaires, qui pensent que les tests normalisés sont la pire chose qui existe. Je ne crois pas que la rencontre amoureuse soit le fléau de la vie moderne que tu t'échines à décrire. C'est juste un aspect de la vie, certainement pas le plus important.

— Bien sûr, pour toi c'est une affaire négligeable, n'est-ce pas ? » reprit Aurit. Sa voix n'était plus boudeuse, mais pensive, comme si elle avait été une naturaliste occupée à classifier une espèce ordinaire. « La prochaine fois que tu te sentiras seul, tu en feras sûrement toute une affaire. Mais tant que tu es calme, serein, que tu peux te concentrer sur ton livre, sur tes critiques littéraires si importantes, hautement intellectuelles, et tout le reste, je vois en quoi ça renforce ton ego de te comporter comme si tu étais trop profond pour te soucier de ces futilités. »

Nate était amusé. « Je suis un crétin, c'est ça ? »

Elle n'eut pas le temps de réagir, la serveuse s'approchait de leur table. « Vous avez terminé ?

— Euh, *non* », répondit Aurit, qui s'apprêtait à mordre dans un morceau de pizza.

La fille se renfrogna et repartit. Les narines d'Aurit se dilatèrent. Un service inadéquat était pour elle une cause de frustration, une source d'agacement qui pouvait à tout moment déclencher sa mauvaise humeur, produisant le même effet que la science sur l'église médiévale.

« Quand elle reviendra, je lui dirai qu'il y avait trop de roquette sur ma pizza.

— Salut tout le monde. »

Nate et Aurit levèrent les yeux. Greer Cohen se tenait à côté de leur box – Greer Cohen, dont l'à-valoir avait suscité une telle animosité au dîner d'Elisa. Elle souriait gaiement, donnant l'impression que cette rencontre était la chose la plus agréable qui lui soit arrivée depuis des semaines.

En réalité, croiser Greer n'était pas vraiment une surprise. À Brooklyn, tout le monde fréquentait les mêmes lieux. Les quartiers de Brooklyn appréciés par les adultes de leur tranche d'âge s'étaient développés à un point spectaculaire en un réseau de faux bouges et de restaurants mystérieusement branchés, mais aux yeux de Nate l'endroit semblait ne jamais avoir été aussi exigu, tant il y connaissait de gens.

« J'étais sûre que c'était vous », s'exclama Greer avec son intonation de petite fille, traînant sur les voyelles.

La manière de parler de Greer n'était pas simplement coquette, elle faisait penser à une adolescente en jupe de tennis qui mâche du chewing-gum et montre ses cuisses bronzées.

« On a entendu parler de ton livre, dit Aurit. Félicitations. C'est une opportunité formidable. »

Greer sourit en haussant un peu les épaules, l'air de dire : « Qui, moi ? » Comme si le contrat s'était trouvé sur son chemin, sans qu'elle prenne la peine d'y prêter réellement attention. Greer était une personne orientée à l'horizontale. Même son côté sexy avait quelque chose d'artificiel. Certaines personnes puaient le sexe ; Malgré ses tenues de garçon manqué, Greer empestait l'érotisme industriel, plus pétasse que pute, genre prostituée des années 40.

La dernière fois que Nate l'avait vue, à une fête, ils s'étaient embarqués dans une discussion longue et pénible. Nate avait affirmé que dans un certain sens, et seulement dans un certain sens, refuser une relation sexuelle est plus difficile pour les hommes que pour les femmes. Lorsqu'une femme dit non, cela ne froisse personne. Les hommes s'attendent à être rejetés. Mais lorsqu'un homme dit non, la femme pense qu'il la juge grosse et peu désirable. Il a l'impression d'être un salaud. Greer l'avait considéré comme un connard sexiste persuadé que les femmes ne devaient pas aborder les hommes et refusant de prendre au sérieux le harcèlement sexuel et le viol. Nate l'avait trouvée dénuée de subtilité, véhémente, interprétant délibérément ses propos de travers pour produire son effet ou simplement incapable de comprendre la distinction qu'il faisait.

Mais à cet instant, alors que Greer décrivait son livre

à Aurit (« en partie des mémoires sur mes mésaventures d'adolescente, mais aussi une sorte de livre d'art avec des photos, des dessins et des paroles de chansons »), il était fasciné par son décolleté. Elle se mit à hocher la tête avec vigueur en écoutant ce que disait son amie. Les seins de Greer, moulés dans un débardeur vert olive, étaient juste assez rebondis pour remplir un verre à vin – pour lui, la taille idéale. Lorsqu'il essaya de croiser son regard, ils étaient juste dans son champ de vision.

« C'était sympa de vous voir, dit-elle enfin. À plus. »

Nate regarda son cul en forme de cœur danser au rythme de son pas enjoué quand elle tourna dans le bar.

« Je t'ai dit que Hans vient en ville dans deux semaines ? » demanda Aurit.

Hans, le petit ami d'Aurit, était un journaliste allemand affable qui portait des lunettes cerclées de métal et qui, se disait parfois Nate, ressemblait plus à un accessoire d'Aurit qu'à un personnage à part entière. Son existence immatérielle dans la vie de la jeune femme, imposée par l'éloignement géographique, conférait à son amie l'autorité nécessaire pour sermonner les autres au sujet de leur vie amoureuse.

Nate contemplait le cul de Greer. « C'est super. »

Le soleil plongeait par les fenêtres du « Recess, ouvert de 7 heures à 21 heures » et se concentrait dans les tourbillons de poussière scintillante sous les chaises et derrière les étalages de café.

Quels que soient ses sentiments au sujet de l'embourgeoisement de Brooklyn, Nate appréciait l'abondance des cafés apparus récemment dans son quartier.

Il était difficile de croire qu'autrefois les pâles pigistes et étudiants de troisième cycle qui se réunissaient tous les jours dans des endroits comme le Recess tapaient à la machine dans la solitude, terrés dans leurs chambres. « Quelquefois on a juste envie de voir un autre être humain, tu sais ? » avait-il tenté d'expliquer à son père qui riait de cet argent jeté par les fenêtres et chantait les louanges de la machine à expresso individuelle. Nate ne dit pas à son père que travailler au Recess l'empêchait de regarder des films porno et, sans aucun doute, stimulait assez sa productivité pour compenser ce qu'il dépensait en cafés.

Il avait choisi le Recess pour une double raison : sa proximité (à un pâté de maisons et demi de chez lui) et la présence de Beth, qui travaillait au bar. Il croisa son regard. Elle sourit, et fixa son portable d'un air interrogateur. Il haussa les épaules et fit la grimace, comme s'il essayait en vain de travailler. En fait, il venait de parcourir un courriel d'un fournisseur national de mobilier de bureau. Le moment n'avait jamais été mieux choisi, semblait-il, pour acheter une photocopieuse.

En réalité, il avait du mal à se concentrer. Son esprit vagabondait. Affaires personnelles. Hannah.

Il ne l'avait pas contactée le lendemain de son dîner avec Aurit. Il avait attendu le jour d'après. Cette journée supplémentaire avait été une sorte de bras d'honneur adressé à Aurit. Elle s'était montrée vraiment odieuse ce soir-là. Mais… appeler Hannah paraissait être une bonne idée. C'était la chose à faire. Il avait passé la nuit avec elle. Elle lui avait préparé un petit déjeuner. Au téléphone, la voix de Hannah, contrairement aux sombres prédictions d'Aurit, n'avait pas été voilée par des reproches larmoyants, bien qu'il eût attendu six jours – ha – pour se manifester. Elle parut un peu endormie au début, ses consonnes un peu brouillées. Après une pause juste assez longue pour l'affoler, elle dit : « Oui, faisons quelque chose. »

Depuis, Nate avait été absorbé par les révisions de son article sur le livre israélien, et par ses réponses au long questionnaire détaillé du service commercial de son éditeur. En février, son livre serait en vente dans toute l'Amérique, une réalité qui commençait à prendre forme. Lorsqu'il pensait à son rendez-vous avec Hannah, il éprouvait un léger sentiment d'anticipation. Non seulement elle lui plaisait, mais ils seraient respectueux l'un de l'autre, sans nulle trace de l'agacement ni de la susceptibilité qui avaient émaillé sa soirée avec Aurit, se montrant attentifs, polis, enjoués : une version toute neuve de leur personnalité. Cette version ne révélerait pas seulement le meilleur aspect de lui-même, mais son être véritable – cet individu magnanime et engagé, tel un chat surexcité, ne se matérialisait que rarement, dans des circonstances très particulières. À l'occasion de nouvelles rencontres. À l'annonce d'un événement inédit. Les semaines qui avaient suivi la vente de son livre, Nate avait manifesté à l'égard des autres gens une tolérance dont il n'était pas coutumier.

Bientôt Hannah et lui dépasseraient le territoire de la nouveauté. Son refus de coucher avec lui parce qu'elle ne le connaissait pas assez bien laissait entendre qu'elle ne recherchait pas une relation épisodique. Il avait accepté ses conditions à demi-mot lorsqu'il lui avait proposé un autre rendez-vous. (C'était la vraie raison de son hésitation à la rappeler, qu'il aurait confiée à Aurit si elle n'avait pas commencé tout de suite à le houspiller.) Après l'autre soir, il serait plus difficile, plus embarrassant, de déclarer à Hannah qu'il ne voulait pas s'engager. Quelque chose l'avait empêché de placer cette réplique les deux fois où ils s'étaient vus. Il avait senti que pour Hannah cela aurait été rédhibitoire – qu'elle n'aurait pas battu des cils en disant : « Moi non plus je ne le souhaite pas », une réponse classique chez la plupart des filles, comme si cela faisait partie du défi de la rencontre amoureuse. Avec Hannah il s'était gardé de prononcer la moindre phrase susceptible de rompre le charme et le brio de leurs échanges. Il ressentirait sûrement la même hésitation ce soir.

Dehors, un bus fit hurler ses freins. Nate posa les coudes sur la table et se frotta les tempes avec les talons de ses paumes. Aurit ne l'aurait pas aidé de toute manière. Elle ne comprenait pas (elle refusait d'emblée de comprendre) que, dans l'espace mental exigu où elle stockait de tendres images de câlins, Nate se voyait tenter de lire au lit tandis qu'une présence étrangère reniflait à ses côtés et lui demandait s'il allait bientôt éteindre. Il s'imaginait disant adieu à son appartement avant de refermer la porte pour aller s'installer chez une petite amie « parce que c'est plus confortable, n'est-ce pas ? ». Il voyait des débordements émotionnels au lit, des films porno dissimulés avec soin, des soirées cinéma – comédies indés sur Netflix, adulées par la critique, ou peut-être, s'ils se sentaient particulièrement ambitieux, un documentaire.

Dans l'abstrait, Nate se dévouait à l'humanité – aux droits de l'homme, à l'égalité des chances, à l'élimination de la pauvreté. Il était, en théorie, compréhensif à l'égard des limites des autres : il fallait prendre en compte les causes profondes, les handicaps sévères causés par la stupidité, une culture de la consommation infantilisante, et ainsi de suite. Mais lorsqu'il réglait le microscope pour grossir l'image, les êtres humains prenaient un aspect de plus en plus déplaisant. Ils paraissaient cupides, crasseux, hypocrites, vains. Le sexe, la pulsion sexuelle, était un leurre – une illusion fabriquée par un organisme animal qui ne cherchait qu'à se perpétuer lui-même. Le maquillage, la coiffure, les membres épilés, la musculature tonifiée par le sport, les manières raffinées, le vernis protecteur de la jeunesse, la réussite et même la gentillesse – n'étaient-ils pas simplement une couverture pour le « je » pathétique, rapace, qui se cachait derrière ? Ce n'était pas de la misogynie. Des hommes dévoilés de la même manière, dépouillés de leurs prétentions, seraient également repoussants. Mais Nate n'était pas à la fois attiré et rebuté par les hommes. Ils ne le forçaient pas à être en contact avec leurs aspects les moins agréables. Les cloaques du besoin, les poches d'apitoiement sur soi, les pensées les plus laides et les plus vaines qui agitaient les amis de Nate au milieu de la nuit pendant leurs insomnies lui étaient en général épargnées, comme les mauvaises odeurs absorbées par les ventilateurs d'extraction des toilettes modernes.

Mais peut-être se leurrait-il. Les idées abstraites ne l'avaient certainement pas empêché de profiter de beaucoup d'autres choses qu'il jugeait répréhensibles sur un plan philosophique, comme les produits de grande consommation importés de Chine, les voyages en jet, Tori Amos. S'il voulait avoir une relation avec quelqu'un, aucun argument ne le ferait changer d'avis. La question essentielle était sans doute qu'il ne voulait pas s'engager. Peu importait *pourquoi*. Son travail le comblait, et ses amis lui procuraient la conversation et la compagnie dont il avait besoin.

Était-ce vraiment mal ? Pourquoi les femmes s'en sortent-elles impunément en « pathologisant » les hommes qui ne veulent pas de petites amies ? Il existe des sites entiers élaborés par des femmes « indépendantes » soi-disant brillantes qui n'hésitent pas à qualifier d'immatures (au mieux) ou de crétins (au pire) ce genre d'hommes. Nate aurait voulu avancer, si du moins il avait eu un interlocuteur, que les femmes souhaitent avoir une relation parce que, viscéralement, elles n'aiment pas la solitude. Ce ne sont pas des individus à l'âme noble, concernés par le bien-être de la nation ou la continuité de l'espèce. Elles se pâment en s'imaginant en train de préparer le dîner avec leur chéri, elles rêvent que leur petit ami leur donne un coup de torchon sur les fesses pendant qu'ils hachent les légumes, boivent un verre de vin et écoutent NPR (de préférence dans un appartement d'avant-guerre acheté en commun, avec une cuisine ultra-moderne). C'est leur prérogative. Mais de quel droit se permettent-elles de diaboliser un choix différent ? Si le bon dîner dont rêvait Nate consistait à s'avachir devant sa table de cuisine avec une pizza Celeste pour une personne et un exemplaire d'*Un héros de notre temps* de Lermontov, son idéal valait bien le leur, non ?

Nate savait que la réponse serait : il est temps de grandir, de devenir un adulte, etc., etc. Mais les mêmes femmes qui s'empressent d'accuser les hommes d'immaturité quand ils n'ordonnent pas leur vie autour d'une relation de couple douillette ne reprocheraient jamais à une fille d'être immature parce qu'elle refuse d'avoir des enfants. Si quelqu'un suggère que ce choix n'est pas forcément le bon, elles sont furieuses. Non, les femmes tiennent ce discours sur les adultes matures seulement lorsque cela sert leur cause, quand elles cherchent des arguments pour en vouloir à un malheureux garçon qui n'agit pas selon leur désir. Ce n'est pas contradictoire : cela signale leur refus de prendre au sérieux les préférences des autres. C'est une pulsion tyrannique. Il faut vraiment que quelqu'un le dise.

Derrière la fenêtre, le soleil se reflétait sur les pare-brise des voitures garées. Nate finit son café et reposa sa tasse.

Le problème était que, même si elles étaient injustes, obsédées à un point extrême par les questions domestiques, Nate était incapable de dénigrer complètement les revendications des femmes – celles avec qui il couchait ou coucherait peut-être. Si seulement, comme ces écrivains machos du siècle dernier – Mailer, Roth, etc. –, il avait pu voir la satisfaction de son désir sexuel comme un triomphe de l'esprit, l'affirmation vitale et nécessaire d'une virilité ultra-puissante dont l'essence était intellectuelle autant qu'érotique. Soit Nate était moins poétique, incapable de s'élever à des altitudes imaginaires aussi étourdissantes, à la fois plus prosaïque et plus terrien – c'était sans aucun doute le cas –, soit il se mettait moins en scène. Il n'enjolivait pas son désir basique de prendre son pied, d'*éjaculer*, avec des arguments aussi baroques ; il avait donc plus de mal à comprendre pourquoi son désir devait éclipser tout le reste, en particulier la tristesse post-coïtale des femmes. La voix morne de Kant, insistant sur l'impartialité, et l'égalitarisme de l'époque – toute personne égale requérant l'empathie –, était, pour lui, ancrée trop profondément.

« Ça va, Nate ? »

Il se tourna pour regarder le visage de Beth, un visage large, amical, dont le parfum fugace évoquait une jeune fille aimée qui accrochait des photos de chevaux aux murs de sa chambre. « Tu as ton expression renfrognée des mauvais jours, dit-elle.

— Je réfléchis, c'est tout. Comment vas-tu ? »

Elle agita son chiffon. « Oh, tu sais, une journée de plus au paradis. »

Sur sa table, le téléphone de Nate se mit à vibrer, battant l'air comme un cafard retourné qui cherche à se remettre à l'endroit. Lorsqu'il s'en empara, il vit le visage d'Elisa. Sur le cliché d'écran, ses lèvres boudeuses étaient peintes en rouge foncé, le fouillis de ses cheveux blonds rejeté en arrière, avec quelques mèches retombant sur ses joues. Le flash avait empourpré sa peau, l'angle était curieux car elle avait pris la photo elle-même en tendant le bras. Elle était belle, pourtant. Mais si elle avait espéré se faire aimer de lui en lui offrant ce portrait, elle avait commis une erreur. L'accusation implicite qui se lisait sur ses traits le remplissait toujours de terreur. Il appuya sur la touche REFUSER.

Il ouvrit ensuite une nouvelle fenêtre de message sur son ordinateur. « Je suis désolé, écrivit-il à Hannah. Je me suis laissé submerger par les révisions de mon article sur le livre israélien. Je ne vais pas pouvoir passer la soirée avec toi. »

Il ajouta quelques plaisanteries, signa, effaça son nom, le remplaça par N, et finalement inscrivit *s*es initiales, *np*, afin de marquer le degré d'intimité approprié.

Dès qu'il eut cliqué sur ENVOYER, il se sentit soulagé.

7

Le lendemain soir, une connaissance de Nate lisait des extraits de son dernier livre dans une librairie du Lower Manhattan. Nate arriva en avance, en partie parce que son ami Mark l'avait appelé pour le prier de lui garder une place.

Jason le rejoignit peu après et s'assit à côté de lui. « Hé, mec, on se voit après, hein ? » Il baissa la voix pour un aparté : « J'ai un potin à te raconter. Pas ici. »

Nate lui avait une fois suggéré qu'il y avait quelque chose de lubrique dans son intérêt pour la vie des autres. En guise de réponse, Jason avait paraphrasé Bellow paraphrasant Allan Bloom : « Quand je le fais, ce n'est pas un ragot. C'est de l'histoire sociale. »

Eugene Wu, l'ami de Nate, arriva à son tour et s'installa à sa gauche. Nate était sur le point de lui dire que ce siège était destiné à Mark, mais il se ravisa. Eugene était du genre bilieux, soupçonneux. Il était capable de prendre ça comme un affront personnel. De toute façon garder une chaise pour quelqu'un avait quelque chose de précieux.

Mark entra à l'instant où on présentait l'auteur. Nate agita les bras et fit une grimace de clown triste, essayant de suggérer qu'il avait fait de son mieux. L'auteur commença à lire. Nate essaya de se concentrer, mais il fut distrait par Mark. Obligé de rester debout près d'un présentoir de périodiques étrangers, il se balançait ostensiblement d'un pied sur l'autre tout en lançant des regards noirs à Nate. Celui-ci s'efforça d'éviter de tourner les yeux vers cette partie de la pièce.

Après la lecture, un groupe important se rendit dans un bar voisin. Pendant le trajet, Nate se faufila dans plusieurs conversations. L'insistance des klaxons des voitures qui filaient à toute allure créait une agréable ambiance urbaine tandis que le groupe longeait tranquillement Houston Street dans l'humidité du crépuscule. Nate éprouva une bouffée de satisfaction. Quelquefois il se souvenait combien il s'était senti seul au lycée, à son entrée à l'université, et même les premières années à New York, après sa rupture avec Kristen. Entouré d'amis, plutôt bien établi, il se dit qu'il avait eu de la chance. Il le savait.

L'intérieur du bar était presque vide, avec seulement quelques irréductibles qui regardaient le match de base-ball sur un écran plat et plusieurs personnes réunies autour d'une table de billard. Mais l'arrière-cour spacieuse, recouverte de gravier, était remplie de monde. Debout sous un arbre dénudé, Nate engagea une conversation sur les prêts sur salaire avec une fille qui s'appelait Jean.

« J'ai dû en prendre deux ces dernières années, lui dit-il.

— Vraiment ? Tu ne fais pas partie du groupe d'âge ciblé. »

Jean portait de jolies lunettes de bibliothécaire et avait une joyeuse masse de cheveux bouclés qui dansait avec entrain quand elle hochait la tête, ce qu'elle faisait souvent, comme pour encourager son interlocuteur.

« J'ai connu des moments difficiles, expliqua Nate. Je ne pouvais pas toujours me permettre d'attendre deux mois qu'un magazine se décide à m'envoyer un chèque. »

Jean eut un petit grognement de sympathie tandis que Nate retroussait ses manches. Il regrettait de ne pas avoir mis un tee-shirt. L'air chaud était pesant comme une présence physique.

« Je peux savoir pourquoi tu n'as pas demandé une avance de fonds sur ta carte de crédit ? s'enquit Jean.

— J'ai oublié mon code PIN », répondit Nate.

Derrière l'épaule de Jean, il remarqua une brune très mignonne. Elle parlait à une fille qu'il connaissait un peu, et semblait regarder dans sa direction. Le gravier crissa sous ses pieds quand il changea de position pour mieux voir.

« Sérieux ? » demanda Jean.

Nate se tourna vers elle. « Je me suis dit que, si je le retenais par cœur, la tentation serait trop forte. J'en ai inventé un au hasard, je l'ai noté et j'ai égaré le papier. »

Jean remonta ses lunettes sur son nez. « Tu as pensé à le récupérer auprès de la compagnie de carte de crédit ?

— Je donnais chaque fois les mauvaises réponses aux questions secrètes.

— Tu plaisantes ! s'exclama Jean.

— Ma mère est roumaine. Son nom de jeune fille comporte un tas de voyelles. Peut-être que j'étais soûl. La société de prêts sur salaire ne posait pas autant de questions. »

Jean eut un rire bruyant, qui n'était pas très féminin, mais du moins sincère et désinhibé.

Nate l'aimait bien, c'était une fille qu'il avait toujours du plaisir à croiser dans une fête. Mais il se trouvait inévitablement à court de sujets de conversation avec elle. Jean en savait très long sur des groupes obscurs et des acteurs indés, mais elle n'exprimait presque jamais un avis personnel, et ne se risquait pas à formuler une opinion en désaccord avec les bons principes et la dévotion progressiste. Au bout d'un moment, cette bien-pensance indéfectible laissait Nate sans voix.

La petite brune entra dans le bar.

Nate tapota l'épaule de Jean. « Je reviens. »

La fille – assez jeune pour que Nate la qualifie ainsi sans être politiquement incorrect – se dressait sur la pointe des pieds pour se pencher au-dessus du bar, les talons sortis de ses ballerines.

Nate s'assit près d'elle. « Je pense que nous faisons partie du même groupe. Tu étais à la lecture, c'est ça ? »

Elle se laissa retomber au sol. Elle lui arrivait presque au menton. « Ouais, dit-elle d'un ton méfiant.

— Alors tu vas pouvoir m'aider.

— À quoi ? »

Nate désigna le barman avec son pouce. « Tu as plus de chances que moi d'attirer son attention. »

Elle s'appelait Cara, apprit Nate. Elle était sortie de Stanford deux ans plus tôt. Depuis elle avait obtenu une maîtrise en création littéraire à Johns Hopkins. Elle faisait un stage dans un prestigieux magazine littéraire et cherchait un poste à temps plein. Elle était prête à accepter un emploi dans l'édition ou la presse, mais c'était difficile à trouver malgré ses diplômes.

« C'est vraiment terrible qu'il n'existe pas plus de boulots à temps plein dans notre domaine, dit-elle. Je me contenterais même d'une place d'assistante. »

Cara jugeait qu'elle méritait bien mieux, constata Nate. Elle était jeune, charmante, mais ce n'était pas facile de démarrer sur le plan professionnel. Cela l'aiderait, d'être jolie comme un mannequin.

Ils retournèrent dans l'arrière-cour avec leurs verres. Il faisait nettement plus sombre. Les fenêtres noires des immeubles voisins s'éclairaient au fur et à mesure que les lampes s'allumaient à l'intérieur.

Nate et Cara s'appuyèrent contre un mur de brique. Elle savait qui il était, quelqu'un le lui avait dit, elle avait lu un texte de lui ou en avait entendu parler. Naturellement, il fut flatté. Elle lui dit qu'elle habitait dans South Slope avec des colocataires. Ça lui plaisait. Elle ne s'était jamais sentie vraiment californienne. Et Baltimore ? Non, elle n'avait pas beaucoup aimé, même si c'était la ville où Nate avait grandi.

Au bout de deux minutes, Nate se surprit à observer Jason et Eugene, assis ensemble de l'autre côté du patio. Il ne savait toujours pas ce que Jason voulait lui confier. Il commençait à s'ennuyer, mais n'était pas prêt à s'échapper. Cara était menue. Ses longs cheveux bruns, ondulés, encadraient son visage délicat, plein de charme, aux lèvres bien dessinées, aux sourcils épais mais harmonieux. Le teint mat, l'air presque persan, elle n'était pas seulement belle, mais semblait intelligente, sensible. Elle était sûrement brillante. Il était impossible – *n'est-ce pas ?* – qu'elle fût réellement aussi ennuyeuse qu'elle le paraissait.

Encore quelques minutes, et il s'irrita de voir qu'elle ne cherchait même pas à être engageante – ne faisant aucun effort pour rendre ses réponses spirituelles ou hautes en couleur. Seule une jeune femme séduisante considérait comme acquis l'intérêt d'un inconnu pour les menus détails de sa vie.

Peut-être était-elle timide.

Il lui demanda si son stage lui plaisait. Sa réponse ne fut pas dénuée d'intelligence, pourtant elle parut scolaire et terne à Nate. À un autre moment de sa vie, il aurait perçu un défi dans ce manque de naturel. – cet air d'assentiment condescendant, au lieu d'une réaction enthousiaste. Il aurait essayé de lui faire tenir des propos inspirés par l'émotion, même s'il ne s'agissait que de commérages ou de récriminations à l'égard de ses collègues. Il l'aurait fait en partie pour ne pas lui donner l'impression qu'il était un personnage ennuyeux. Mais il ne se sentait pas motivé pour tenter ce genre d'expérience. Il songea à Hannah et eut un pincement au cœur – pour quelle raison exactement, il n'en savait rien. Il choisit de ne pas s'y attarder.

Il s'apprêtait à s'éclipser quand il se mit à raconter à Cara qu'il n'avait pas d'autre alternative que de vivre à New York car il était un piètre conducteur. « Je ne pourrais pas habiter dans un endroit où une voiture est indispensable.

— Je t'ai entendu parler de conduite, Nate ? »

Mark s'approcha, tendant la main à Cara. « Salut, je m'appelle Mark », dit-il d'un ton humble, comme s'il doutait qu'une personnalité de l'importance de Cara accepterait de faire sa connaissance. Cela faisait partie de son numéro.

« Nate t'a parlé de sa théorie sur la conduite ? » s'enquit-il.

Il prit un air accablé, lugubre, comme s'il avait

raconté cent fois cette histoire et était persuadé qu'elle ne présenterait guère d'intérêt pour Cara.

Elle secoua la tête.

« Alors je vais te faire une confidence. C'est un *très mauvais* conducteur. »

Elle sourit. « C'est ce qu'il m'a dit. »

Elle était déjà plus animée que pendant son tête à tête avec Nate.

Rédacteur de magazine, Mark était mince, svelte, avec des cheveux bruns coupés avec soin ; il portait toujours une tenue de ville décontractée. De prime abord, il donnait l'impression d'être insignifiant, mais il s'était construit un personnage d'homme de la rue assommant dont il tirait admirablement parti.

« Il prétend… », commença Mark d'un ton réprobateur. Il s'interrompit, feignant d'être à bout, et reprit. « Il y a deux ans, alors que nous roulions sur la route, il nous a dit, à notre ami Jason et à moi, que son cerveau est comme un camion Mack. »

Le sourire de Cara était un peu déconcerté à présent. Nate secouait la tête, mais il se mit à rire, à la fois embarrassé et amusé. Il avait presque oublié cette histoire. Il devait reconnaître que Mark avait choisi la bonne méthode pour aborder Cara. Mark s'en sortait avec beaucoup plus de panache que lui.

« Nate affirme que les bons conducteurs sont des gens qui peuvent mettre leur cerveau sur le régulateur de vitesse. Leur cerveau ressemble aux petites voitures japonaises. Lui, d'un autre côté – eh bien, son cerveau est cet énorme moteur rugissant qui a besoin d'être constamment contrôlé. Il est trop puissant pour un réglage par défaut qui lui permettrait de changer de vitesse sans heurt ou de repérer un feu rouge. »

Mark secoua la tête d'un air de reproche. Cara, les mains sur les hanches, pivota vers Nate, pour entendre ses arguments.

Il s'efforça de paraître aimable. « Ce qu'il ne te dit pas, c'est que ces deux-là – Mark et Jason – m'ont bassiné tout le week-end à propos de ma conduite. Il fallait bien que je me défende. »

Mark fronça les sourcils avant de se tourner vers Cara. « Personnellement, j'ai pensé que c'était très élitiste. Je me suis senti très offensé.

— Attendez, s'exclama-t-elle avec une énergie soudaine. Je pense que les camions *ont* un régulateur de vitesse. Les avions ont un pilote automatique, non ? Pourquoi pas les camions ?

— Brillant ! » Mark se tourna vers Nate. « Qu'est-ce que tu as à répondre à *ça* ? »

Nate leva les mains en l'air. « Qu'ils en aient ou pas, je le reconnais : c'était une théorie stupide. »

Il avait enfin commencé à s'amuser.

Lorsque Cara se rendit aux toilettes, Mark se tourna vers lui. Son visage était plongé dans l'ombre projetée par le parasol de la table. « Je pense que je lui plais plutôt, mais si tu… je veux dire, tu es arrivé le premier.

— Fonce », répliqua Nate. Il le pensait. Il avait encore un peu honte à cause de l'incident de la librairie. Pourtant ce n'était pas l'essentiel. « Nous n'avions pas grand-chose à nous dire. »

Même dans la semi-obscurité, Nate vit que Mark avait l'air surpris. « Je me fiche de ce qu'elle a à dire, je me la ferai de toute façon.

— Bonne chance. »

Nate rentra boire un autre verre. Pendant qu'il attendait au bar, des éclats de rire aigus résonnèrent à travers les vapeurs de bière. Il se sentait gluant, et plutôt morose. Il ne parvenait pas à s'expliquer pourquoi. La soirée lui semblait vide, dénuée de sens.

Lorsque le barman lui tendit son verre, il le termina trop vite. C'était le troisième ou le quatrième, absorbé cul sec, et s'il était déjà éméché, il ne tarda pas à être ivre mort. Il en commanda aussitôt un autre.

Il se réveilla le lendemain matin avec des souvenirs embarrassants – d'abord, il s'était approché de Jean pour l'enlacer. « C'est quoi ton deal ? lui avait-il demandé. Qui es-tu en réalité ? » Elle avait ri, mais il avait senti qu'elle s'écartait de lui. Dans le brouillard de son ivresse, il s'était rendu compte qu'au lieu de paraître courageux, audacieux, il passait pour un bouffon. Il était en nage. Il se rappelait avoir croisé Cara en repartant. Il avait lu de la pitié dans le regard qu'elle lui avait jeté.

Après quatre comprimés d'Advil, un grand café glacé, et quelques heures, il se sentit beaucoup mieux. Au début de l'après-midi, il appela Hannah.

« Euh…, dit-elle lentement, lorsqu'il la pria de reprogrammer le rendez-vous qu'il avait décommandé. Ce n'est pas une très bonne semaine pour moi. » Nate fit l'idiot, proposant gaiement la semaine suivante. Hannah répondit qu'elle serait toujours très occupée. Mais le léger rire dans sa voix donna confiance à Nate. « Et si on prenait un café à 10 heures du matin mardi prochain ? insista-t-il. Tu n'es sûrement pas prise mardi à 10 heures du matin, n'est-ce pas ? Ce n'est pas comme si tu avais un boulot ou un truc du même genre – ce n'est pas une critique. Je n'en ai pas non plus. »

Elle reconnut qu'elle avait peut-être une soirée de libre qui lui avait échappé.

Lorsqu'il arriva à Bryant Park, dans le centre-ville, Hannah était déjà installée avec un livre à une petite table verte de café, glissant le pouce sur le bord de la page qu'elle lisait. Ses cheveux, plus clairs que d'habitude à cause du soleil, tombaient de chaque côté de son visage. Elle leva les yeux quand il s'approcha. Lorsqu'elle se mit debout, la chaise métallique épurée sur laquelle elle était assise bascula sur les pavés.

« Salut. »

Nate se sentit anormalement nerveux quand ils se sourirent.

« Je t'ai apporté quelque chose », dit-il, plongeant la main dans sa poche arrière. Il poussa un exemplaire de *Voyages avec ma tante* de Graham Greene sur la table. « J'ai remarqué que tu ne l'avais pas, observa-t-il, fixant l'ouvrage au lieu de la regarder.

— Oh ! C'est gentil de ta part. Merci. »

Le concert qu'ils étaient venus écouter ne commencerait pas avant plusieurs minutes, mais le parc débordait d'activité. À l'autre bout de la pelouse se trouvait le manège, et à leur gauche, derrière un stand à l'ancienne, un « artisan du sandwich ». Quelques gamins, âgés peut-être de six ou sept ans, jouaient un peu plus loin sur l'herbe. « Regardez ! » cria une petite fille asiatique en robe blanche, coiffée de nattes. Elle s'adressait à des jumeaux blonds. Elle sauta d'une chaise, sa jupe se soulevant au-dessus de ses jambes écartées. Les garçons ne firent même pas mine de lui prêter attention. Ils s'enfuirent et elle les suivit, ses nattes volant derrière elle. « Attendez ! »

Le sociologue William Whyte avait dit dans les années 80 que, même si on engageait des figurants, on ne trouverait jamais une bande de dealers aussi immondes que ceux qui traînaient dans ce parc. Quand Nate le rapporta à Hannah, elle éclata de rire.

« Tu as écrit quelque chose sur lui ? demanda-t-elle. Je me souviens d'avoir lu un article. C'était… intéressant. »

Nate fut flatté de l'apprendre. C'était un texte qu'il aimait bien, sur le matérialisme de l'époque.

Les musiciens commencèrent à jouer. Hannah se tourna pour leur faire face. Elle avait proposé à Nate d'assister à ce concert gratuit. « Ils vont interpréter certains quatuors de la dernière période de Beethoven qui sont vraiment merveilleux », lui avait-elle annoncé. Il n'était guère amateur de ce genre d'événement. Il jugeait agaçante la passion des bobos new-yorkais pour la « haute culture » dans les parcs de la ville. Un engouement truffé de complaisance, comme si quelques lamentables représentations compensaient l'inégalité économique du système. « Mmmh. Mmmh, avait fait Hannah. On croirait entendre un de ces, euh, *philistins* qui ne voient pas l'utilité de l'art, hein ? » Ça lui avait cloué le bec.

Il se demanda ce que Hannah avait réellement pensé de son essai. Elle avait eu un ton évasif, retenu, quand elle l'avait complimenté pour ses qualités.

La musique cessa. Nate faillit applaudir, puis il comprit que c'était seulement la fin du mouvement. Hannah lui chuchota que le suivant serait plus lent. Il acquiesça d'un air entendu. Lorsque les musiciens jouèrent à nouveau, il ferma les yeux pour éviter d'être distrait. Hannah lui avait expliqué que ces quatuors étaient des ponts entre les périodes classique et romantique. C'était intéressant. Mais les lattes entrecroisées de la chaise en métal entamaient la chair de ses mollets. Ce siège semblait avoir été conçu dans les années 80 pour empêcher les dealers de drogue de se sentir trop à l'aise.

Il méditait certaines phrases du commentaire sur son livre que son éditeur se proposait d'inclure dans le catalogue quand le public se mit brusquement à applaudir. Dès qu'il s'en fut rendu compte, il battit des mains avec beaucoup de zèle.

Il ne parvint pas à convaincre Hannah. « J'imagine que tu n'es pas amateur de musique classique ? » observa-t-elle.

Nate laissa retomber ses mains. « J'ai suivi des leçons de piano quand j'étais petit. Apparemment, ça n'a pas pris. »

Lorsqu'ils quittèrent le parc, ils se trouvèrent emportés par une masse de gens qui sortaient d'un immeuble de bureaux. Tout autour d'eux des attachés-cases ballottaient contre les cuisses ; les téléphones portables se refermaient avec un clic. Ils dépassèrent une entrée de métro, et la foule se clairsema. Ils marchaient vers l'ouest, en direction du couchant.

Hannah lui apprit qu'elle avait joué du violoncelle à l'université. Elle voulut savoir quelle musique il aimait.

« Honnêtement, je suis plutôt ignare dans ce domaine, répondit Nate. D'habitude, quand on me conseille quelque chose en me disant que c'est bien, je finis par l'apprécier. » Il lui lança un coup d'œil un peu timide. « J'ai bien aimé ce que tu m'as fait entendre chez toi la dernière fois. »

S'abritant les yeux du soleil avec sa main, Hannah se tourna vers lui. « Elliott Smith ? Je n'aurais pas cru.

— J'aime la musique triste, voilà tout. »

Elle repoussa ses cheveux sur son épaule. Dans la clarté du couchant, ils avaient des reflets cuivre et or. « Intéressant. »

C'était un de ces crépuscules joyeux. Les flaques qui, la veille, avaient contraint les piétons à faire de larges détours avaient séché et disparu. Des éclats de rire chaleureux s'élevaient des terrasses de café, se répercutant dans les rues qui, dans la chaleur déclinante, semblaient se déployer et se relâcher à l'approche du soir. Les gens se déplaçaient avec vivacité, comme dans une chorégraphie. À l'instant où ils quittaient le trottoir pour marcher sur la chaussée, Nate posa une main sur les reins de Hannah. Il se sentait heureux d'être à l'endroit précis où il était.

8

La semaine suivante il emmena Hannah chez lui. Les ampoules étaient grillées au deuxième et au troisième étage de sa cage d'escalier ; ils gravirent les marches dans une obscurité presque totale. Quand il poussa sa porte, elle émit un gémissement pitoyable, aux multiples syllabes.

« J'espère que tu ne t'attends à rien d'extraordinaire. »

Hannah glissa un coup d'œil dans la cuisine. Puis elle longea l'étroit couloir jusqu'à sa chambre. Nate la suivit. Il avait rangé en prévision de sa visite, mais son appartement astiqué n'était pas convaincant, il faisait penser à un voyou professionnel pomponné par son avocat pour l'audience du tribunal. Le chiffon qu'il avait utilisé pour essuyer son bureau et sa commode était posé en vrac sur le rebord de la fenêtre. L'un des tiroirs de la commode, trop rempli pour se fermer entièrement, était grand ouvert. Il avait fait le lit en hâte, mais un triangle de drap noir et blanc voyant dépassait de la couette.

« C'est agréable », dit lentement Hannah. Elle désigna le mur au-dessus du bureau. « J'aime bien ce tableau. »

Nate avait trouvé dans la rue cette reproduction de la *Vue de Tolède* d'El Greco. Le ciel bleu en colère et le paysage urbain vallonné, verdoyant, lui avaient plu. Il avait réparé le cadre avec du ruban adhésif.

« Merci. »

Il vint derrière elle et posa les mains sur ses hanches moulées dans un jean. Appuyant sa tête contre la sienne, il ferma les yeux et huma le parfum de ses cheveux.

Après le concert du vendredi précédent, ils avaient dîné et étaient revenus chez elle. Nate était resté jusqu'à la fin du week-end. Le samedi ils avaient pris le petit déjeuner dehors et s'étaient ensuite promenés dans le quartier de Hannah. Ils avaient bu des bloody marys dans un restaurant marocain climatisé, presque vide entre les services du brunch et du dîner. Après, Nate s'était imposé pour la soirée qu'il avait passée avec elle, en compagnie de deux de ses amies de l'école de journalisme qu'elle avait prévu de retrouver, se dispensant d'une fête à laquelle il n'avait de toute façon pas très envie d'aller (ayant vu la moitié des gens qui y seraient à la lecture de la semaine précédente). Le dimanche après-midi, Hannah le mit carrément à la porte de chez elle. « J'avais la ferme intention de travailler à mon projet de livre ce week-end. Si je ne m'y mets pas sérieusement, je vais écrire des articles sur la santé toute ma vie. » Elle était pigiste pour le site du *Times et* rédigeait chaque semaine un compte rendu des actualités de la santé.

Elle se laissa aller contre lui, pressant ses hanches contre les siennes. Nate se mit à bander. Au cours du week-end qu'il avait passé dans son appartement, elle avait levé l'interdiction des rapports sexuels.

Il n'avait pas précisément changé d'avis concernant

son refus d'accepter une relation. Mais à présent qu'il avait rencontré Hannah, et qu'elle lui plaisait, il ne voyait pas d'alternative. Satisfait de ce défi à son esprit cynique, il en était venu à penser qu'elle était en réalité différente des autres femmes qu'il avait fréquentées. Elle était issue de la haute bourgeoisie, comme la plupart des gens qu'il rencontrait en société, mais elle lui semblait futée, moins bornée que beaucoup des filles qu'il connaissait – il n'y avait rien de précieux ni de dissimulé chez elle. Intelligente sans guillemets, elle n'était ni timide ni dénuée d'humour dans sa façon de penser. Elle n'avançait pas ses opinions avec un point d'interrogation à la fin. Il avait cherché ses travaux en ligne et avait été surpris de ne pas les avoir repérés plus tôt. Ses comptes rendus et ses essais étaient clairs, bien étayés, souvent remarquablement caustiques. Elle avait une voix à elle, une indignation morale pleine d'énergie, tempérée par l'ironie et un humour sagace. En outre, elle était presque aussi cultivée que Jason, Peter et même Nate. (Pour être honnête, cela l'avait surpris.) Elle était drôle, aussi – toujours prête à rire, à sourire.

Elle avait une façon d'insinuer que son opinion de lui n'était pas encore définitive, ce qui n'était pas pour lui déplaire. Il avait l'impression qu'elle l'évaluait selon un critère exigeant de son invention. Il la respectait pour cela. Il sentait d'instinct que c'était un critère de qualité, que Hannah était fondamentalement une *bonne personne*. Non par sa générosité à l'égard des chatons et des orphelins, ni par le type d'actions charitables auquel Kristen s'était consacrée, mais différemment. Par son honnêteté, son impartialité, son absence de snobisme.

Un crépitement de coups de feu retentit dans la pièce. Un feu d'artifice, sans doute un vestige de la fête du 4 juillet, quelques jours plus tôt. Bientôt succédèrent au vacarme hurlements d'alarmes de voiture et cris de passants dans la rue.

« Désolé pour l'interruption, dit Nate, lâchant Hannah pour refermer en partie la fenêtre. Mes voisins prennent l'indépendance américaine très au sérieux. »

Hannah s'approcha de la caisse de lait près du lit et se mit à examiner les livres empilés dessus.

« Tu veux du vin ? proposa Nate.

— Volontiers. »

Il bâilla en allant à la cuisine. Il était tard. Ils avaient dîné dehors.

Le vin qu'il avait acheté auparavant au Tangled Vine était sur la table, enveloppé d'un sac en plastique. Il ouvrit la bouteille et prit deux verres à pied, les croisant pour les tenir d'une main.

Hannah l'attendait docilement au milieu de la chambre. Il posa le tout sur la caisse avant de s'approcher d'elle.

La première fois qu'ils avaient couché ensemble, et la seconde, le matin suivant, c'était avec un sentiment d'urgence, une fébrilité, comme si un temps considérable, au lieu de quelques semaines à peine, avait précédé l'événement. Cette nuit-là il choisirait un rythme plus lent.

Il l'embrassa. Elle était presque aussi grande que lui. Il eut à peine besoin de se pencher. Il glissa les mains autour de sa taille, sous son tee-shirt. Son dos était ferme, musclé. Il trouva l'agrafe de son soutien-gorge : il sentait ses mains sur ses reins, pétrissant doucement la chair sous l'élastique de son caleçon et suivant la taille. Une zone sensible – il apprécia sa caresse, mais se rendit compte qu'il était un peu plus fort qu'il ne l'aurait souhaité, un peu plus gras au niveau des flancs et du ventre, il s'efforça de tendre ses abdominaux.

Il l'entraîna vers le lit. Sa lampe de bureau donnait à la pièce un caractère institutionnel, aussi il l'éteignit. Il déboutonna sa chemise. Ses yeux s'accoutumèrent à l'obscurité, il vit que Hannah l'observait depuis le lit. Soutenant son regard, elle retira son tee-shirt par la tête.

Nate remplit l'un des verres. Pendant qu'elle sirotait son vin, il s'assit près d'elle et toucha ses seins. Elle le lui rendit et commença à défaire son jean pendant qu'il buvait. Il reposa le verre. Puis il l'étreignit, la couchant sur le dos et lui retirant son pantalon tout en se pressant contre elle.

Comme les fois précédentes, il fut aussitôt submergé par un flot d'émotion dont la force le surprit. Ses aventures récentes avant Hannah – des mois plus tôt, avec des femmes qu'il connaissait à peine et n'avait guère eu le désir de revoir – avaient été étrangement dénuées de tension, presque masturbatoires.

Hannah et lui s'en tinrent au style du missionnaire, pas de cinéma, ce qui lui convenait parfaitement. Il pensa qu'elle éprouvait la même chose. Son corps semblait réagir avec ardeur à son contact. Cela participait au plaisir qu'il ressentait – cela, et sa spontanéité : il n'était pas conscient de jouer un rôle, de se conformer aux attentes de l'autre. L'intensité, si mystérieuse qu'elle fût, et l'oubli temporaire de soi étaient réels. Après avoir joui, il enfouit son visage dans son cou, gagné par des vagues de tendresse d'une violence embarrassante.

Quelques minutes, ils restèrent lovés dans les bras l'un de l'autre. Puis Nate reprit ses esprits. Des pensées quotidiennes l'envahirent. Se sentant moite, il se leva pour aller jeter son préservatif.

De retour sur le lit, il la contempla, étendue devant lui. « Tu as un joli corps, observa-t-il. On doit te le répéter sans arrêt. »

Il vit les muscles de son ventre se contracter lorsqu'elle éclata de rire.

« J'en ai vraiment assez d'en entendre parler tout le temps, dit-elle, se tournant sur le côté. S'il y a une chose qui excède les femmes, c'est ce genre de compliment. Nous sommes si sûres de notre corps. »

Nate remplit encore le verre. Ils abordèrent, pour une raison quelconque, le sujet de Steve, son ex-petit ami, avec qui elle était restée quatre ans. Nate voulut connaître les détails. Il apprécia la manière intelligente, romanesque avec laquelle elle décrivait les gens. « Il avait un côté conservateur sur le plan culturel, dit-elle. Il lisait beaucoup. Il était avocat, mais il lisait de la philosophie, de la fiction – de la poésie même. Je respectais cela, mais au bout d'un moment son personnage de gentleman érudit m'a porté sur les nerfs. Il avait l'air d'essayer de recréer quelque chose, comme s'il était un peu trop nostalgique du passé, de l'aristocratie, du privilège de classe, en fait. »

Steve avait le sens pratique, dit-elle, il était organisé et la critiquait pour sa négligence excessive, la faisant passer pour une malheureuse enfant terrible. Avec le temps, leur relation s'était résumée à des disputes par procuration. « La dernière année, je sentais qu'il passait son temps à m'inspecter de la tête aux pieds. Un bouton manquant ou une tache minuscule était un point décisif qui révélait mon échec fondamental en tant que personne. » Elle se mit à jouer avec une boucle de ses cheveux. « Mais je suis injuste. La vérité c'est qu'à la fin je faisais pareil avec lui – constituant un dossier pour lui montrer combien il était rigide, dénué de subtilité, brutal. Il m'accusait toujours de rouler les yeux ou de le prendre de haut. Je suppose que c'était vrai. »

Une heure avait passé. Le vin ne les intéressait plus. Nate rapporta des verres d'eau de la cuisine.

Il se surprit à lui parler de Kelly Krebs, la fille avec qui il avait perdu sa virginité, entre sa première et sa deuxième année à l'université.

« On s'est rencontrés à la plage. Ocean City. C'était un genre de fille que je n'avais jamais connu avant – classe moyenne, cent pour cent américaine, goy. Pas très intelligente et ne s'en souciant pas du tout. Elle a trouvé curieux que je parte étudier à Harvard. Je pense qu'elle était gênée pour moi. »

À cause de son nez en trompette et parce qu'elle étudiait dans une université d'État de seconde zone, les amis de lycée de Nate la qualifiaient de *gravillon*, ce qui signifiait « plouc » à Baltimore, expliqua-t-il à Hannah. (« Ils l'appelaient comme ça devant elle ? » demanda-t-elle, horrifiée. « Non, non, lui assura-t-il. Bien sûr que non. Seulement avec moi. ») Il lui expliqua que ça en disait plus long sur la judéité de banlieue provinciale de ses amis – pour ne rien dire de leur goujaterie – que sur Kelly. Ils mettaient tous les goys dans le même sac (sauf les très riches, parmi lesquels étaient sélectionnés les sénateurs et les présidents). Kelly n'avait rien d'une plouc. Son père était comptable. Sa mère travaillait à mi-temps dans une boutique. Pour Nate, qui était enfant unique, elle avait ce qui lui paraissait être une surabondance de frères et sœurs. Leur maison de Towson, une banlieue voisine de celle de Nate, était encombrée d'un fouillis d'équipements de sport – crosses de hockey sortant des porte-parapluies, genouillères abandonnées sur les tables basses – et des inévitables signes de présence féminine. Des flacons de vernis à ongles étaient restés ouverts, leur contenu se déversait sur les pages de magazines de mode. On entendait toujours un séchoir à cheveux bourdonner au premier étage. Sa propre demeure semblait lugubre en comparaison. Les Krebs étaient chaleureux ; ils formaient une famille heureuse. Nate les aimait bien. Il était charmé en particulier par M. Krebs, un homme barbu et replet à la voix tonitruante, qui entraînait la Little League et le foot, et passait son temps à conduire l'un de ses enfants à un événement sportif ou au centre commercial. Nate avait rarement rencontré un père aussi jovial que lui.

Il voyait que les membres de la famille Krebs étaient fiers d'être le sel de la terre, fiers de leur américanité conviviale, sans prétention. Même si c'étaient des gens charmants, ils avaient leur propre style d'autosatisfaction. Il les comparait à ses propres parents, tirant gloire de leur intelligence livresque, de leur sobriété, de leur retenue. Il s'était demandé si tout le monde reconnaissait cette qualité, la traitait comme quelque chose d'essentiel – s'en servait comme base pour se sentir supérieur aux autres.

Couché sur le dos, Nate fixait le plafond. Il se tourna vers Hannah. « J'ai décidé que la réponse était oui. »

Elle s'appuyait sur le coude, le menton posé au creux de sa paume. « C'est le germe du relativisme. »

Il commença à lui caresser les seins. Pendant qu'il parlait de la famille Krebs, Hannah avait tendu la main vers son tee-shirt. Il l'avait repoussée. « Non, je t'en prie, avait-il dit. Cela me rend tellement heureux de les regarder. »

Elle voulut savoir ce qui s'était passé avec Kelly.

« Elle m'a quitté pour un type de son université. Pour être honnête, j'ai été un peu soulagé. »

Il devait être près de 3 heures du matin. À un moment donné, Hannah s'en prit à un écrivain qu'elle jugeait surfait. Il se trouvait être le fils d'un journaliste très en vue.

« Se pourrait-il, intervint Nate, que tout simplement tu n'aimes pas son travail autant que certaines personnes ? Ou bien chaque article qui te déplaît est-il la preuve de l'existence d'une conspiration industrielle – un complot ourdi par les patrons népotistes pour opprimer les bons écrivains talentueux et travailleurs comme, disons, Hannah Leary ? »

Elle éclata de rire. Cela n'annonçait ni déception ni bouderie, et il en fut heureux.

« Tu as peut-être raison, dit-elle. Ça doit être un réflexe de défense chez moi. »

Il attrapa une poignée de ses cheveux et l'attira doucement près de lui. Ils recommencèrent à faire l'amour.

Nate eut envie de fixer et de préserver une image d'elle, après. Elle se tenait à la fenêtre, nue, lui tournant le dos. Ses cheveux retombaient en touffes sur sa peau emflammée tandis que le bout rougeoyant de sa cigarette luisait pensivement dans la nuit.

Il était plus de quatre heures lorsqu'ils s'assoupirent enfin. Nate avait le nez enfoui dans ses cheveux, un bras enroulé sur son flanc. Sa main reposait sur son sein, et les fesses de Hannah frôlaient sa queue inerte à présent.

Les semaines suivantes se déroulèrent comme un flot presque continu de conversation et de sexe, ponctué de périodes de sommeil et de travail. Nate était productif sur le plan professionnel, peut-être plus que d'habitude (il termina son article sur la marchandisation de la conscience). Mais les heures devant son ordinateur, la soirée occasionnelle où il restait seul, se reposant avec un livre et une pizza, ses matchs de football hebdomadaires dans le parc semblaient presque être des prolongements du sommeil. C'était quand il se trouvait avec Hannah – occupé à raconter sa vie, à l'écouter décrire la sienne, à échanger des opinions, à baiser – qu'il vivait éveillé, dans le temps réel.

Il lui parla de son livre, de la façon dont il avait évolué au cours des années où il y avait travaillé. Il avait d'abord eu l'intention d'écrire une critique cinglante des banlieues, en partant de l'exemple d'une famille d'immigrants avec un enfant. Un fils. Ce garçon devait être le personnage central, doué dès son plus jeune âge d'une intelligence et d'une sagesse innées, dont les difficultés – les rapports avec les filles, la popularité – éveilleraient la sympathie des lecteurs. Le roman n'avait commencé à prendre forme que lorsque ce personnage « impossible » avait été mis sur la touche en faveur des parents dont le mariage bancal traversait des zones de turbulence discrètes, mais dont les réactions au mode de vie américain n'étaient pas dénuées de perspicacité. Hannah lui dit qu'elle s'était sentie sous-estimée en grandissant. « Les gens s'attendent à ce que les filles de bonnes familles bourgeoises soient intelligentes – mais, pour eux, l'intelligence d'une fille se limite à avoir une jolie écriture, un casier en ordre, et à rendre ses devoirs à temps. Ils ne leur demandent pas d'avoir des idées ni grand-chose d'autre en matière de réflexion personnelle. » Elle expliqua que, pour elle, l'écriture avait été un moyen de se faire entendre.

Un soir ils allèrent à une fête organisée par une amie de Nate, que Hannah connaissait un peu.

Quand ils arrivèrent chez Francesca, dans le Lower East Side, elle accourut pour serrer Nate dans ses bras. « Je veux te présenter à mon ami Nicholas », lui annonça-t-elle. Il lui rappela le nom de Hannah. « Ah oui, en effet. Ravie de te voir, dit-elle avant de se tourner à nouveau vers Nate. Nicholas est un de tes grands fans. Il est impatient de lire ton livre. »

Elle l'attira à l'autre bout de la pièce. Il perdit Hannah de vue.

« Nicholas a beaucoup de succès au Canada », chuchota Francesca.

Nicholas était un type costaud, moustachu, avec une cigarette éteinte au coin de la bouche. Les deux hommes échangèrent quelques mots, puis Francesca posa la main sur le bras de Nate : « Qu'est-ce que tu veux boire ? »

Il devina à son sourire qu'elle ne servait pas en personne un gin tonic à chacun de ses invités.

Plus âgée que lui de quelques années, Francesca était une élégante et jolie écrivaine dont le premier livre, publié dans sa prime jeunesse, avait été un grand best-seller. Elle avait eu moins de succès par la suite, mais était célèbre. Elle mettait aussi un point d'honneur à connaître tout le monde. Depuis très peu de temps, Nate s'était retrouvé inclus dans cette catégorie. À l'époque où il était encore un écrivain free-lance en difficulté qui corrigeait des épreuves de textes juridiques pour arrondir ses fins de mois, elle avait été juste polie.

Pendant ces années-là, Nate avait souvent été atterré, non par le comportement de Francesca en particulier, mais par le nombre de femmes dont les cuisses, comme les portes d'un club sélect, ne s'ouvraient que si le succès d'un homme était avéré. Maintenant qu'il venait – à peine – de franchir cette étape, cette tendance le déprimait pour d'autres raisons. Il y avait dans le regard presque vorace que Francesca portait sur lui quelque chose qui neutralisait son désir de séduction.

« Ne prends pas cette peine, lui dit-il. Je sais où se trouve la cuisine. Ravi d'avoir fait votre connaissance, Nicholas. »

Hannah n'était pas dans la cuisine, mais au fond du couloir, une fenêtre donnait sur une sortie de secours et une volée de marches.

Le toit était garni de guirlandes d'ampoules blanches de Noël, reliées à l'appartement par une rallonge. D'un côté, l'immeuble de Francesca était flanqué d'une haute structure semblable à une forteresse avec de rares fenêtres. Partout ailleurs, des rangées irrégulières de bâtiments plus bas s'étendaient autour d'eux.

Nate vit Hannah debout près du bord du toit. Elle parlait à Eugene Wu. Nate s'approcha d'eux et enlaça la jeune femme. « Salut », dit-il. Hannah rougit légèrement et s'écarta. Nate se rendit compte que c'était sans doute le premier geste officialisant leur couple qu'il faisait en public. Ils avaient passé presque tout leur temps ensemble en tête à tête. Amusé par sa réticence, il déposa un petit baiser sur sa tempe.

Hannah l'ignora. « Eugene était en train de me raconter que le yoga est le nouvel orientalisme, dit-elle. C'est une bonne chose que je pratique le Pilates. »

Nate dut faire un effort pour l'entendre malgré le vacarme d'un climatiseur sur le toit de l'un des immeubles voisins.

« C'est pareil, non ? cria-t-il.

— Le Pilates a été inventé par un Américain, dit Eugene. Dans les années 20. »

Nate le regarda ébahi. « Comment sais-tu ça ? »

Eugene tendit un bras pour qu'ils l'examinent. « Comment crois-tu que je reste aussi mince ? »

Quand Hannah s'éloigna pour parler à une amie qu'elle n'avait pas vue depuis un moment, Eugene se tourna vers Nate, les bras croisés sur sa poitrine. « J'ignorais que tu sortais avec elle. »

Nate comprit à son ton qu'il avait déjà tenté sa chance avec elle et essuyé un refus. Eugene cherchait depuis longtemps à sortir avec une fille cultivée, un membre du milieu littéraire ; pour lui, Hannah, qui était jolie (même si elle n'était pas d'une beauté renversante selon les critères de Jason), agréable, intelligente, aurait été un objet de désir naturel.

« C'est récent, précisa Nate.

— Hmmm..., répondit Eugene. Eh bien, elle a des jolis nichons. »

Nate ne sut pas si son ami essayait de lui faire comprendre qu'il l'enviait, ou s'il marquait simplement son territoire. Eugene vivait dans un état de ressentiment permanent. Il sentait qu'il était de son devoir de donner des coups de bec dans le bonheur des plus chanceux. Il en voulait à Nate d'avoir étudié à Harvard et signé un contrat pour son livre ; il se comportait comme si Nate avait obtenu de l'argent, des filles et des piges avec son diplôme. En fait, leurs vies professionnelles avaient été aussi chaotiques l'une que l'autre jusqu'au jour, plusieurs années auparavant, où Nate avait obtenu un poste de critique littéraire et vendu son livre à un éditeur. Pourtant, Eugene était intelligent – plus sérieux, moins exclusivement carriériste que la plupart des gens qu'il connaissait.

« Et toi, Eugene ? Tu sors avec quelqu'un ? demanda-t-il.

— J'envisage d'aller en ligne », reconnut Eugene.

Surpris, Nate s'efforça de chasser de son expression tout ce que son ami, dans sa susceptibilité, risquait de percevoir comme ironique. « Vas-y, dit-il. Ça ne peut pas faire de mal, n'est-ce pas ? »

Hannah revint peu après. Puis Nate vit la large silhouette de Jason émerger de l'escalier de secours. Il regarda un instant autour de lui avant de s'approcher pesamment de l'angle qu'ils occupaient.

Lorsqu'il avait confié à Jason qu'il sortait avec Hannah, sa réaction – « Elle a l'air gentille » – avait été si neutre que Nate s'était mis à bouillir intérieurement, se haïssant parce que la note 7/10 voltigeait dans son esprit. Il se haït plus encore quand il s'entendit vanter les mérites de Hannah : *Elle est vraiment cool ! drôle ! brillante !* Une nuance de désespoir s'était glissée dans sa voix. Jason avait hoché la tête, ne faisant rien que Nate aurait pu lui reprocher, et pourtant quelque chose dans son sourire avait évoqué à Nate une hôtesse WASP fermant les yeux sur une entorse au code de politesse.

« Hannah », dit Jason. D'un air faussement solennel, il lui tendit la main.

Elle fronça les sourcils d'un air interrogateur, puis elle sourit, adoptant le même ton. « Jason, dit-elle, lui abandonnant sa main. C'est un plaisir de te voir.

— Tu es ravissante. Comme toujours.

— Merci. »

Nate passa la main sur son menton mal rasé. Il ne pouvait rien faire. Soit Jason ferait le con – il appelait ça « secouer le cocotier » – soit il se tiendrait à carreau. Pour se distraire, Nate se laissa entraîner dans une discussion vétilleuse et incroyablement débile avec Eugene sur la doctrine libertaire. Au bout de quelques minutes, il se tourna vers Jason.

« Je peux t'emprunter ton téléphone pour chercher quelque chose ?

— Mon pote, répliqua Jason, achètes-en un. Tu dois être la dernière personne à New York qui ne possède pas de smartphone.

— Putain. »

Hannah fouilla dans son sac. « Tu peux utiliser le mien. »

Nate le prit et se tourna vers Jason. « Tu vois qu'il est possible de rendre service à quelqu'un sans faire de commentaire ? »

Jason exulta. « Les commentaires, c'est mon job, déclara-t-il. Je suis un *commentateur social*, tu te souviens ? »

Jason avait récemment été interviewé sur CNN au sujet de son essai sur l'obésité.

Hannah émit un petit rire sceptique. « Harceler Nate à propos de son portable serait donc un commentaire social ? »

Nate la regarda surpris. L'embarras qu'il redoutait s'était matérialisé – sous la forme la plus inattendue.

Sa « petite amie » montait au créneau pour le défendre. Il aurait préféré qu'elle ne le fît pas.

« Hannah, Hannah, Hannah », répéta Jason. Il s'appuyait contre la rambarde du toit, les bras étendus de part et d'autre de son corps, croisant les chevilles avec grâce. Quand il souriait, sa puissante mâchoire offrait à ses lèvres charnues un cadre d'une largeur inutile. Dans la partie supérieure de sa tête, plus étroite, construite avec plus de délicatesse, ses cils battaient avec une affabilité ostentatoire, aussi peu sincère que son sourire crispé.

« Il y a un moment… (Jason décrocha ses mains de la balustrade et fit une embardée vers eux tel un coucou émergeant de sa pendule) où une technologie devient à tel point partie intégrante du courant dominant qu'elle n'est plus, à proprement parler, facultative. C'est un phénomène social ; le diagnostiquer, c'est comme diagnostiquer le narcissisme dans les années 70. Le moment de la saturation du smartphone, ou pourrait-on dire, de la *transsubstantiation culturelle*, a eu lieu vers le mois d'août 2008, du moins pour les gens de notre tranche d'âge…

— C'est ridi…, voulut l'interrompre Nate.

— *Après cela*, poursuivit Jason, ne pas en posséder est une profession de foi. En particulier quand, comme notre ami Nate ici présent (Jason gesticula dans sa direction), on n'est pas exactement sans le sou. Enfin, plus maintenant. » Il lança à Nate un rapide sourire malicieux avant de se tourner vers les autres. « Pour Nate, aujourd'hui, ne pas avoir de smartphone est une manière de hurler qu'il est une patère carrée qui refuse d'être vissée dans un trou rond. Et ce comportement, dit Jason, regardant Hannah bien en face, invite le reste du clan à le couvrir de honte. C'est ainsi que l'ordre social est maintenu.

— Donc, en menant la vie dure à Nate, tu t'emploies en réalité à incarner un ordre social répressif ? » Hannah haussait les sourcils, sa voix avait un ton moqueur mais elle avait une expression amusée, un peu coquette même. « Tu es comme le type qui a cousu le A sur la robe d'Hester Prynne ? » Elle se tourna vers Nate et Eugene. « Et c'est sa défense ? » conclut-elle en secouant la tête.

Nate sentit son corps se relâcher. Elle avait été parfaite. Jason haussa les épaules, vaincu. « Personne n'aime l'homme de main, dit-il. C'est comme ça. »

Nate attira Hannah plus près lui, content d'elle mais aussi de lui, pour une obscure raison.

« Incidemment, dit Eugene, Hester a cousu elle-même le *A*.

— Merci, Schtroumpf futé », répliqua Nate. Il se tourna vers Hannah. « Jason est très fort en ce qui concerne l'ordre social ces temps-ci, dit-il, posant la main sur sa hanche, juste au-dessus de la ceinture de son jean, et sentant l'excitation monter. Il pense que l'ordre social a mauvaise presse…

— À cause, tu sais, intervint Eugene, de Hitler, de Mussolini.

— L'ordre social, hein ? » dit Hannah à Jason.

Son dos frôlait l'épaule de Nate. Son corps s'écartait du groupe, laissant entendre qu'elle était prête à retourner dans l'ombre, heureuse de voir l'attention se porter à nouveau sur Jason qui soupirait bruyamment, alors qu'en fait il adorait pontifier, même s'il était obligé de faire le pitre pour cela.

« Comme l'a dit Aristote, l'homme est un animal politique...

— Je vais chercher à boire, l'interrompit Eugene.

— Seul, l'homme n'est bon à rien, poursuivit Jason. Nu, frissonnant, chétif, il ne fait pas le poids face aux animaux ou aux éléments. C'est seulement grâce à notre intelligence collective, et à la société, que l'homme s'est élevé. L'erreur que font les gens, c'est de considérer l'évolution humaine du point de vue de l'individu. Sur le plan de l'évolution, le bonheur individuel est sans importance ; ce qui compte, c'est la santé de la société. »

Nate prit Hannah par la taille et pencha la tête pour poser son front contre le sien. Sa hanche frôlait le haut de sa cuisse, ses cheveux effleuraient son menton et son cou. Il eut envie de la serrer plus près encore, mais il était déjà trop excité. Il inspira profondément à plusieurs reprises.

Au-dessus d'eux, les guirlandes d'ampoules blanches de Noël traçaient des rayures diagonales sur le ciel assombri ; plusieurs étages plus bas, le flot ininterrompu de la circulation les enveloppait. Jason continuait de blablater.

Lorsqu'ils furent de retour dans l'appartement de Hannah, Nate s'excusa pour son ami. « Il n'est pas méchant. Il aime frimer, c'est tout. Certaines personnes jouent au golf, d'autres ont des petites amies, Jason est un parleur.

— En fait, je l'aime bien, observa Hannah. Il est... *bouillonnant*.

— Bouillonnant. » Nate sourit. « Je le lui dirai. Ça va lui plaire. »

Ils étaient couchés sur le lit de Hannah, fixant le plafond comme s'ils regardaient les étoiles. Nate lui confia qu'à l'université il avait pensé qu'il avait moins de choses en commun avec Jason qu'avec Peter, mais qu'avec les années l'équilibre s'était inversé.

« Jason est bizarre, en particulier quand il s'agit des femmes, mais ce n'est pas un mauvais type, expliqua-t-il. Il est plus... je ne sais pas comment le décrire exactement... plus substantiel peut-être... que la plupart des gens. Il ne regarde pas par-dessus son épaule pour voir ce que pensent les autres, comme Mark par exemple. » Hannah connaissait Mark, il avait revu ses textes parus dans le magazine en ligne pour lequel il travaillait. « Mark est super, bien sûr, poursuivit Nate. C'est un bon éditeur, il est drôle – mais sa réputation passe avant tout le reste. »

Hannah lui demanda de décrire Peter.

« Intelligent. Solitaire. Il voudrait vraiment avoir une petite amie. Il habite à Watertown, dans le Maine – où il enseigne. Il n'y a pas beaucoup de femmes célibataires à Watertown. En plus, il est plutôt maladroit avec les filles. »

Nate se rendit compte que les deux dernières semaines ils avaient évoqué de nombreux aspects de leurs vies, mais n'avaient pas consacré beaucoup de temps à leurs amis. « Et toi ? demanda-t-il. Parle-moi de tes amis. »

Hannah lui dit qu'elle avait connu ses amis proches à l'école de journalisme et à l'époque où elle travaillait pour la presse écrite. C'étaient des reporters qui couvraient la politique et l'économie. Elle avait beaucoup d'amis et de connaissances en commun avec Nate, mais son ancrage dans le milieu littéraire qu'il fréquentait restait fragile. Ces dernières années, après sa rupture avec Steve, elle s'était sentie un peu isolée sur le plan intellectuel. Son choix d'écrire un livre en acceptant divers petits boulots demeurait un mystère pour la plupart de ses amis journalistes, alors que Nate le comprenait parfaitement, elle en était sûre.

Il lui caressa la joue avec son pouce. « Ça me touche singulièrement, dit-il. Je m'explique : je suis heureux de pouvoir faire ça pour toi. De comprendre cette partie de toi. Je t'assure que tu as pris la bonne décision. Ton livre sera formidable. »

Elle déposa un baiser sur son menton. « Merci. C'est vraiment gentil. »

Le désir que Nate retenait depuis le début de la fête monta en lui, et il toucha ses seins moulés dans son débardeur. Mais il vit qu'elle avait l'esprit ailleurs.

« Tu penses à quoi ? »

Elle se tourna sur le flanc pour lui faire face. Elle ne répondit pas tout de suite.

« À rien de particulier, répondit-elle enfin. Juste que tu as été super. Ces dernières semaines, ça a vraiment été génial. » Elle effleura sa poitrine. « J'ai été vraiment… heureuse. »

Il enroula un doigt dans ses cheveux. « Moi aussi. Moi aussi. »

9

Comme Freud, Aurit avait une théorie cohérente de l'univers. À partir d'un seul mythe fondamental, elle avait bâti un labyrinthe de sous-histoires, toutes intrinsèquement logiques, convaincantes à un point surprenant, tant qu'on acceptait ses prémisses. La plus importante étant la certitude que faire partie d'un couple était la pierre de touche de la santé psychologique. À partir de là, elle se lançait dans des analyses poussées de tous les gens qu'elle rencontrait. Celui-ci, annonçait-elle, souffrait d'un dysfonctionnement sexuel dû à une relation formatrice douloureuse. Celui-là était handicapé par une série de succès professionnels précoces qui l'enfermaient dans la structure de pensée immature qui avait été la sienne au sommet de sa gloire. (Les hommes célibataires, estimait Aurit, manquaient particulièrement de bien-être émotionnel.) Elle prenait ses analyses très au sérieux et souvent appréciait, détestait ou plaignait certaines personnes en se basant presque exclusivement sur les récits qu'elle élaborait. Les hommes qui l'avaient blessée étaient devenus l'objet d'une pitié si virulente qu'on aurait pu la soupçonner d'avoir eu des intentions philanthropiques en sortant avec eux.

Nate s'en souvint le samedi après-midi suivant. Il se rendait en compagnie d'Aurit à Prospect Park, où des amis organisaient un pique-nique pour célébrer leur récent mariage à City Hall. Aurit voulut tout savoir sur Hannah.

« Ça fait combien ?... Un mois ? Un peu plus ?

— Environ. » Six semaines s'étaient écoulées depuis la première fois qu'ils s'étaient vus, et à peu près quatre depuis qu'ils se fréquentaient réellement.

« Je suis vraiment contente pour toi, Nate. »

Aurit hochait la tête en souriant comme s'il avait réussi à ne pas mouiller sa culotte pendant sa sieste.

Soudain, il jugea essentiel de compliquer le point de vue étriqué d'Aurit. « Ce n'est pas *si* important. Qui sait comment ça va tourner ? »

Aurit venait d'acheter un café glacé. À travers le couvercle en plastique, elle agitait le liquide couleur caramel avec sa paille.

« Ah ? » Elle leva les yeux vers lui. « Il y a un problème ?

— Non. Je ne veux pas en faire toute une histoire, c'est tout. »

Aurit fronça les sourcils. « Mmh, mmh. »

Ce qu'il voulait lui faire comprendre, c'était son refus global de sa monomanie romantique. Il ne voyait pas sa rencontre avec Hannah comme l'événement homérique, déterminant, que les liaisons d'Aurit représentaient pour elle. Sa nouvelle relation, dévorante lorsqu'il était en compagnie de Hannah, n'était pas son unique centre d'intérêt, surtout à présent que le temps passait et qu'il s'acclimatait à sa présence dans sa vie. Ces derniers jours, de nouvelles préoccupations avaient surgi. Sur la recommandation de Jason, il avait été chargé d'écrire un grand article très bien payé pour un magazine de luxe, un travail qui le satisfaisait pleinement. De plus, une idée de nouveau livre avait germé en lui. Et il n'y avait pas que l'écriture. La relation, si agréable fût-elle, partageait son espace mental avec d'autres choses que sa vie privée – son intérêt pour un mode de pensée abstrait, par exemple, ou même son goût pour le sport. Mais il ne voyait pas comment l'expliquer à Aurit sans qu'elle y voie le signe d'un mécontentement à l'égard de Hannah.

Ils marchèrent en silence. Le sac en plastique contenant la bouteille de vin que Nate avait achetée pour le pique-nique se balançait contre son genou et son mollet au rythme de ses pas.

« Elle vient aujourd'hui ? demanda enfin Aurit.

— Non. Elle voulait avancer dans son travail. Elle rédige un projet de livre. »

Aurit acquiesça. Puis elle but une longue gorgée de son café et fixa l'intérieur de son gobelet d'un œil furieux.

« Pouah. Un café glacé ne devrait pas avoir le goût de lait chocolaté. »

Nate n'avait rien à ajouter.

Pour un dernier jour de juillet, l'après-midi était très agréable – un air pas trop humide, un ciel bleu, mais pas délavé – le paysage idyllique, presque trop, lorsqu'ils entrèrent dans le parc. Les charmes naturels de Prospect Park (collines boisées, prairies vallonnées, étang en forme de croissant avec les canards et les cygnes requis) n'éclipsaient sans doute pas ceux d'autres parcs dans d'autres villes. Mais au contraire des parcs que Nate avait connus en banlieue pendant son enfance, fréquentés presque exclusivement par des adolescents délinquants, des prostitués gays, et divers fournisseurs de crack, celui-ci ne paraissait pas délabré, abandonné. (« Quand les gens ont leur propre arrière-cour, ils font leur barbecue tout seuls », avait dit Jason un jour.)

Prospect Park grouillait de gens joyeux qui avaient des occupations amusantes : ils marchaient, couraient, faisaient du vélo, jouaient au base-ball, regardaient les matchs en mangeant des cornets de glace dégoulinants. Des groupes de jeunes cadres pourvus de sacs en jute des librairies locales s'appropriaient un espace dans l'herbe à côté de familles antillaises munies de glacières en plastique remplies de plats élaborés qui embaumaient tous la plantain. Le parc était un rêve délicieux d'intégrationniste de gauche : multiracial, multiethnique, multiclasse.

Quand ils arrivèrent au pique-nique, il y eut un échange accéléré d'effusions. « Félicitations ! » « C'est officiel ! » « Merci d'être venus ! » « Mangez quelque chose ! »

Sur une couverture voisine, Jason tenait salon. « Je regrette de vous le dire, mais ni un nombre suffisant de crèches de qualité ni une éducation libérale généralisée ne suffiront à produire une nation d'adhérents à la Règle d'or capables d'autocritique », déclarait-il. Il s'adressait à deux femmes médusées et s'interrompit juste le temps de saluer Nate et Aurit d'un signe de tête. « Ce n'est pas dans l'ADN de tout le monde. La vertu est sa récompense pour certains – mais pas pour tous. Tout va bien. Il y a quantité de choses que les moralistes sont incapables de faire.

— Construire des pyramides, par exemple ? marmonna Aurit. C'est stupéfiant ce qu'on peut faire si on est prêt à profiter de l'esclavage.

— Exactement ! approuva Jason. Les pyramides, la conquête du Nouveau Monde, l'industrialisation. Pensez à cette brutalité ! » Il rayonnait. « Les gens dotés d'une morale n'auraient rien accompli de tout cela. Et où serions-nous ? Pas ici, dans le merveilleux Prospect Park avec nos boulots pépères et notre conscience sociale reluisante. »

Les femmes à qui il parlait – ou s'adressait – échangèrent un regard. « Et les victimes de ces gens immoraux ? demanda l'une d'elles, une rouquine à l'air amical.

— Bien sûr, il existe un impôt social que nous versons pour laisser des psychopathes en liberté, concéda Jason. Mais la société a besoin de gens rusés pour faire advenir les choses, de la même manière qu'elle a besoin de gens consciencieux pour faire appliquer les lois, pour empêcher que la situation ne devienne le cauchemar d'un théoricien des jeux. De la même façon qu'elle a besoin des *artistes* (il prononça ce mot avec une emphase ironique), ce qui inclut les écrivains, les musiciens, etc., pour attirer les éventuels solitaires près du feu de camp collectif et les intégrer dans le clan.

— C'est une théorie émouvante », dit la rousse.

La discussion s'essouffla. Nate, qui s'assit près de la fille, apprit qu'elle faisait un troisième cycle en histoire de l'art. Avant de reprendre ses études elle avait travaillé dans sa maison d'édition. Ils commencèrent tous les deux à passer en revue leurs connaissances communes.

Jason se tourna vers lui. « Où est *Hannah* ? »

La mâchoire de Nate se crispa. Il savait que Jason pensait qu'il avait le tempérament d'un triste *schmuck* battu, une conviction que certaines femmes auraient pu avoir du mal à confirmer mais qui demeurait inébranlable dans l'esprit de Jason. (Par le passé, il avait attribué cela à son besoin « étrange, flagorneur » d'être aimé de tous.)

« Nous ne sommes pas des siamois », répliqua Nate.

Il se tourna de nouveau vers la rousse. Au bout de quelques minutes, leur conversation tarit. Il aurait aimé trouver un moyen poli de se retirer, mais elle était si souriante et amicale qu'il ne voulut pas la blesser. Enfin, elle indiqua du menton le vin rouge qu'il buvait. « Je vais chercher du blanc, dit-elle.

— Entendu », fit Nate.

Il se souvint d'une question qu'il voulait poser à Mark. Il tapota le bras de Jason. « Tu sais si Mark doit venir aujourd'hui ? »

Jason secoua la tête. « Chais pas.... Je ne l'ai pas vu depuis un moment. Tu sais qu'il s'est mis à sortir avec quelqu'un ? La fille sexy de la lecture ? Carrie ? Cara ? *Très mignonne*. Hé, attends une seconde. Ce n'est pas toi qui lui as parlé le premier ?

— Peut-être, répondit Nate, arrachant un brin d'herbe de la terre. Ouais, je suppose que oui.

— Et tu n'as pas... ? Ah, c'est vrai, dit Jason avec un sourire en coin. *Hannah.* »

Nate s'apprêtait à répliquer lorsqu'une femme avec qui il était sorti brièvement des années plus tôt vint le saluer. Elle était à présent mariée et mère d'un jeune enfant qu'elle avait amené avec elle. Quand il l'avait connue, Nate avait pensé qu'elle était un peu trop maternelle à son goût. Le bien-être qui émanait d'elle aujourd'hui, tandis qu'elle prenait dans ses bras sa merveille blonde pour la lui faire admirer, parut confirmer son intuition. Elle reposa le petit qui s'élança vers un écureuil. Riant, elle le suivit d'un pas incertain. « C'était bien de te revoir ! » lui lança-t-elle.

Nate se servit de carottes et de houmous dans une assiette qu'on faisait passer.

« Je t'ai dit que Maggie avait rencontré quelqu'un ? » lui demanda Jason.

Maggie était une fille avec qui Jason travaillait. Il avait couché une fois avec elle l'année précédente et en parlait souvent.

« Le type a l'air d'être un gros con, poursuivit-il. Un genre de concepteur de site internet, ou quelque chose que n'importe qui serait capable de faire pendant ses loisirs. »

Le soleil venait d'émerger d'un nuage. Nate leva une main pour abriter ses yeux. « Mais ça t'est égal, n'est-ce pas ?

— J'aime beaucoup Maggie, répondit Jason, écrasant un insecte sur son bras. *Putain de moustique*. Son bonheur compte énormément pour moi.

— En effet… »

Le téléphone de Nate sonna dans la poche de son jean.

« Ta chérie ? » s'enquit Jason lorsque Nate récupéra son portable.

Il appuya sur la touche REFUS pour faire disparaître le nom de Hannah de l'écran. « Tu sais, Jase, dit-il, j'essayais de me souvenir. La dernière fois que tu as baisé, c'était quand exactement ? Qui était président ? Tu avais une connexion bas débit ou haut débit ? »

Jason le fixa un moment. Puis il eut un large sourire. Ses lèvres distendues évoquèrent à Nate le ventre des enfants affamés. « Je n'y peux rien si je mets la barre très haut », répondit-il.

Le groupe fut appelé à porter un toast au couple.

Ensuite, Jason se tourna vers Nate. « J'ai l'impression que tu penses que je n'apprécie pas ta nouvelle petite amie.

— Je n'ai… » D'instinct, Nate nia avoir jamais accordé une pensée à cette question, mais Jason couvrit ses protestations.

« C'est faux. Je l'ai peut-être trouvée un peu effacée au début, mais je me trompais. C'est une fille super. »

Nate fut surpris de l'entendre – surpris aussi, et un peu embarrassé, de la joie que cela lui procurait. Il acquiesça avec une insouciance calculée. « Elle *est* super.

— J'étais étonné, mais seulement parce qu'elle ne semblait pas être ton type. »

C'était une provocation ouverte. Nate devait l'ignorer, il le savait. « Ça veut dire quoi, qu'elle n'est pas mon type ?

— Tu sais bien…, répondit Jason. D'habitude tu craques pour… je ne sais pas comment l'expliquer… des femmes genre fifille exigeante. Tu sais, comme Elisa.

— C'est ridic… (de l'autre côté de la couverture de pique-nique, Aurit, en conversation avec une personne que Nate ne connaissait pas, leva les yeux vers lui : il baissa le ton)… ridicule. Il ne t'est pas venu à l'esprit qu'Elisa me plaisait malgré son côté “fifille exigeante”, ainsi que tu la décris – fort généreusement, je dirais –, et non à cause de ça ?

— Eh bien, je suis sûr que tu penses…

— Elle me plaisait pour un tas de raisons. Aucune d'elles n'avait rien à voir avec le fait qu'elle était difficile à vivre. En revanche c'est en partie pour ça que je l'ai quittée.

— Calme-toi, s'exclama Jason. Je dis juste que nous sommes programmés pour réagir à certaines choses – c'est mon cas – et qu'elles ne sont pas toutes bénéfiques.

— Kristen n'était ni fifille ni exigeante.

— C'est juste, reconnut Jason. De toute façon, c'est sans importance. Comme je l'ai dit, Hannah est une fille super. » Sans laisser à Nate le temps de répliquer, il se détourna. « Hé, Aurit, tu peux me passer un peu de ces légumes ? »

« À propos d'Elisa, reprit-il un instant plus tard, elle a réagi comment quand tu lui as raconté que tu sautais sa copine ? »

Nate faillit bondir à ce commentaire, mais il se contrôla. « Je ne l'en ai pas encore informée, déclara-t-il. Je vais le faire. »

Jason dégustait une fleur de brocoli avec une délicatesse presque efféminée qui contrastait avec les propos lubriques qui jaillirent de ses lèvres : « Dis-lui que, si elle a besoin d'une épaule compatissante, elle peut m'appeler. J'ai toujours du temps libre pour son petit cul serré et ses grands yeux bleus.

— Va te faire foutre. »

Nate vit Elisa quelques jours après. Il avait repoussé la rencontre, alors qu'il aurait dû s'en préoccuper plus tôt. Quelqu'un lui avait déjà appris la nouvelle. À la surprise de Nate, elle n'était pas furieuse contre lui, mais contre Hannah.

« Je croyais que c'était mon amie, dit-elle.

— Elle s'en veut, répondit Nate. Elle a vraiment de l'affection pour toi. Elle a pensé qu'il n'y avait pas de problème puisque nous sommes amis, toi et moi.

— Je suis sûre qu'elle se sent *très* mal. Une personne qui sort avec l'ex de son amie, qu'elle a rencontré chez cette même amie – à un *dîner* organisé chez elle… Elle doit se sentir atrocement mal. »

Nate étudia le grain du bois du comptoir. Ils étaient dans un restaurant de viandes et grillades du centre-ville, près du bureau d'Elisa. Il commençait à se demander si ce déjeuner était une bonne idée. Faire toute une histoire au sujet de sa relation avec Hannah semblait accorder une légitimité injustifiée à la colère d'Elisa.

Elle remuait son martini d'un geste agressif. « Quelle garce.

— Ce n'est pas fa… »

Mais quand Elisa se détourna de la glace enfumée derrière le bar pour le fixer, Nate laissa sa phrase en suspens. Parfois, il était saisi à nouveau par l'âpreté du malheur d'Elisa. En dépit de toute sa beauté, elle avait – autour des yeux – un air hagard, dévasté.

« Je suis désolé, El, dit-il avec douceur. Vraiment. Je ne pensais pas que vous étiez proches toutes les deux. Je ne voulais pas te blesser. »

Elisa avança une lèvre boudeuse. En signe de mécontentement, elle haussa une frêle épaule, faisant saillir sa clavicule au-dessus de son large décolleté. Ses yeux mis à part, elle était aussi jolie et élégante que d'habitude, avec ses cheveux blonds ramenés en un chignon lâche. Elle portait une longue chemise ample, un pantalon noir moulant.

« Tu vas rencontrer quelqu'un », dit Nate.

Elle le regarda, ses traits parfaits très immobiles. Un instant passa, puis un autre, son expression devint plus intense, son visage s'empreignit d'une profonde lassitude.

« Peut-être », dit-elle enfin.

Nate se prépara à entendre sa litanie d'accusations habituelle. Il avait gâché ses relations futures. Elle ne pouvait plus croire qu'un type qui prétendait l'aimer n'allait pas changer d'avis d'un moment à l'autre. Il lui avait fait sentir qu'elle n'était pas assez intelligente ni assez bonne. Comment était-elle censée s'en remettre ?

Mais elle avait dû deviner que pour l'instant la sympathie de Nate lui était acquise. Elle n'avait rien à gagner en adoptant cette approche.

« À propos, reprit-elle. Je suis désolée pour la dernière fois. Le soir de mon dîner, je veux dire. Et après. J'avais trop bu. Je n'aurais pas dû te mettre dans cette situation. C'est juste… Je ne sais pas, ça craint depuis quelque temps. Je me suis sentie vraiment déprimée. »

Nate changea de position sur son tabouret de bar capitonné. Une vague d'émotions variées – la culpabilité, la pitié, la simple tristesse – l'envahissait malgré lui. Il préférait presque ses accès de fureur contre lui.

« N'y pense plus, dit-il. Je suis désolé que tu n'aies pas été heureuse. »

Elisa haussa encore les épaules tout en examinant une de ses mains, et remit en place une bague qui s'était décalée.

Nate chercha quelque chose de drôle à dire. « Et ton patron, qu'est-ce qu'il a encore fait ? »

Elisa secoua la tête, un geste subtil apparemment inspiré par un amusement narquois, comme si elle savait qu'il changeait de sujet par lâcheté mais s'était résignée à son immaturité. Avec une docilité touchante, elle se lança dans une anecdote.

Elisa travaillait pour un Très Important Magazine. Nate, savait-elle fort bien, appréciait ses récits sur ce qui s'y passait. Elle lui confia qu'un écrivain connu avait mis en fureur son patron, le rédacteur en chef, en retirant un article plutôt que de se soumettre à ses suggestions éditoriales. L'auteur avait ensuite publié son papier dans une revue concurrente, en intégrant la plupart des propositions.

« Il n'écrira plus jamais pour nous, dit-elle.

— Tu as sans doute raison. »

Elle le fixa d'un air délibéré. « Et toi ? Ton livre va paraître, voyons, dans six mois à peine ? Tu dois… – ses paupières tremblèrent – tu dois être vraiment excité. »

Nate regarda la rangée de whiskys *single malt* alignés sur l'étagère au-dessus du bar. Il avait écrit la plus grande partie de son livre quand il vivait avec Elisa. D'une certaine manière, elle avait joué un rôle essentiel dans la rédaction de l'ouvrage. Elle s'était parfois plainte du temps qu'il lui volait pour s'y consacrer, mais elle avait toujours cru en ce livre, en sa capacité de le mener à terme. Pendant les périodes où il n'avançait pas, où il doutait sérieusement de pouvoir surmonter ces obstacles, son soutien avait beaucoup compté, se révélant peut-être crucial. Puis, avant d'avoir terminé et signé son contrat, il avait rompu avec elle.

« J'essaie de ne pas trop y penser », dit-il.

Elisa repoussa son verre vide vers le fond du bar. Un employé à nœud papillon le subtilisa aussitôt. Nate le rappela pour avoir l'addition.

« Pourquoi es-tu si pressé ? » demanda-t-elle.

Une image familière resurgit quand le ton résigné de sa voix devint plaintif.

Nate leva les mains en l'air. « Je ne le suis pas.

— *Hannah* t'attend ?

— Non ! Je voulais juste… Peu importe. Prenons un autre verre.

— Pas si tu n'en as pas envie.

— J'en ai envie, insista-t-il. Vraiment. »

Il était plus de dix heures lorsqu'il raccompagna Elisa à sa station de métro. Lorsqu'elle disparut en bas des marches, Nate éprouva la sorte de soulagement qu'on ressent après un effort physique – l'instant de détente après une longue course. Sur le chemin de sa propre station de métro, plusieurs pâtés de maisons à l'ouest, il envoya un texto à Hannah. *Tu me manques, c'est bizarre, non ?* Ils s'étaient vus le matin à peine.

La réponse arriva un moment après. *Oui, c'est bizarre.* Quelques secondes plus tard, une autre suivit : *(mais tu me manques un peu aussi).*

Après sa soirée en compagnie d'Elisa, Nate voulut à tout prix donner une autre tonalité à son humeur, la reconstruire. Le badinage enjoué de ses échanges avec Hannah – sa présence lui confirmant de manière implicite qu'il n'était pas un ingrat sans cœur – le séduisait tout particulièrement.

Avant de monter dans le train, il répondit. *Je peux être là dans 45 minutes.*

10

Cette nuit-là, Hannah demanda ce qui le liait à Elisa. Ils étaient assis sur les fauteuils près de sa fenêtre. Nate marqua un temps avant de répondre.

Il avait rencontré Elisa trois ans plus tôt à une réception éditoriale. Elle était arrivée avec le rédacteur en chef du Très Important Magazine. Nate questionna son ami Andrew à son sujet. Andrew répondit qu'elle était la nouvelle assistante du patron.

Lorsqu'il partit, Elisa resta. Nate vida deux ou trois dés à coudre de vin. Elle se tenait à côté du buffet, devant une montagne de fruits.

« Salut, je m'appelle Nate. »

Elle lança un grain de raisin rouge dans sa bouche. « Elisa », dit-elle d'un ton presque endormi.

Pendant les quelques minutes suivantes, elle répondit à ses questions, mais parut un peu perturbée par l'obligation qu'il lui imposait. Enfin, elle voulut savoir ce qu'il faisait.

Il lui apprit qu'il était critique littéraire pour un magazine en ligne. Elle demanda lequel. Il le lui dit.

Elle le mesura du regard. Nate tira sur le col de sa chemise Oxford bleue. Il remarqua qu'une de ses chaussures n'était pas simplement délacée, mais juste enfilée, comme s'il venait à l'instant de dégager son pied d'un piège en acier. Sa languette marron béante pendait de travers, sillonnée de légères marques à l'emplacement des lacets. Il posa son autre pied dessus, vacillant un peu, comme une brochette trop chargée.

Elle lui dit qu'elle venait de terminer une maîtrise en littérature comparée à la Sorbonne. Avant cela elle avait étudié à Brown. C'était son premier emploi dans l'édition. Elle voulait écrire. Elle serait ravie de prendre un café avec Nate un de ces jours. *Vraiment ?* Oui, elle aimerait beaucoup parler boutique avec lui.

Le café fut suivi d'un dîner et, quelques jours plus tard, d'une course sur le pont de Brooklyn au coucher du soleil, d'une fête dans le triplex d'un ami de Harvard, gestionnaire de fonds spéculatifs, dans l'Upper West Side, puis d'un samedi soir au musée de Brooklyn. Elle fit une très forte impression sur Nate. Au cours de la conversation, elle citait l'œuvre d'intellectuels vieillissants qui collaboraient à la *New York Review of Books*. Elle déclinait sans effort les noms à multiples syllabes des cinéastes d'avant-garde d'Europe de l'Est. Son père était un professeur d'université renommé – Nate connaissait ses ouvrages de réputation. À ce stade de sa vie, Nate était sorti avec un certain nombre de filles du milieu de l'édition. Elisa semblait différente, exceptionnellement sérieuse et bien informée, surtout pour une personne aussi jeune. Et aussi séduisante.

Même Nate, à qui Jason avait dû dire de ne pas porter des pantalons à pli, était capable de voir qu'Elisa se démarquait, par son élégance, des autres jeunes femmes bien habillées de Brooklyn. Elle savait où faire ses achats, quels magasins vendaient des vêtements de bon goût à un prix raisonnable, et ce qu'on pouvait se procurer chez Target (d'après ce que Nate avait pu glaner, les choses qui commençaient par la lettre *t* : Tupperware, torchons, tabourets). En théorie, Nate dédaignait les « signes de l'appartenance bourgeoise », mais dans la pratique le chic naturel d'Elisa lui inspirait de la fierté. Il émanait d'elle l'aisance mondaine de la fille populaire. C'était une personnalité de premier ordre, un être de qualité supérieure, l'équivalent, dans l'édition, d'Amy Perelman au lycée et des plus jolies copines de Will McDormand à Harvard : un objet de désir évident, incontestable.

Elle était d'humeur égale, préoccupée, un peu morose même, s'exprimant parfois avec un détachement agaçant, presque dénué de plaisir. Elle avait souvent l'air de s'ennuyer. Cette tendance au mécontentement perpétuel excitait d'autant plus Nate lorsqu'il réussissait à la faire rire, à la mettre de bonne humeur : l'impressionner – comprenait-il – était une vraie gageure.

À l'époque, il n'avait pas de contrat avec un éditeur. Son job de critique littéraire lui procurait un revenu régulier, mais le qualifier de modeste, si l'on considère le coût de la vie à New York, aurait été une exagération proche du mensonge. Pour s'en sortir, il devait se battre pour obtenir un maximum de commandes supplémentaires – relecture d'épreuves et rédaction d'articles. Il travaillait seul dans son appartement crasseux. Certains jours, il ne prenait pas la peine de se doucher. Il se mouchait avec du papier toilette bon marché. (Un jour où Peter, son ami de l'université, était venu de New Haven pour lui rendre visite, il avait discrètement subtilisé quelques feuilles du rouleau pour les glisser dans la poche de poitrine de sa chemise.

Il avait attendu que leurs amis soient réunis dans un bar pour les faire passer. « Touchez ça. Vous me croirez si je vous dis que c'est avec ça – ce papier de verre le plus diaphane de tous – que notre Nate se torche le cul ? Un bel exemple de haine de soi ! »)

Nate n'avait pas d'assurance maladie depuis des années. Au bout d'un moment, il en était arrivé à la conclusion qu'un type marginal, débraillé comme lui ne comptait pas pour la société. D'un autre côté, le bien-être d'Elisa était d'une importance indéniable – pour elle, pour ses parents, pour le magazine qui lui prodiguait une couverture dentaire, optique, médico-psychologique exhaustive. L'univers même s'employait à la satisfaire, grâce aux verres gratuits offerts par les barmen, aux égards que lui témoignaient les chauffeurs de taxi d'habitude si bourrus, aux propositions de conseils des pontes avunculaires de l'édition de périodiques qui ne répondaient jamais aux courriels de Nate.

D'ordinaire il dormait encore à l'heure où Elisa, ravissante et soignée jusqu'au bout des ongles, passait devant les gardiens dans l'entrée de ce gratte-ciel au cœur de Manhattan, montait tel l'éclair au millionième étage dans l'ascenseur rapide, et prenait place derrière son bureau surmonté d'une plaque où figurait son nom. Là, elle répondait au téléphone, assurant posément aux auteurs nerveux que son patron les rappellerait. Elle escortait différents personnages importants dans le grand bureau d'angle. Elle assistait à certaines réunions éditoriales et proposait même des idées sur le contenu du magazine quand on l'en priait. Mais son travail était surtout d'ordre administratif. C'était néanmoins le début d'une carrière. Elle prenait soin de ne pas devenir marginale, comme Nate qui restait chez lui, en sous-vêtements, transpirant dans ses draps, se demandant s'il devait prendre un prêt sur salaire au cas où il y aurait droit, ou si c'était une erreur, puisque ce type d'aide était destiné aux gens vraiment pauvres, pas aux diplômés de Harvard qui se dispensaient de prendre un boulot normal afin de satisfaire leurs ambitions intellectuelles particulières.

Lorsqu'il retrouvait Elisa à la fin d'une journée de travail, il avait l'impression de s'être échappé du monde souterrain des Morlocks. Avec elle, il était traité avec plus d'égards dans les restaurants. Les autres hommes le jaugeaient. Les serveurs et les maîtres d'hôtel lui manifestaient plus de respect. Il montait même subtilement dans l'estime de son cercle d'amis et de relations.

Elle n'était pas une petite amie très agréable, mais dans ces circonstances, ça ne comptait guère. Sauf si les désirs de Nate coïncidaient avec les siens, Elisa les traitait comme des caprices pervers, tout à fait négligeables. Un restaurant coûteux qu'elle aimait était un plaisir sain, la passion de Nate pour les barbecues était « dégoûtante ». Une chaîne de barbecues locale un peu bas de gamme qu'il appréciait ? « Hors de question. » Après des soirées mondaines, elle s'amusait à dresser la liste de ses critiques envers lui. Elle semblait croire que tout ce qu'il faisait se rapportait d'abord à elle. Un soir où il fit une mauvaise blague pendant un dîner, elle lui en voulut de l'avoir mise dans l'embarras. « Qu'est-ce qui t'a fait croire que ce serait drôle ? » demanda-t-elle dès qu'ils eurent tourné à l'angle de la brownstone de Park Slope où ils avaient passé la soirée. Nate fut forcé de reconnaître qu'il ignorait pourquoi il avait pensé qu'il serait drôle de répondre au commentaire d'un invité sur notre époque « d'anxiété » en disant que c'était sans doute l'ère du Verseau. À peine les mots lui avaient-ils échappé qu'il s'était senti humilié par leur maladresse. Cela n'inspira aucune sympathie à Elisa. Elle pensait que, par égard pour elle, il se devait d'être un homme respectable. C'est-à-dire ne pas faire de mauvaises blagues. Être affectueux mais pas trop, élogieux mais pas trop, intelligent mais pas cuistre, et une foule d'autres choses.

Lorsque Elisa pensait que quelqu'un l'avait lésée, elle était indignée. Apparemment, elle était la seule personne de tout New York à avoir des manières ; tous les autres gens se comportaient comme des animaux, surtout avec elle, ce qu'elle avait beaucoup de mal à comprendre car – découvrit Nate – elle « ne nourrissait aucune rancune contre les gens ». Elle était furieuse s'il ne la soutenait pas sans réserve dans son indignation à l'égard de tel ou tel collègue, qui lui avait adressé au déjeuner une remarque cinglante, impardonnable, que Nate trouva assez inoffensive lorsqu'elle la lui répéta. Suggérer l'éventualité d'un malentendu, sans parler d'une réaction excessive, était, selon Elisa, destiné à la déstabiliser.

Elle n'avait aucun sens inné de la justice. Lorsque Nate était irrité par son retard à un rendez-vous ou quand elle lui semblait agacée s'il lui racontait quelque chose d'essentiel, il évaluait d'instinct son irritation, s'efforçant de déterminer si elle était raisonnable ou juste dans ce contexte. (Peut-être ne s'était-elle pas rendu compte que c'était important pour lui ? Peut-être n'avait-il pas été clair ?) Elle, pour sa part, jugeait infaillibles ses réactions épidermiques. Elle percevait l'autocritique de Nate comme une faiblesse à exploiter. « Non, disait-elle. Tu n'as pas été clair du tout. »

L'autre petite amie sérieuse de Nate avait été Kristen, une personne d'une extrême impartialité, il fallait le reconnaître. Elisa le déroutait un peu. Mais pendant longtemps, il ne tint aucun compte de ses limites. Nate avait grandi avec l'Ancien Testament. Il ne s'attendait pas à ce que son Dieu fût raisonnable ou miséricordieux. Il maugréait sans doute à cause des exigences d'Elisa, il avait dû essayer de la raisonner, de la cajoler, mais sa présence dans sa vie, dans son lit, sa beauté (parfois quand il était avec elle il était submergé par le désir de toucher ses cheveux blonds soyeux, son visage parfait de poupée), les souffrances et les plaisirs particuliers que lui procurait sa compagnie étaient devenus, pour lui, nécessaires sur un plan existentiel.

Elisa était intelligente – capable de parler avec brio des choses que les gens sophistiqués étaient censés maîtriser – mais Nate s'était rendu compte assez vite que sa manière d'écrire était souvent guindée, maladroite. Ses idées étaient des tentatives factices visant à atteindre une sorte de profondeur académique. Il y avait aussi quelque chose de fragile dans son amour de l'intellect, de l'intellectualisme et, plus important encore, des *intellectuels* comme Nate. Cette passion l'avait impressionné au début. Mais c'était, il l'apprit avec le temps, une forme, quoique spécialisée, de marchandisation du succès. Longtemps avant de décider d'en rester là avec elle – longtemps avant que l'idée eût seulement germé dans son esprit –, il commença à assembler un portrait d'elle beaucoup moins flatteur que son impression initiale. Son goût, par exemple, était exceptionnel – dans le sens où il était acquis pour le plus grand nombre, où elle absorbait ce qui était intellectuel selon la mode. Elle aimait vraiment, disons, Italo Svevo – elle voyait chez lui des myriades de qualités – dès lors que, briefée à ce sujet, elle avait su qu'elle était censée l'apprécier. Un jour, son père, le professeur, ou son patron, le rédacteur en chef Très Important, avait chanté les louanges de Svevo. Mais en d'autres occasions, pestant contre « l'*establishment* masculin en littérature », elle défendait (devant Nate, jamais en présence de ses collègues) la valeur d'un texte de fiction mineur à l'eau de rose, plein de bonnes intentions, sur une fille et sa mère, ou une fille et sa meilleure amie, ou une fille et sa nourrice noire, qui combattaient ensemble les mâles prédateurs et l'injustice sociale, puis découvraient enfin le pouvoir rédempteur de l'amour. C'étaient les livres qu'elle aimait vraiment, comprit Nate au bout de quelque temps. L'œuvre de Svevo, les intellectuels vieillissants de la *New York Review of Books* – tout cela n'était que de la poudre aux yeux, même si elle cherchait autant à se tromper elle-même qu'à faire illusion devant les autres.

Nate aurait aimé, par égard pour elle, qu'elle se détende à ce sujet et comprenne qu'il n'était pas indispensable d'être une intellectuelle de haut niveau. Elle aurait certainement été plus heureuse si elle avait travaillé pour un magazine différent, moins collet monté, peut-être un de ces sites pour femmes indépendantes, astucieuses, où elle n'aurait pas eu besoin de dissimuler ses goûts, où, libérée de la nécessité de se donner une contenance, elle aurait pu tirer parti de son ingéniosité verbale, de la sagacité de ses aperçus. (Elle était toujours en train de le critiquer en des termes très *habiles* et *imaginatifs*.) Mais non, la haute opinion de gens comme son père et son patron comptait trop pour elle. Son activité devait répondre à leur attente, et non à la sienne. Nate ressentait de la tendresse pour elle lorsqu'il envisageait sa situation sous cet angle. Elisa était une femme belle, brillante qui essayait désespérément de se transformer en une personne d'une intelligence un peu différente.

Soit dit en passant, c'était aussi la réponse à la question qui l'avait tant intrigué au départ : pourquoi elle avait choisi d'être avec lui. À ce moment de sa vie, Elisa, comprit-il, avait une attirance presque pathologique, non pour le statut, l'argent ni la beauté, mais pour le potentiel littéraire et intellectuel. Nate possédait beaucoup des qualités mentales de son père et de son patron. Il devait reconnaître que, même si Elisa avait critiqué sans répit sa tenue vestimentaire, ses manières, sa personnalité, ses habitudes, sa foi en lui avait gardé une intensité constante.

Elle avait exercé une bonne influence sur lui en certains domaines, l'obligeant à se rendre au théâtre, au concert, aux vernissages de galeries, dans des restaurants illustres situés dans des lieux improbables. Son défaut avait été le bar du coin de la rue. Avec le recul, cependant, Nate supposait que, même lorsqu'elle s'était gentiment pendue à son bras entre la station de métro et la pizzeria d'un ancien quartier italien au fin fond de Brooklyn, même quand ils avaient bu un chocolat chaud assis sur un banc de pierre devant the Cloisters, contemplant les New Jersey Palisades de l'autre côté de l'Hudson, même à ces moments-là, il avait pris soin, à un certain niveau, de dresser la liste de ses insuffisances afin de s'y reporter par la suite. Sept ou huit mois après le début de leur liaison, elle était devenue un sujet de conversation fréquent entre Nate et ses amis. « Est-il normal que ta petite amie pique ce qui ressemble fort à une crise de nerfs parce que tu as fait des plans pour le vendredi soir sans la consulter ? demandait-il. Quand elle émet un jugement sur quelqu'un, pourquoi est-ce que je crois d'emblée qu'elle se trompe du tout au tout ? »

Au bout d'une année son mécontentement l'emporta sur le sentiment – l'amour ? le besoin ? un engouement passager ? – qui l'avait attaché à Elisa. « Lorsqu'une amitié cesse de grandir, elle commence immédiatement à décliner », disait l'amorale Mme Merle[1], et Nate le pensait aussi. Un jour, il s'aperçut que l'emprise d'Elisa sur lui s'était relâchée. Il pouvait envisager ses accès de fureur contre lui sans que cette perspective déclenche une succession de chocs émotionnels qui inexorablement, presque contre son gré, orientaient son énergie vers une réconciliation effective.

Au début il procéda avec légèreté – il refusa plus souvent des propositions de sorties, resta chez lui quand il en avait envie, décida de partir un week-end avec Jason et Mark sans lui demander son avis au préalable. Il ne prit pas au sérieux l'agacement d'Elisa, attendit de voir si son anxiété allait reprendre ses droits. Ce ne fut pas le cas. Elisa perçut rapidement ce changement avec, semblait-il, l'instinct viscéral de certains animaux à l'approche d'un orage. Elle devint plus gentille, plus accommodante. Elle suggéra un dîner dans un restaurant de barbecue à la mode, certes, et recommandé par le *Times*. Elle réprima son irritation lorsque Nate refusa de passer une semaine

1. *Portrait de femme*, de Henry James. (*N.d.T.*)

dans la résidence d'été de ses parents parce qu'il voulait travailler à son livre. Elle coucha plus souvent avec lui, acheta même de la lingerie en dentelle, des porte-jarretelles et des teddies avec des pompons en fourrure sur les seins, et la vue de son corps mince, trop mince dans ces costumes le toucha autant qu'elle l'excita. « Tu as fait ça pour moi ? » s'émerveilla-t-il quand elle s'approcha de lui avec un corset à rayures rouge et noir rappelant une des prostituées de Zola. Il avait toujours eu du plaisir à coucher avec Elisa. Depuis le début, son détachement, cet air préoccupé respirant l'ennui, associé à l'intensité de l'attirance qu'il éprouvait, avait imprégné l'amour physique d'un sentiment de quête, de combat ; sa satisfaction lorsqu'il avait réussi à la faire hurler de plaisir sous lui avait été presque inégalée dans sa vie érotique. Ces occasions devinrent plus fréquentes.

Mais, en dehors du sexe, l'ardeur de Nate ne revenait pas. Les choses qui l'avaient le plus agacé chez Elisa – son égoïsme, ses critiques, ses exigences – s'estompaient une à une, pourtant le rythme avec lequel l'indifférence, le dégoût même balayaient ses sentiments pour elle ne semblait pas ralentir.

Puis il se déchira le tendon d'Achille et dut se déplacer avec des béquilles. Il passa deux semaines chez elle parce qu'il y avait moins d'étages à gravir pour accéder à son appartement. Elle se comporta admirablement, se rendit chez lui pour récupérer quelques affaires, lui fit la cuisine, anticipant presque tous ses besoins. Nate réintégra son logis dès qu'il en fut capable. Sous le toit d'Elisa il avait eu l'impression d'être un criminel hébergé par la personne qu'il avait lésée. Il avait alors perdu tout intérêt amoureux à son égard. Au lieu de cela : une évaluation objective de ses mérites et de ses démérites, qui n'était pas toujours en sa faveur. Même le sexe, cette seconde lune de miel idyllique, était crachotant. De plus en plus conscient du changement de ses sentiments, Nate savait pertinemment qu'il profitait d'elle, qu'il acceptait quelque chose sous de faux prétextes. Il devint réticent à coucher avec elle.

Lorsque enfin il rompit, elle fut plus perturbée qu'il ne l'avait escompté. Bien qu'il feignît la compassion, il ne l'éprouvait que de façon superficielle : il la vit pleurer et, sur le moment, se sentit coupable. Sur un autre plan, ses larmes le gratifièrent : *Alors maintenant tu me trouves canon ? Tu te rappelles, il y a six mois, quand tu m'as fait chier tout le week-end qu'on a passé chez mes parents, parce qu'ils criaient d'une voix trop « perçante » et te donnaient la migraine, et que tu avais trop peu de sujets de conversation avec eux ?* Mais il se tut. Même si elle exprimait des regrets, qu'elle promettait de changer encore plus qu'elle ne l'avait déjà fait, cela n'aurait aucun effet sur lui.

Elle lui téléphona le lendemain, bouleversée à un point alarmant. Il accepta de prendre un café avec elle quelques jours après ; cette perspective la calma. Il lui répéta alors qu'il était désolé mais que c'était trop tard, non, il ne savait pas pourquoi, elle n'avait rien fait de particulier, il avait simplement besoin de se concentrer pour terminer son livre, il n'était sans doute pas doué pour les relations, peut-être que quelque chose ne tournait pas rond chez lui – tout pour éviter la vérité : à savoir qu'avec le temps il en était arrivé à la considérer comme surprivilégiée et inintéressante.

« C'est juste… » Elisa reposa son café dans sa soucoupe et le fixa avec des yeux larmoyants. « Je ne me suis jamais sentie vraiment aimée avant. Je pensais que c'était pour de bon. »

Il eut un pincement au cœur. À l'époque où il avait été amoureux d'elle, jugeant incroyable qu'elle l'eût choisi, n'avait-il pas fait un millier de petites choses pour lui donner le sentiment d'être aimée d'un amour aussi total et généreux que possible ? Il avait pensé que cela renforcerait son emprise sur elle.

Mais, se dit-il alors, n'était-ce pas ce qui se produisait dans une relation ? Ce n'était pas comme s'il l'avait induite en erreur exprès.

Ce jour-là, ils se mirent d'accord pour rester amis. Mais Nate ne tarda pas à se sentir frustré. Presque chaque fois qu'ils se retrouvaient, elle reparlait de l'échec de leur relation, maintenant qu'elle voulait juste clarifier deux ou trois choses. Lorsque la conversation ne s'orientait pas comme elle le voulait – parfois son objectif était apparemment de le forcer à dire qu'il avait commis une erreur en rompant avec elle, rien de moins ! – elle s'énervait. Avec les larmes venaient la mièvrerie, les récriminations, les questions auxquelles il ne pouvait répondre, destinées sans doute à lui inspirer de la culpabilité. « Tu ne me trouves pas assez intelligente, hein ? » « Comment suis-je censée me fier à quelqu'un après t'avoir donné ma confiance, après que tu m'as *forcée* à te faire confiance ? » En l'écoutant, il se rappelait avec une parfaite clarté le peu de sympathie qu'elle lui avait témoigné à l'époque où c'était elle qui avait du pouvoir.

Avec le temps, cependant, Nate fut gagné par un sentiment d'un autre ordre. Il avait beau se répéter que d'après les valeurs qui étaient les siennes et celles de son entourage, il ne lui avait causé aucun tort, (bien au contraire, c'était elle qui avait tort de s'accrocher avec cette hystérie indigne), il commença d'instinct à se sentir coupable. Une voix faulknerienne de stentor insistait au fond de lui pour définir la relation en des termes moralistes. Il avait été attiré – entonnait cette voix – par Elisa à cause de sa beauté, parce qu'elle paraissait exceptionnelle, à cause de son père célèbre, de son pedigree éclatant, et lui, qui avait toujours été un nul, un raté, avait toujours soupçonné que les gens comme elle ou Amy Perelman, avec leur beauté, leur popularité, possédaient quelque chose qu'il n'avait pas, que l'intelligence seule ne pouvait pénétrer, une sorte de magie et de grâce, une sagesse muette sur la façon de vivre, et l'accès correspondant à des plaisirs inconnus. Au contraire de Kristen, avec qui il avait eu une réelle affinité, il s'était attaché à Elisa, animé par une ambition reptilienne. Puis, tel un chien qui renifle un objet étranger avant de décider qu'il ne l'intéresse pas, il avait tourné les talons, en quête d'autres attractions. Sauf que son expérience n'avait pas été aussi indolore pour Elisa. Peut-être la force de son attachement n'était-elle même pas aussi étrange qu'il l'avait cru alors. Avant lui, Elisa était sortie avec une succession de garçons qu'elle semblait avoir choisis à cause de leur physique et de leur tendance à la maltraiter. Nate n'était pas très beau, mais il avait sans doute touché un point faible, étant à la fois un petit ami plus agréable *et plus* désirable en termes de perspective professionnelle que le défilé de sociopathes aux larges épaules qui l'avait précédé. Comme Elisa, non sans fondement, se jugeait plus digne d'admiration que Nate, il était facile de comprendre pourquoi elle avait été sécurisée par son affection.

Si elle avait à présent ce côté pathétique – indécente dans son absence de fierté et sa colère déraisonnable –, cela ne faisait-il pas partie de tout ce qu'il connaissait d'elle depuis le début ? Elle avait été gâtée par sa beauté et sa chance ; elle manquait de ressources intérieures ; elle se montrait puérile et irritable quand les choses lui échappaient. Il avait su tout cela pratiquement depuis la première fois où ils étaient sortis ensemble. S'il avait bien voulu d'elle sachant combien elle était immature, pouvait-il avancer cette raison pour la rejeter aujourd'hui, juste parce que ce qu'elle avait à lui offrir d'autre ne l'intéressait plus ? Eh bien oui, il le pouvait sans aucun doute – mais il s'en voulait.

La plupart du temps, Nate réduisait au silence la voix du prêcheur fondamentaliste dans sa tête. Elle n'était pas crédible – mais simpliste, autoglorifiante, lui accordant un pouvoir divin sur les autres ; elle supposait avec une certaine ambiguïté qu'il était plus intelligent, plus fort qu'Elisa, et que la responsabilité de l'échec de leur relation lui incombait donc entièrement. Pourtant son attitude devint plus bienveillante envers elle. Pour tenter de se justifier, il pouvait toujours faire la liste de ce qui lui manquait en tant que personne (elle était superficielle, ses préoccupations, ses déceptions même, étaient étriquées ; l'orgueil mal dissimulé d'appartenir à une famille de la haute bourgeoisie était vulgaire en soi ; elle avait un besoin insatiable d'acquérir, non pas de l'argent, mais un statut et un partenaire « convenable » – c'est-à-dire un mâle dominant, et ainsi de suite), mais à quoi bon ? Ce n'était pas un être particulièrement admirable ni généreux, mais c'était sans aucun doute une personne. Elle saignait si on la piquait. Nate ne croyait pas aux discours dramatisants d'Elisa sur les dommages irréparables qu'il aurait causés dans sa vie – considérant que leur histoire n'avait duré qu'un an et demi et qu'ils n'avaient même pas vécu ensemble – mais il finit par admettre qu'il lui avait fait beaucoup de mal. Il promit d'essayer vraiment d'être plus gentil avec elle, de l'aider s'il le pouvait. De son point de vue, la meilleure solution aurait été de sortir de sa vie pour toujours, mais il s'engagea à ne pas l'« abandonner ».

Ce fut un gâchis. Il la trouvait souvent exaspérante, surtout quand elle abordait son sujet de conversation favori – qu'il abhorrait : leur relation et toutes les blessures psychiques qui en résultaient. Il mettait trop de temps à la rappeler. Il eut le tort de coucher avec elle un trop grand nombre de fois après leur rupture, se persuadant que cela ne posait pas de problème, qu'elle « comprenait » la situation. Soûl, solitaire, excité, ressentant pour elle une vague tendresse nostalgique, il réussissait un instant à fermer les yeux sur une évidence : à savoir qu'il était disposé à se foutre d'elle, à la faire marcher un peu, parce qu'il ne voulait pas seulement coucher avec elle, mais se délecter un court moment de son affection constante et peut-être même accrue. (Elle semblait oublier que, pendant la majeure partie de leur liaison, elle avait jugé qu'il n'était pas à la hauteur.) De plus, il était persuadé qu'elle comprenait très bien la situation, mieux que lui. Peut-être n'avait-elle pas songé une seule seconde que cette récidive impliquait autre chose que le sexe. Pourtant, si elle n'avait pas encore tout à fait tourné la page, Nate savait qu'il ne l'avait pas vraiment aidée. Du moins, il avait cessé – ils avaient cessé de coucher ensemble. Ils étaient convenus de ne plus recommencer.

Bien sûr, cela ne l'avait pas empêchée de lui faire des avances le soir de son dîner. Elle était malheureuse, avait-elle expliqué. Cela n'avait pas grand-chose à voir avec lui. La vie avait changé pour Elisa depuis leur première rencontre. Rester assistante pendant trois ans et demi était trop long, même si on travaillait pour le rédacteur en chef d'un Très Important Magazine. Mais ses premiers pas d'auteure avaient été douloureux. Ses articles avaient été assez mal reçus par la direction et réécrits si largement qu'elle avait été piquée au vif. Nate essaya de la convaincre que ce n'était pas inhabituel. La plupart des gens de son âge n'écrivaient pas d'entrée pour des publications de ce calibre. Ils procédaient par étapes. C'était ce qu'il avait fait à vingt ans. Mais Elisa avait toujours réussi tout ce qu'elle entreprenait ; elle n'était pas préparée à un quelconque échec. Elle n'était douée ni de l'humour ni de l'humilité nécessaires pour mettre l'événement en perspective, aussi l'effondrement de ses espérances fut-il un choc rédhibitoire. Elle se cramponna à son poste avec d'autant plus de ténacité : bien qu'elle le trouve parfois dégradant, elle s'appuyait entièrement sur le prestige du magazine et de son patron pour se sentir importante – c'est-à-dire en sécurité.

Elle était encore belle, mais avait perdu un peu de la fraîcheur qu'il lui avait connue au début, quand elle découvrait la ville, la vie adulte et la scène littéraire, puis pénétrait dans leur univers social, jeune produit désirable auquel sa beauté assurait un accueil chaleureux et enthousiaste. Avec le temps, la qualité même qui avait attiré Nate, cette rareté incontestable, avait commencé à s'effriter. Elle était devenue une femme célibataire séduisante et malheureuse de plus, comme on pouvait en voir à certaines fêtes, se plaignant de son emploi et des hommes qu'elle avait fréquentés. Elle était également connue comme son ex, ce qui était exact, mais un peu injuste. Lui-même n'était pas classé comme son ex dans des termes aussi condescendants.

Nate se frotta la nuque.

Quel était son lien avec Elisa ? avait demandé Hannah. Assise en face de lui sur son fauteuil, elle lui adressa un sourire encourageant.

Elle lui avait parlé de son ex. Mais la relation de Nate avec Elisa était difficile à expliquer. Il y avait des choses dont il n'était pas fier. D'autre part, Hannah connaissait Elisa. Il aurait été peu galant de divulguer certains faits peu flatteurs à la femme avec qui il couchait à présent. D'ailleurs, il se sentait très las tout d'un coup.

« Nous sommes sortis ensemble quelque temps, répondit-il, se levant pour lui signaler qu'il était prêt à aller dans la chambre. Ça n'a pas marché. Maintenant nous sommes amis. Je suppose que c'est tout. »

11

L'été, d'une fraîcheur inhabituelle les premières semaines, devint moite et très brumeux en août. Nate récupéra son vieux climatiseur et l'installa dans la fenêtre de sa chambre lorsqu'il se mit à travailler sérieusement à l'article de magazine que Jason l'avait aidé à obtenir. Presque chaque jour, il allait courir dans le parc, s'autorisant rarement l'agréable distraction du Recess. Il retrouvait souvent Hannah pour un dîner tardif. S'il n'en avait pas le temps, elle venait vers onze heures passer la nuit avec lui. Il regrettait parfois de ne pas être disponible pour rencontrer ses amis, mais il était heureux pendant ces semaines-là. Il se sentait toujours plus vivant, plus lui-même quand il s'immergeait dans un projet.

Lorsqu'il livra son article, à la fin du mois, Hannah annonça qu'elle voulait lui préparer un vrai dîner. « Pour fêter l'événement », dit-elle. Nate répondit que c'était une bonne idée.

En attendant, il s'attela à une série de tâches qu'il avait remises à plus tard pendant qu'il écrivait. Acheter un cadeau d'anniversaire à sa mère. Renouveler son permis de conduire. Changer de banque pour éviter les frais exorbitants récemment imposés par son agence. Factures. Coiffeur. Lessive. Des corvées fastidieuses.

Sans doute pour cette raison, il n'était pas de très bonne humeur quand il arriva chez Hannah pour le dîner. Il n'en voyait pas d'autre.

Elle mélangeait des fines herbes dans une marmite de pâtes.

Il jeta un coup d'œil. « Ouah. De vrais clams. Dans leurs coquilles et tout ça. »

Elle eut l'air amusée. « C'est comme ça qu'ils viennent. Dans leurs coquilles. »

Il la suivit jusqu'à la table. Elle portait une robe noire moulante qu'il ne se souvenait pas d'avoir vue avant.

Quand ils commencèrent à manger, il la complimenta pour les pâtes. Elle se mit à parler de la cuisine et du « psychodrame du goût ». Sa mère et l'une de ses sœurs avaient constamment des disputes ridiculement enflammées au sujet du meilleur livre de cuisine ou des bienfaits réels du bio. L'enjeu, expliqua Hannah, était de savoir laquelle des deux était la plus élégante, la plus classe – sa mère avec ses nappes blanches et son coq au vin ou sa sœur avec son bloc de boucher et ses recettes inspirées d'Alice Waters.

« C'est ta sœur qui gagne, déclara Nate. Absolument.

— Tu n'es pas un juge neutre… tu es de sa génération, plus ou moins. Et tu n'as jamais goûté le coq au vin de ma mère. »

Nate eut un sourire, mais un peu forcé. Il ne savait pas si c'était son imagination ou s'il y avait ce soir un changement de leur dynamique, une diminution de l'énergie pétillante qui d'ordinaire animait leur conversation. Peut-être n'avait-il simplement pas envie de parler. Il retourna à ses pâtes. Tous les clams ne s'étaient pas ouverts. Mais c'était délicieux. Comme la salade qu'elle avait préparée en accompagnement.

Quand ils eurent terminé leur repas, Nate commença à débarrasser. Lorsqu'il revint de la cuisine, Hannah se leva pour remplir son verre de vin. Puis elle se pencha sur la table pour servir Nate.

« Non merci. »

Elle leva les yeux, dessinant un *o* surpris avec sa bouche.

« Je n'en ai pas vraiment envie », dit-il, un ton d'excuse se glissant dans sa voix quand il se souvint qu'elle lui avait mitonné un bon repas et avait mis une robe. Ce dîner, c'était *quelque chose*. En ne buvant pas – en ne participant pas à l'esprit de la fête – il ne remplissait pas sa part du contrat.

Hannah agrippa la bouteille de vin avec ses deux mains. Une petite ride se creusa entre ses sourcils. Un instant, Nate la vit sous un jour inconnu – vulnérable, en manque d'affection. Sa culpabilité se teinta d'agacement. Pourquoi en faire un drame ? De quel droit ? Pourquoi devrait-il se sentir mal à l'aise juste parce qu'il n'était pas d'humeur à se plier à un rendez-vous romantique un mardi soir ? Il avait envie de lire. Ou de s'amuser en ligne. Et alors ?

Mais le froncement de sourcils disparut aussi vite qu'il était venu.

« Bien », dit-elle.

Elle lui lança un bref sourire en rebouchant la bouteille. Nate, se balançant sur ses talons, les pouces accrochés aux passants de la ceinture de son jean, lui rendit son sourire.

Elle fit demi-tour et partit dans la cuisine. Nate la regarda se dresser sur la pointe des pieds pour poser la bouteille sur le dessus du réfrigérateur. Sa robe noire remonta sur ses cuisses. Son cul moulé par le tissu était ravissant.

Une partie de lui voulait le sentir contre lui, se glisser contre elle et lui chuchoter des remerciements pour le repas. Mais s'il le faisait, il craignait d'éveiller chez elle une attente que, pour l'instant, il ne se sentait pas à même de satisfaire.

« Ça t'ennuie si je consulte mes mails ? demanda-t-il.

— Vas-y, répondit-elle, revenant vers la table. Je vais rester ici. » Elle leva son verre. « Avec mon vin. »

Le lendemain matin, Nate enfila sa tenue de sport et partit en courant en direction du parc. Il savait qu'il cherchait à fuir, à laisser derrière lui, littéralement, l'agitation qu'il ressentait.

La soirée précédente avait traîné en longueur. Il avait passé un moment assis devant le bureau de Hannah, tapotant sur le clavier de son portable, embarrassé de l'entendre aller et venir dans le séjour. Il avait été soulagé quand au bout d'une demi-heure elle était venue dans la chambre pour lui proposer une séance de cinéma. Le film, une comédie indé qu'ils avaient regardée au lit, sur le portable, l'avait égayé. Temporairement. Il s'était réveillé avec la même impression d'ennui.

Pourtant tout allait dans le bon sens. Des textes de promotion très convaincants étaient écrits sur son livre. Quelques jours plus tôt, au téléphone, son père, événement inhabituel, avait fait une remarque favorable sur ses choix de carrière. (Ses années de travaux en free-lance sous-payés, qualifiées auparavant de « glandouille », avaient été recyclées comme la preuve d'un « esprit d'entreprise ».) Et il avait une petite amie.

Quand il passait trop de temps sans coucher avec une fille, il se sentait invariablement déprimé. L'énergie sexuelle contenue semblait corrompre son amour-propre. Les aventures d'un soir ne le satisfaisaient pas. (Puisque le critère principal de sélection était la complaisance, ce n'était peut-être pas surprenant.) Les rencontres occasionnelles, avait-il appris, ne fonctionnaient pas très bien non plus. Trop d'amertume. Ce qu'il avait avec Hannah – des rapports sexuels avec la femme qu'il aimait – valait beaucoup mieux, manifestement, que n'importe laquelle des autres options.

Bien sûr, ce qu'il vivait avec Hannah allait bien au-delà du sexe.

L'air était chargé d'humidité quand il entra dans le parc. Lorsqu'il atteignit la piste, il jeta un coup d'œil à son téléphone pour vérifier l'heure, puis accéléra.

Jusqu'à l'année dernière, Nate n'avait pas eu souvent l'occasion d'éprouver cette sorte d'ennui flottant. Avant la vente de son livre, sa vie adulte avait été limitée financièrement, si incertaine sur le plan professionnel – et pourtant stimulée par la cadence soutenue de son ambition – qu'il n'avait pas recherché les émotions fortes. Sans qu'il l'eût choisie, la vie de bohème, dans le sens où il ne savait pas toujours comment il paierait son loyer, lui avait été imposée. La peur de l'échec avait été réelle et constante. Il supposait qu'une partie de lui regrettait cette pression, cette sensation d'urgence.

La piste de jogging, une voie de maintenance, tournait dans une zone boisée. L'écran des feuillages dissimulait tout signe de vie urbaine. Un instant, Nate n'entendit que le son de ses pas sur l'asphalte.

Quelques jours plus tôt, son aide avait été sollicitée par l'association à but non lucratif qui entretenait le parc. Il avait ressenti une pointe de culpabilité en jetant la lettre à la poubelle, mais il avait déjà une pile de demandes de groupes bénévoles.

Autrefois il les aurait toutes détruites sans les ouvrir. Il lui avait paru évident qu'elles s'adressaient à un autre. À l'un de ses camarades de Harvard, par exemple. À quelqu'un qui n'était pas fauché. Certes, il était loin d'être débarrassé des soucis d'argent, mais il savait qu'il ne pouvait plus utiliser comme avant le prétexte de sa pauvreté. Pourtant il se sentait déprimé chaque fois qu'il envisageait d'envoyer un chèque à l'une de ces organisations bien-pensantes, de préparer une note à l'intention de son comptable pour déduire la somme de ses impôts. Il l'aurait nié, même à part lui – estimant que c'était une pose ridicule –, mais il lui semblait maintenant qu'il avait toujours cru en secret que par son mode de vie (il refusait de dire « son style de vie ») en free-lance, sans assurance maladie, détaché des choses matérielles, il exprimait à son niveau un rejet – de la conformité, des conventions bourgeoises, de l'avidité, mais aussi de la sujétion à l'idole de la « sécurité ». Pourtant il en était arrivé au même point que n'importe qui d'autre. Ce progressisme bobo était-il un destin incontournable ? Sans aucun doute. Prétendre le contraire eût été pure vanité. Que croyait-il qu'il allait faire – fomenter une révolution avec son précieux essai sur la marchandisation de la conscience ? Pourtant, même si la cause était louable, même si des dissidents échappaient à la torture, si des enfants étaient sauvés d'une maladie évitable, il ne pourrait jamais envoyer ses 100 dollars sans se dire qu'il avait franchi une limite et que quelque chose s'était perdu en route.

Nate se rendit compte qu'il avait ralenti. Environ

30 mètres devant lui, une femme blonde coiffée d'une queue-de-cheval avançait à un bon rythme. Elle avait de jolies jambes et une taille fine, allongée. Elle lui rappela un peu Kristen. Il la choisit comme meneuse.

Ça ne servait à rien de se lamenter sur ce qu'il avait perdu – s'il avait perdu quelque chose, si penser ainsi n'était pas de la pure complaisance. Il avait eu beaucoup de chance. Bien sûr, écrire son livre n'avait pas été très facile. Pour le terminer, il avait finalement renoncé à ses critiques de livres bihebdomadaires, son seul semblant de statut aux yeux du monde. Même Elisa, qui croyait à son livre, s'était demandé si ce n'était pas une erreur de sa part. « On ne sait jamais ce qui peut arriver », avait-elle souligné. Mais cette activité était trop mal rémunérée pour justifier le temps et l'énergie qu'elle exigeait. Il avait repris des emplois temporaires payés à l'heure, qui rapportaient plus, et exigeaient moins d'effort mental. Il avait relu des épreuves. Il avait fait ce qu'il devait – dans l'intérêt de quelque chose qui n'existait que sous la forme d'un fichier Word, l'histoire tentaculaire d'une jeune famille d'immigrants aux prises avec la vie dans les banlieues américaines des années 70 et 80, une œuvre qu'il révisait et réécrivait depuis l'âge de vingt-cinq ans sans avoir jamais touché un penny pour cela. À partir d'un certain point, après avoir travaillé des années à ce livre, quand il avait trouvé enfin son rythme en écartant le fils pour se focaliser sur les parents, et que le roman avait pris forme de lui-même – il avait connu un immense plaisir. Un éditeur avait alors été disposé à lui offrir de l'argent pour cela, une belle somme, et il n'avait aucune raison de s'en plaindre. Il le referait pour rien, tout de suite. La plupart de ces séances tard dans la nuit, où il avait arpenté son appartement, son esprit errant dans le monde qu'il avait créé à grand-peine et parvenait enfin à habiter – évoluant d'un personnage à l'autre, condensant fébrilement en mots les pensées qui étaient les leurs, pas les siennes – avaient été des moments enchanteurs de concentration et d'oubli de soi.

Bien sûr, la vie ne pouvait pas toujours être vécue avec cette intensité. La vie quotidienne était forcément terre à terre, remplie de tâches banales, de décisions mineures. *Amnesty International ou Médecins sans frontières ? Dîner à la maison ou au restaurant ?* Certains soirs n'offraient pas grand-chose comme distraction, à part un film sur Netflix.

Lorsqu'il émergea de la partie boisée du parc, la chaleur commença à lui peser. Il se mit à compter ses respirations.

L'intervalle se resserra entre lui et la coureuse qui ressemblait à Kristen. Il accéléra encore, combattant le désir de bien-être de son corps. Lorsque le chemin contourna l'étang, les hautes herbes jaunes qui poussaient le long de la rive bougèrent un peu malgré l'immobilité de l'air. Nate dépassa la blonde.

Quand il entama l'ascension de la dernière pente du circuit, la plus longue, sa pensée était obnubilée par le besoin de se concentrer sur sa respiration. Il était juste capable d'intégrer le paysage qui l'entourait au rythme de ses inspirations brèves, saccadées, audibles : les arbres feuillus à sa droite, une prairie à sa gauche, une fille asiatique en tee-shirt Duke courant dans le sens opposé, une nuée de cyclistes.

Au sommet de la colline, il respirait fort. Il se força à courir plus vite. Les derniers 200 mètres, un peu en pente, encadrés par deux rangées d'arbres, lui firent penser à un tunnel. Chaque fois que son pied heurtait le sol, il se répétait en silence le mot *courage*, comme dans *ouvrage*, ou *du cœur à l'ouvrage* – c'était ce qui l'avait poussé à bouger son cul pour écrire nuit après nuit quand il avait vingt ans, à endurer ces emplois temporaires sans fin, bien avant que rédiger son livre ne fût devenu un plaisir, à une époque où son seul désir était de se défoncer, ou au minimum de se consacrer à une activité passive, comme la lecture.

Il atteignit la fin du circuit, plié en deux, et faillit s'effondrer. Essoufflé, chancelant, il dépassa un troupeau de jeunes filles juives orthodoxes en jupe longue, avec des manches jusqu'au poignet. Au bout d'un moment sa respiration devint plus régulière. Il vérifia l'heure sur son téléphone. 27 minutes 22 secondes. Ce n'était pas son meilleur temps pour 5 kilomètres et demi. L'humidité l'avait ralenti.

Il avait une idée pour un autre livre, mais début septembre il n'avait pas progressé dans ce sens. Il décida qu'il avait besoin de plus de temps pour y penser avant d'être prêt à commencer. En attendant, il avait envie de faire autre chose. Deux mois plus tôt, sa critique du livre israélien avait donné un bon résultat, aussi il écrivit au rédacteur de cette revue pour lui demander de rendre compte du prochain roman d'un jeune écrivain britannique en vue. Il fut un peu surpris de ne pas recevoir tout de suite une réponse.

Elle vint quelques jours plus tard. Ce n'était pas celle qu'il attendait. Eugene Wu avait été chargé de ce travail. Nate n'arrivait pas à le croire. Il avait écrit un si bel article sur l'auteur israélien. (Du moins il le pensait.) Il s'était imaginé que celui-ci lui revenait de droit. Il était stupéfait d'avoir été évincé en faveur d'*Eugene*.

Hannah et lui dînaient avec Aurit ce soir-là. Sur le chemin du restaurant, Nate raconta sa mésaventure à sa compagne, mais il minimisa sa déception. Il ne voulait pas de sa pitié. En plus, c'était embarrassant. Il s'en voulait d'être aussi contrarié qu'on eût choisi Eugene à sa place. C'était le signe d'un esprit mesquin et inquiet qu'il associait à la médiocrité. Il ne souhaitait pas que Hannah, qui n'était pas tombée de la dernière pluie, le voie sous cet angle. D'ailleurs c'était toujours lui, pas elle, qui jouait le rôle de l'écrivain à succès. C'était lui qui *la* soutenait dans son travail, qui l'encourageait. Le renversement des rôles, même provisoire, ne ferait qu'ajouter à son humiliation.

Le restaurant où ils retrouvaient Aurit n'avait ouvert que récemment. Aurit l'avait sélectionné. Mais Nate avait eu l'idée du dîner. Il voulait que Hannah et Aurit fassent plus ample connaissance. Aurit l'exaspérait de mille façons différentes, mais il n'avait jamais cessé de la considérer comme l'une des femmes les plus intelligentes et intéressantes qu'il eût jamais rencontrées. Au cours des années, il avait comparé plusieurs de ses petites amies, en matière de conversation. Jusqu'à Hannah, la comparaison n'avait guère été flatteuse pour la femme avec qui il couchait.

Tandis qu'ils attendaient l'arrivée d'Aurit, Nate passa le menu en revue et vit que les prix étaient trop élevés à son goût. Il éprouva une pointe d'irritation.

Depuis quelque temps, il avait l'impression de dépenser trop d'argent, laissant peu à peu augmenter son niveau de vie, comme si l'à-valoir reçu pour son livre était inépuisable. Les commandes d'articles en free-lance étaient imprévisibles, il venait d'en avoir la confirmation. D'autre part, même s'il idéalisait quelquefois le passé, il n'avait aucune envie de reprendre un travail temporaire.

« Salut ! Désolée ! » entonna Aurit quelques minutes plus tard en leur envoyant des baisers malicieux.

Elle se débarrassa d'un grand sac en cuir, d'une paire de lunettes, d'un casque audio, qu'elle déposa sur la table. Une fois libérée, elle s'écroula sur la chaise à côté de Nate. « J'étais au téléphone avec ma mère, dit-elle tout essoufflée. Voilà ce qui se passe avec elle… »

L'histoire qui suivit datait de l'enfance. La mère d'Aurit, dans ce récit, se voyait depuis longtemps comme une personne très raisonnable, sérieuse, pleine d'abnégation. Elle rehaussait sa propre image en se comparant constamment aux autres femmes « qui n'ont jamais travaillé, qui ne font *absolument* jamais la cuisine – elles engagent des traiteurs chaque fois qu'elles invitent plus de deux personnes –, qui passent leur temps dans les magasins, qui en veulent à leurs filles à cause de leur jeunesse, qui ne lisent jamais. Quand j'étais petite, je croyais à tout son cinéma. Mais avec le temps, j'ai commencé à me demander où étaient toutes ces femmes superficielles, paresseuses, insipides. Je n'ai jamais rencontré quelqu'un d'aussi horrible, et encore moins une armée de femmes de cette sorte, sauf peut-être dans *Dallas*. Je me suis alors rendu compte qu'elles n'existent que dans sa tête, où elles jouent un rôle très important. Elle peut justifier presque tout ce qu'elle fait parce que, au fond d'elle-même, elle est persuadée que ses “modestes” souhaits n'ont aucune raison de ne pas être exaucés, étant donné l'excellence extrême et presque unique de son caractère comparé à celui des autres femmes ».

Nate et Hannah riaient.

Aurit secoua la tête. « C'est comme quelqu'un qui s'entoure de gens moins brillants que soi pour se sentir intelligent. Mais elle le fait dans sa tête. Elle est vraiment cinglée.

— Je sais exactement de quoi tu parles », dit Hannah.

Nate constata bientôt que les deux filles s'appréciaient. Ce n'était pas évident au départ, surtout de la part d'Aurit. Elle était très difficile, et manifestait fréquemment ce qui semblait être une hostilité arbitraire pour les gens qu'il aimait, en particulier les femmes. Mais l'approbation d'Aurit ne le rendit pas aussi heureux qu'il l'avait espéré. Au cours du repas, il eut le sentiment déroutant et frustrant d'être exclu d'une réunion de femmes volubiles. Les personnalités conjuguées d'Aurit et de Hannah créaient une force de traction plus puissante que si chacune d'elles avait été isolée. Au lieu de se situer à mi-chemin entre la sensibilité de Nate et celle de Hannah ou d'Aurit, la conversation penchait du côté féminin. Elle prenait un ton confidentiel, presque salace, qui lui donnait le vertige. De plus, Aurit et Hannah semblaient avoir décidé à l'avance de n'exprimer qu'un accord sans équivoque avec tout ce que disait l'autre. (Quand Hannah dit qu'elle n'achetait que des poulets élevés en liberté, Aurit avait-elle besoin de hocher la tête en roucoulant aussi aimablement – alors que, savait Nate, elle n'éprouvait que du mépris pour la « sensiblerie puérile des Américains à l'égard des animaux » ?) Leur solidarité enthousiaste créait une atmosphère mièvre, intime, qui donna à Nate une furieuse envie de s'en aller.

« Tu as passé une bonne soirée ? demanda Hannah alors qu'ils rentraient à pied chez elle. Tu étais bien silencieux.

— Ça allait. »

Il jeta un coup d'œil à l'intérieur d'une cuisine de restaurant dont la porte était ouverte. Un homme de type hispanique en blouse blanche tournait une cuillère dans une marmite fumante. « Je pense juste qu'Aurit domine quelquefois la conversation, reprit-il. Sans parler de la manière dont elle émet des jugements sur tout le monde sauf elle. Elle se croit vraiment au-dessus de tout reproche ? »

Hannah éclata de rire. « C'est *ton* amie.

— Ouais. »

Ils ne dirent pas grand-chose en longeant les rues de brownstones désertes. Nate savait que son silence était un peu agressif. La conscience lui conseillait de prononcer quelques mots pour apaiser l'esprit de Hannah – invoquer sa fatigue, par exemple. Il ne le fit pas. Son irritation était surtout dirigée contre Aurit, mais elle s'étendait assez loin pour déborder sur Hannah. Il y avait eu, dans son effort pour être aimable, quelque chose d'un peu insipide, une sorte de relâchement de son habituel jugement incisif, déterminé. Elle s'était accordée avec Aurit, adoptant son ton cancanier de fifille. Elle ne se comportait pas ainsi d'habitude. Mais cette critique était si peu généreuse qu'il en éprouva de la culpabilité. Hannah avait, après tout, été bonne joueuse en essayant de s'entendre avec son amie alors qu'il s'était montré maussade la plupart du temps, et ne l'avait pas vraiment soutenue.

Lorsque Hannah ouvrit sa porte, il se rendit compte qu'ils avaient passé beaucoup de nuits chez elle. Il aurait préféré alterner entre leurs deux appartements. Ce soir, il semblait plus logique de choisir le sien, à cause de l'adresse du restaurant, mais quand même... ça ne l'excitait pas. Une fois à l'intérieur, il vérifia le statut du paquet qu'il avait envoyé à sa mère pour son anniversaire. (Quelques heures plus tôt il était en transit, mais il n'avait pas bougé depuis.) Puis il consulta les résultats d'un match de base-ball et passa en revue les articles à la une du *Times.* Quand il vint enfin se coucher, Hannah et lui se mirent à faire l'amour. Il n'en avait pas vraiment envie, mais il céda par inertie, ou par tact.

Bientôt Hannah se mit à le sucer. Ça n'eut aucun effet. Il pensait à Eugene et à sa critique. Puis il se dit qu'il n'avait pas eu de nouvelles de l'éditeur à qui il avait écrit au sujet de son essai sur la marchandisation de la conscience. Il se souvint du jour où il avait reçu le premier courriel de Hannah, dans lequel elle discutait de son idée. Il s'était dit que tôt ou tard sa queue finirait dans sa bouche. Eh bien, ils en étaient là.

Il ferma les yeux, essayant de chasser ce flux de pensées désagréables. Il voulait faire le vide, s'abstraire de tout, sauf de la bouche de Hannah sur sa bite. Au bout d'un moment, il renonça. Il l'écarta de son ventre, attirant son visage près du sien pour l'embrasser.

Peu après elle se dégagea, se recroquevillant en forme de S. « Je... hum...

— Hum ? répondit-il.

— Je me demandais... Il y a peut-être quelque chose que tu voudrais que je fasse autrement quand je, tu sais ? Je me suis posé la question. »

Elle se mordit la lèvre inférieure.

« Ah », dit Nate.

En fait, il avait été plus d'une fois un peu insatisfait sur ce plan-là. Cela n'avait pas atteint le stade d'un « problème », mais il avait eu conscience d'une frustration fugace. Des grognements ou gémissements émis à des moments stratégiques, accompagnés de gestes délicats destinés à la guider (en posant la main sur sa tête), à indiquer la voie d'un recalibrage mineur, étaient restés sans effet. Mais sa plainte s'était évaporée par la suite, tandis qu'ils passaient d'un acte à l'autre. Tous les chemins mènent à Rome. Mais quand même.

« Hum… », dit-il.

Il avait toujours eu du mal à aborder ce sujet. C'est-à-dire qu'il était parfaitement capable de discuter du sexe en général, ou de parler du sexe en tant que concept intellectuel, psychologique ou historique. Lorsqu'il était plus jeune, il avait eu du plaisir à discuter du corps de différentes femmes réelles ou idéales. Mais il jugeait atroce cette autre sorte de conversation sexuelle, sur ce qui était agréable ou pas – ces *instructions à donner*, du genre « Touche-moi comme ça », « Fais ceci, pas cela », « Plus vite », même, ou « Plus fort ». La perspective lui donnait l'impression d'être vicieux, bestial, et pas du tout sexy, comme si le peu de sex-appeal qu'il possédait lui venait de son style soigné, maîtrisé.

Comme toujours, sa seule manière de le faire, de dire à voix haute ce qu'il voulait, était de tout lâcher, de devenir une autre personne – le genre d'homme capable de dire, pas de demander, à une femme de le prendre entièrement dans sa bouche ou de lui sucer les couilles ou de se coucher sur le dos et d'écarter les cuisses. Sa voix, quand il prononçait ces mots, était différente, dure et monocorde, dépouillée de son habituelle amabilité. Pour parvenir à cet état, il devait accumuler une certaine somme de mépris pour la femme (car il ne parlait pas ainsi à un être humain, dans un autre contexte). Il s'écartait alors d'une mentalité plus civilisée, plus respectueuse des femmes, comme si ce mode de comportement n'était pas vraiment le sien mais une habitude acquise, comme le tri des bouteilles et des boîtes de conserve pour le recyclage.

Ce n'était pas vraiment un endroit où il souhaitait aller. Certaines femmes prétendaient aimer être traitées ainsi, disant que cela les excitait, mais peu importait. En fait, cela le déprimait. Après avoir joui, il se sentait inévitablement un peu dégoûté de lui-même, de la situation, ce qui impliquait en grande partie la femme dans son lit.

Il devait y avoir une autre manière.

Hannah était assise très droite, nue, les yeux baissés, les cheveux dans la figure.

Nate ramena le drap autour de sa taille, se couvrant. « Je, euh… »

Leurs regards se croisèrent. Empreinte d'un désir anxieux de plaire, l'expression de Hannah était docile, presque béate.

Nate vit que c'était sans espoir. La journée avait été longue. Il était fatigué. À cet instant précis, il ne se sentait pas capable de fixer ces grands yeux accueillants, sensibles au bien-être des poulets, et de la prier de lui sucer les couilles, puis d'exercer avec ses lèvres une pression plus douce mais plus soutenue, de prendre sa queue dans sa bouche et, simultanément, d'aplatir la langue de façon à caresser la couture pendant qu'elle allait et venait sur le corps de la verge, et enfin, ce serait super si elle pouvait glisser les doigts sur la peau entre le scrotum et l'anus.

« Ce que tu fais est super, répondit-il.

— Parce que tu peux me dire si…

— Il n'y a rien à dire. »

Quelque part à l'extérieur, un ghetto-blaster dont Nate avait vaguement perçu la basse insistante s'éteignit d'un coup.

Il roula sur le dos et fixa le plafond. Il avait envie d'être dehors, à l'air libre. Il aimait bien l'appartement de Hannah, mais sa chambre ne lui avait jamais vraiment plu. Il s'y trouvait un de ces grands miroirs sur pied avec un cadre en bois, garni de foulards, de ceintures et d'autres objets féminins, d'où émanaient toutes sortes de parfums floraux artificiels. Ce spectacle le déprimait toujours, lui rappelant l'intérieur confiné de son professeur de piano, une veuve quaker avec une longue natte grise dans le dos. Ensuite il y avait le placard de Hannah. Regorgeant de vêtements suspendus, de piles de jeans et de pulls entassés dans chaque espace disponible, avec un régiment de bottes, d'escarpins, de baskets dans des housses en plastique transparent suspendues à des rails de coulissage fixés aux portes, le placard le hantait, même s'il ne le voyait pas. Il incarnait presque trop parfaitement ce qu'il y avait de repoussant chez les femmes : l'odeur de renfermé, le matérialisme, la pagaille.

Il se rendit aussi compte qu'il détestait les coussins en velours sur son lit, dont l'un était à cet instant calé sous son épaule.

Il eut envie de se lever, de regagner son appartement dans la fraîcheur de la nuit, de se coucher seul dans son lit, avec un livre, un film porno sur l'ordinateur s'il en avait envie. *Pourquoi lui faisait-elle une proposition aussi peu engageante – avec son air de chien blessé ? Comment était-il censé prendre ça, putain ?* Mais il savait que, s'il essayait de s'éclipser, il ne ferait que s'impliquer. La seule manière imparable d'éviter une scène – « Qu'est-ce qui ne va pas ? Pourquoi es-tu contrarié ? » – était de rester tranquille, de se comporter normalement. De se blottir contre elle. Quelle importance ? Il ne tarderait pas à s'endormir, et ensuite ce serait le matin.

Il jeta l'oreiller au bas du lit et attira Hannah près de lui. « Tu sens bon », dit-il. Il ne sut pas qui avait sombré le premier dans le sommeil, lui, sans doute.

12

« Oooh, du chou frisé, dit Cara. Je n'ai jamais réussi à en trouver à Baltimore. »

Nate, Hannah et Mark eurent un sourire de sympathie. Ils étaient assis dans l'arrière-cour d'un nouveau restaurant tendance du style « de la ferme à la table ». Le dîner avait été annoncé comme une « sortie à deux couples ».

C'était une agréable soirée de septembre. La cour était éclairée par des lanternes suspendues, meublée de tables et de bancs en bois qui semblaient hérissés d'échardes. Un serveur vint proposer une variété de spécialités composées de légumes précoces d'automne. Sa chemise à carreaux et son pantalon taille haute évoquèrent un épouvantail à Nate, plutôt qu'un paysan.

Une fois le garçon parti, il rompit un morceau de pain à croûte épaisse. « Où tu en es avec ta recherche de boulot ? » demanda-t-il à Cara.

Elle reposa son menu. « Horrible. Ça n'a rien d'étonnant, je suppose. Tous les gens de mon âge que je connais sont trop qualifiés pour ce qu'on a à leur offrir. Répondre au téléphone, je veux dire. »

Nate marmonna quelques mots d'assentiment.

« La thèse de Cara sur Baudrillard a obtenu le premier prix du département de littérature comparée à Stanford, annonça Mark d'un ton jovial.

— C'est vrai ? »

Quand Nate croisa le regard de Hannah, il fut soulagé de voir à son expression que Cara l'énervait autant que lui. Il lui prit la main sous la table et étreignit ses doigts, glissant le pouce sur ses articulations.

Après leur (non)-conversation sur les pipes la semaine précédente, il l'avait évitée plusieurs jours, prétextant qu'il était occupé ou fatigue. Il savait que son irritation n'était pas juste, mais il avait voulu que s'effacent de son esprit ce souvenir embarrassant et la sensation d'étouffement inhabituelle éprouvée dans son appartement. Il y avait à peu près réussi. Peut-être se verraient-ils un peu moins qu'avant, mais ça n'avait rien de surprenant au bout d'un certain temps.

Le serveur apporta leurs boissons. Cara fit une observation sur les jeux vidéo. Leur popularité ne présageait rien de bon pour la société américaine. Elle mentionna l'Europe et soupira d'une façon qui laissait entendre que là-bas les jeunes gens ne pratiquaient jamais cette activité.

« Vraiment, dit Hannah. Je connais des gens qui jouent beaucoup à des jeux vidéo, et ils seraient capables de faire bien pire. De s'en prendre sérieusement aux autres, par exemple. Au moins ça les occupe. » Elle haussa les épaules. « Peut-être que je ne fréquente que des cinglés. »

Nate pouffa.

Cara parut moins amusée. Son visage changea lentement d'expression, comme une vieille pendule derrière laquelle tournent des rouages pesants. Ses sourcils et ses lèvres mirent un moment à laisser paraître sa perplexité.

« C'est une manière de voir les choses, j'imagine », dit-elle.

Mark s'empressa d'ajouter que Hannah soutenait un argument du genre « la distraction du pire ». « Beaucoup d'indices suggèrent que les gens sont moins violents qu'avant. »

Dès qu'il se fut rendu compte qu'il avait en fait pris le parti de l'adversaire, Mark lança un regard nerveux à Cara. Nate reconnut la sollicitude anxieuse d'un type qui ne parvient à ses fins avec une femme que lorsque certaines conditions sont remplies. Pauvre Mark, pensa-t-il.

« Je n'ai pas dit que les jeux vidéo rendaient les gens violents », reprit Cara d'un ton un peu grognon.

Nate eut brusquement pitié d'elle. Elle était jolie, maîtresse d'elle-même, assez intelligente, mais elle venait juste de finir ses études et répétait des opinions sans doute à la mode à l'université. Avec le temps, elle attraperait le ton de New York. Son côté institutrice rigide était provincial. Ici, l'intuition n'était pas valorisée. Cara apprendrait. D'ailleurs le fait d'être jolie, maîtresse d'elle-même et assez intelligente la conduirait loin, et si elle n'avait pas les bonnes relations avant de rencontrer Mark, elle les aurait à présent.

Leur serveur passa d'un pas rapide, les mains vides. Nate étouffa un bâillement. Le temps passait avec une lenteur extrême. Même Mark était différent en compagnie de Cara. Son sens de l'humour semblait émoussé, comme s'il lui était impossible de l'exercer tout en veillant minute par minute au bonheur de Cara.

Nate eut un élan de reconnaissance envers Hannah.

Il savait que, s'il avait été célibataire, il aurait dîné seul avec Mark et sa nouvelle petite amie, ce qui l'aurait un peu déprimé. Cara serait apparue, même d'un point de vue solipsiste, comme une doublure des femmes en général – son avenir, plus ou moins. Il était heureux d'avoir rencontré quelqu'un de si… raisonnable, *pas du tout ridicule*, une fille qu'il aimait autant qu'il la désirait.

À la fin du dîner, quand ils partagèrent l'addition, Nate lança par hasard un regard oblique vers Cara. Il fut saisi un instant par son extrême beauté. Mais Mark avait toujours été un type très superficiel en ce qui concernait les femmes. Il vint alors à l'esprit de Nate que Mark éprouvait peut-être de la pitié à *son* égard, parce que Cara était en réalité plus jolie que Hannah (pourtant Hannah était à ses yeux beaucoup plus attirante). C'était une curieuse pensée, aussi il l'écarta. Parfois il aurait voulu débrancher son cerveau.

De retour chez lui, Hannah lui apprit que son amie Susan venait ce week-end de Chicago pour lui rendre visite.

Elle était assise en tailleur sur son lit, un vieux numéro du *New Yorker* sur les genoux. « Tu veux te joindre à nous dimanche pour le brunch ? » proposa-t-elle.

Nate se tenait sur le seuil. Il se passa la main dans les cheveux.

Cette invitation ne l'intéressait guère. D'après la description de Hannah, Susan était l'une de ces femmes qui voit sa vie comme une longue série d'injustices perpétrées à son encontre par des connards successifs. Si vous contestez son point de vue, vous en êtes un vous aussi. Ce devait être une personne délicieuse.

D'ailleurs, le brunch en tant que must social ne l'excitait pas beaucoup. Il était facile d'imaginer la scène : 11 heures, vous patientez dans la queue avec tous les autres yuppies devant un nouveau restaurant à la mode, la conversation tourne autour de ce que fait Susan pour gagner sa vie et des différences entre New York et Chicago ; 11 h 30, toujours debout à l'extérieur, vous commandez un bloody mary, en attendant d'être placé ; 12 heures, à la table, vous commandez un deuxième bloody mary contre-indiqué, pour conjurer l'ennui qui vous gagne/le désespoir existentiel ; 12 h 30, vous partagez l'addition, regrettant en silence d'avoir claqué 30 dollars (dont 10 pour le bloody mary supplémentaire) alors que vous auriez préféré le *sunday special* à 6 dollars (deux œufs, du bacon, des frites maison, des toasts) dans le snack du coin de la rue.

Hannah avait déjà retiré ses lentilles. Elle le regarda par-dessus ses lunettes. Ses cheveux étaient coiffés en queue-de-cheval. Les yeux de Nate se posèrent sur la caisse de lait près de son lit, où se dressait une pile de livres à paraître qu'il voulait parcourir avec l'intention de proposer des comptes rendus ou des essais. Lire sans se presser, dans un cadre professionnel, était précisément le genre d'occupation qu'il appréciait le samedi ou le dimanche, à la maison ou dans un bar avec un match en bruit de fond. Il avait eu l'intention de passer le week-end de cette façon., mais les choses lui avaient échappé. Il n'était pas vraiment content de ce changement. Quand vous êtes célibataire, vos week-ends sont des perspectives infinies qui se prolongent dans toutes les directions ; dans une relation, ils ressemblent au ciel de Manhattan : ponctionné, ourlé, comprimé.

Nate se gratta la nuque : « Je ne sais pas. J'ai peut-être des choses à faire. »

Il eut un sourire nerveux.

« Bien », répondit Hannah.

Nate ne parvint pas à déchiffrer son expression, mais il éprouva tout de suite de l'appréhension. Hannah retourna à son magazine. Presque inconsciemment, il resta là où il était.

Au bout d'un moment, Hannah leva les yeux. « *Quoi ?* »

Il recula d'un pas. « Rien.

— Putain ! Je ne supporte pas ça !

— De *quoi* tu parles ?

— Toi ! Tu restes planté là, tu attends que je me mette en colère contre toi parce que tu ne veux pas venir à ce brunch. » Elle lui fit une grimace. « Je m'en fiche. Je me fiche que tu viennes ou pas.

— Bon, prononça lentement Nate. Mais tu me l'as proposé, alors j'ai supposé que tu en avais envie, au moins un petit peu. »

Hannah retira ses lunettes, les gardant à la main. « On dirait que tu veux me transformer en fifille exigeante, hystérique, reprit-elle. Je ne suis pas comme ça. »

Nate se sentit un instant désorienté. Il ne s'était pas du tout attendu à une pareille colère de sa part. Puis il comprit de quoi elle l'accusait. Il entendit son ton monter pendant qu'il parlait. « Peux-tu alors m'expliquer exactement de quelle façon je fais de toi une "fifille exigeante et hystérique" ? J'ai dit quelque chose ? Parce que je ne me souviens pas d'avoir dit quoi que ce soit.

— C'est comme… tu… berk ! »

Hannah se leva, et le magazine glissa de ses genoux avant d'atterrir sur le sol. « C'est cette ambiance.

— Cette *ambiance* ? » répéta Nate, le mot infléchi par des semaines de tension contenue.

Hannah rougit.

Son trouble eut pour effet d'accentuer encore le calme de Nate.

« Autant que je me souvienne, dit-il froidement, tu m'as posé une question et j'ai répondu, et maintenant tu es furieuse parce que j'ai été assez crétin pour supposer que tu attachais de l'importance à ma réponse. »

Hannah ferma les yeux et inspira. « Je veux dire que ce n'est pas un test. Que tu sois là ou non n'est pas plus important que de choisir un menu thaï ou un sushi pour le dîner.

— Super. Brunch. Pas un test. C'est noté.

— Tu veux arrêter avec tes sarcasmes ? *Je comprends*. Il ne s'agit pas du brunch. C'est ta façon de te comporter. Je sens que tu me mets dans cette boîte. Je ne suis pas comme ça, et je t'en veux de me faire passer pour ce genre de fille. »

Ils étaient maintenant face à face, séparés par 30 centimètres à peine. Nate se sentit plein d'énergie – tout à fait éveillé.

« Tu te rends compte que je ne vois pas du tout de quoi tu parles ? dit-il. Je te fais passer pour quoi ? »

Elle ne se démonta pas. « Pour la femme qui te force à renoncer à ta liberté.

— Attends, c'est moi qui suis dans la boîte ? Qui est dans la boîte ? Toi ou moi ? »

Nate déplaçait le poids de son corps d'une jambe sur l'autre, comme lorsqu'il jouait au foot.

« Va te faire foutre, Nate, s'exclama Hannah. Va te

faire foutre. Tu sais très bien de quoi il s'agit. Ou bien tu le saurais si tu étais honnête. »

Il leva les mains en l'air pour mimer l'incrédulité. « Excuse-moi de t'écouter en essayant de comprendre ce que tu dis.

— Parfait. » Elle secoua la tête. « Comme tu voudras. C'est moi qui suis ridicule. »

Nate ne la contredit pas. Ils se dévisagèrent. « Je vais me brosser les dents, dit-il enfin.

— Super. »

Le néon de la salle de bains était d'une luminosité oppressante. Deux ou trois longs cheveux de Hannah traînaient sur la porcelaine blanche crasseuse de son lavabo. Un peu ébranlé, Nate prit son temps. Certes, il s'était montré cruel, mais elle avait commencé. Elle ne pouvait pas le nier. *La faire passer pour une fifille exigeante et hystérique ?* Il n'avait *rien* fait.

Il décida d'utiliser du fil dentaire. Il lui vint à l'esprit qu'elle s'était peut-être levée et rhabillée. Elle avait peut-être ramassé ses affaires et quitté l'appartement. Il s'approcha de la chambre d'un pas prudent. Hannah était sur le lit.

« Je regrette », dit-elle. Sa voix était contrite, mais ne trahissait aucune émotion par ailleurs. « Je regrette de m'être emportée comme ça. »

Nate fut surpris par sa propre déception. Non qu'elle fût restée – le contraire l'eût étonné – mais qu'elle fût redevenue normale. Lorsqu'elle était sortie de ses gonds, il avait eu loisir de donner libre cours à cette tension accumulée, tout en se rangeant dignement et sans effort du côté de la *raison.* Avec Elisa, il avait appris que gérer une femme hystérique n'est pas toujours désagréable. On se sent totalement rationnel en comparaison. Il eut l'impression de désenfler. Il n'avait pas eu conscience d'être excité auparavant – les cheveux de Hannah dans le lavabo l'avaient plutôt dégoûté – mais sa queue devint flasque, comme s'il avait eu une légère érection sans s'en apercevoir.

« Ce n'est pas grave, répondit-il. Ne t'inquiète pas.

— Je pense qu'on devrait en parler.

— Tout le monde a besoin de décompresser à un moment ou à un autre.

— Je veux dire, expliquer pourquoi. »

Bien sûr.

Nate se laissa tomber sur sa chaise de bureau, découragé, vaincu. Il croisa les jambes, puis les décroisa aussitôt.

« Je suis sûre que tu n'avais rien vu venir », dit Hannah d'un ton impartial, raisonnable à un point exaspérant. Une voix qui le contraignait à se montrer lui aussi impartial et raisonnable. « Je pense que j'ai réagi ainsi parce qu'il m'a semblé que tu t'attendais à me voir fondre en larmes à propos de ce brunch avec Susan. Une réaction narcissique, quelque chose de ce genre, je ne sais pas, ça m'a agacée. »

Nate sourit malgré lui.

Elle poursuivit. « C'est juste que ces derniers temps j'ai le sentiment qu'il y a quelque chose de différent. Chez toi, ou chez nous, et j'espère sans arrêt que tu vas dire quelque chose… Je ne veux pas être le genre de petite amie qui analyse le moindre détail ou te force à aller au fond des choses. Mais s'il y a un problème, je voudrais vraiment que tu m'en parles. Je ne m'attends pas à ce que les choses soient exactement comme au début, quand nous avons commencé à sortir ensemble. Mais ne m'*oblige* pas, ne joue pas au petit ami exploité. » Hannah se redressa ; son ton devint plus insistant, presque agressif. « Si ça ne te plaît pas, très bien. Je ne suis pas le genre de fille qui veut à tout prix avoir une relation. »

Nate se renversa sur sa chaise, soulevant les deux roulettes avant du sol. Presque toutes les conversations de ce genre auxquelles il avait été mêlé contenaient plus ou moins les mêmes avertissements. Apparemment, aucune femme du début du XXIe siècle ne souhaite, 1. avoir un petit ami, 2. parler de sa relation, même si a. elle a vraiment envie d'avoir un petit ami, b. veut parler de sa relation.

Tandis qu'il reposait sa chaise sur le sol pour lui faire face, Nate chassa cette vilaine pensée de son esprit.

« Hannah, dit-il avec douceur, je ne t'"oblige" pas. Je ne sais pas d'où tu sors cette idée. »

Elle resserra sa queue-de-cheval. « C'est juste… euh, tu sais, je l'espère, que je ne juge pas nécessaire de passer chaque seconde avec toi. Je ne le *veux* pas. Mais si tu inventes des prétextes pour ne pas me voir, parce que tu t'imagines que je vais me mettre en colère, par exemple, ou si tu dissimules tes pensées avec un air coupable parce que tu n'as pas envie de bruncher avec mon amie, j'ai l'impression que l'enjeu est plus important, et qu'il s'agit d'autre chose. »

Nate décrivit un cercle sur le sol avec son pied. « J'ai pensé que tu serais déçue, c'est tout, dit-il. Rien de plus. »

Hannah hocha la tête. « Bon, observa-t-elle. J'ai eu une réaction excessive. Je m'excuse. »

Elle paraissait totalement sincère. Une pensée inconfortable traversa l'esprit de Nate. Maintenant qu'elle lui avait accordé le pouvoir de lui pardonner, il n'était pas certain de le mériter. Même quand ils s'étaient disputés, il avait eu une vague idée de ce que pouvait être la boîte en question. Il avait peut-être été un peu malhonnête en feignant une ignorance qui ne correspondait pas tout à fait à la réalité. Mais tout cela s'était passé si vite – il s'était défendu, rien de plus.

« Ne t'inquiète pas pour ça, lui assura-t-il, se disant qu'il pouvait du moins faire preuve d'élégance. Je suis heureux que tu ne sois pas fâchée. Je regrette d'avoir été désagréable tout à l'heure. Je suppose que je me suis senti agressé.

— Je comprends, répondit Hannah. Je vais abandonner ce sujet, je te le promets, mais pour être bien claire… Je me fiche de dimanche. Susan n'est pas une amie proche. Mais… (elle marqua un temps, le fixa intensément, ses yeux noisette ronds et lumineux dans la clarté de sa lampe), si tu *es* malheureux pour une raison quelconque, il vaudrait mieux le dire à présent, avant…

— Hannah. »

Nate posa les mains sur ses genoux. La légère insatisfaction qu'il avait pu ressentir avait été chassée par la dispute, par la fougue de Hannah, par l'intensité du moment.

« J'ai de l'affection pour toi. Je veux être avec toi. La seule chose que j'essaie de te dire, c'est que je n'ai pas envie de bruncher avec ton amie Susan dimanche. Je regrette de le préciser, mais tu ne l'as pas présentée sous un jour très flatteur. » Il inclina la tête. « La prochaine fois tu pourrais peut-être mettre au point ton argument de vente.

— C'est juste que depuis quelque temps tu parais parfois un peu…

— J'ai été un peu stressé, l'interrompit-il. Aujourd'hui, je devrais être très avancé dans la rédaction d'un autre livre, mais ce n'est pas le cas. Je n'ai qu'une idée, plutôt vague en fait. J'ai l'impression que je devrais travailler jour et nuit jusqu'à ce que j'arrive à la mettre sur les rails. Je n'ai pas un boulot régulier comme toi avec ta chronique sur la santé. »

Hannah replia ses genoux contre sa poitrine. « Tu veux te charger de ma chronique ? dit-elle. Pas de problème. »

Nate s'assit près d'elle sur le lit. Lorsqu'elle s'étira, il distingua ses tétons sous le tissu léger de son tee-shirt. « Tu sais de quoi je parle », répondit-il.

Le problème lui paraissait réglé, mais la discussion dura encore un peu. Cela ne le surprit pas vraiment. Dans son expérience, les femmes, une fois qu'elles avaient commencé, exhibaient un désir insatiable d'avouer, d'élaborer, d'aplanir, de révéler, et ainsi de suite. Nate s'efforça d'être patient. Hannah était en général une petite amie très facile à vivre, plus que toutes les filles avec qui il était sorti depuis Kristen. Il ne lui tint pas rigueur d'un petit enfantillage. Ils allèrent se coucher en bons termes. Mais elle ramena le sujet sur le tapis lorsqu'il la revit. Ils revenaient de Manhattan en métro.

« Je me sens un peu ridicule à propos de l'autre soir, dit-elle. J'étais si en colère, et ensuite je nous ai forcés à parler, parler. J'espère que tu ne penses pas que je suis vraiment… Je ne sais pas… »

Les mots s'estompèrent et elle sourit impuissante, attendant qu'il vienne à son secours.

Les pensées de Nate étaient très éloignées des problèmes de relations, et il ne souhaitait pas se laisser entraîner dans une autre discussion. Il n'avait aucune envie d'être contraint d'offrir du réconfort à la demande, ni d'être forcé de montrer son affection sur l'ordre de quiconque, comme un animal savant. Par ailleurs, il eut l'impression qu'en le sollicitant ainsi – après tout ce qui avait été dit l'autre soir – Hannah s'autorisait à céder à une compulsion névrotique. Il ne souhaitait pas l'encourager dans ce sens.

« Tout va *bien* », répondit-il du ton froid, catégorique, que seule une personne atteinte d'un cas sérieux de syndrome d'Asperger aurait pris pour argent comptant.

L'expression de Hannah indiqua à Nate qu'elle ne souffrait de rien de tel.

Il détourna le regard, un peu dégoûté par la panique qu'il avait lue sur son visage. Il craignait aussi de se sentir coupable et de s'excuser, ce qu'il refusait de faire. Il ne souhaitait pas apparaître comme le grand méchant loup juste parce qu'il ne voulait pas jouer à ce jeu de société spécifiquement féminin.

Il regarda un petit garçon qui dormait la tête posée sur l'épaule de sa mère, de l'autre côté de l'allée. Ses petits mollets étaient visibles entre le bas de son pantalon et ses chaussettes.

Au bout d'une minute, l'irritation de Nate s'estompa, se dissipant presque aussi vite qu'elle était venue. Elle avait douté d'elle-même un instant ; ce n'était pas si terrible.

« Pardonne-moi, dit-il en se tournant vers elle. Je ne voulais pas te rabrouer. » La panique avait disparu de son visage dur, dénué d'expression. Tandis qu'elle méditait ses excuses, elle se détendit.

« Ne t'inquiète pas, dit-elle. C'est sans importance. »

Ils n'en dirent pas plus et, pendant le reste de la soirée, ils se montrèrent résolument légers et joyeux.

13

D'une main, Nate tenait son téléphone sans fil contre son oreille tandis que de l'autre il épongeait mollement le plan de travail de la cuisine. Il lui était plus facile de parler à ses parents s'il se consacrait en même temps à d'autres tâches.

Il bavarda d'abord avec son père, qui en fait, n'était pas très difficile à gérer. Il suffisait à Nate de se montrer poli et agréable d'une manière impersonnelle, comme s'il s'adressait à un inconnu bien intentionné mais trop curieux, quelqu'un qu'il aurait rencontré, disons, dans la queue du service des véhicules automobiles.

« Ton éditeur t'a envoyé le règlement suivant ? demanda son père. Tu sais que chaque jour qui passe, cette somme leur rapporte un intérêt qui t'appartient de droit.

— Ils ont fait le virement à la date prévue, lui assura Nate. L'argent est chez mon agente. Elle va me faire un chèque.

— Moins 25 %, asséna son père d'un ton qui laissait entendre que c'était la minute de vérité.

— Oui papa. Moins 25 %.

— Tu sais, Nathaniel… » commença son père. Aucun argument ne pouvait le convaincre qu'en tant qu'ingénieur aéronautique, il n'avait peut-être pas une connaissance suffisante de l'édition pour juger que les services d'un agent littéraire étaient inutiles.

Nate changea de position, calant le combiné entre son épaule et son oreille, de façon à garder les deux mains libres. Il souleva les grilles de la cuisinière et se mit à astiquer les surfaces avec un tampon Jex.

« Tu as envisagé de publier toi-même ton prochain livre ? demanda son père. J'ai lu que beaucoup d'auteurs établis le font aujourd'hui. Une fois qu'ils ont un public, ils n'ont plus besoin du nom de l'éditeur. De cette façon, tous les bénéfices te reviennent. Hein ?

— Je vais y songer. »

Nate alla à la fenêtre et releva les stores. Le soleil inonda la cuisine.

Sa mère prit l'appareil. Elle lui raconta une histoire sur ses collègues de travail, qui étaient tous aux anges à cause d'une série télévisée « sur HBO ou Showtime ou une bêtise de ce genre ».

À 300 kilomètres de lui, Nate sentait la puissance de son énergie, le flot de mépris gratifiant qui bouillonnait en elle.

« Ils disent que c'est aussi bien qu'un roman du XIXe siècle, dit-elle, le débit plus rapide. Des jeunes gens soi-disant “brillants”. Ils sont allés à Georgetown et Columbia – des universités prestigieuses. »

Par la fenêtre, il voyait que les feuilles des hautes branches des arbres commençaient déjà à tomber.

« Aussi bien que Tolstoï !

— C'est idiot », reconnut Nate.

Mais son ton était trop modéré. Il perçut, plus qu'il n'entendit, le silence de sa mère.

Au contraire de son père, elle tenait à afficher un

accord véhément avec Nate. Avec un langage haut en couleur, explosif, elle présentait la vie comme un drame qui se jouait entre « nous » et le reste du monde, *alias* « ces idiots ». Enfant, Nate avait aimé se ranger de son côté. Non seulement elle était belle, avec ses longs cheveux couleur de miel et ses robes cintrées – sans parler de ses romans français et russes exotiques et de son malheur aristocratique qui faisaient appel à l'imagination de son fils –, mais elle était manifestement du bon côté, celui de la gouvernance raisonnable : les nids-de-poule étaient rebouchés, la corruption punie, les démocrates élus, les avions de passagers et les bateaux de croisière israéliens n'étaient plus détournés (cette dernière opinion réitérée à moult reprises après qu'un passager de l'*Achille Lauro*, Leon Klinghoffer, âgé de soixante-huit ans, cloué dans son fauteuil roulant, eut été poussé pardessus bord lorsque Nate était en CM1). Elle était aussi du côté de l'intelligence. (Elle avait un dédain moral pour la stupidité et soupçonnait d'instinct les enfants du groupe de lecture le plus lent de la classe de Nate d'avoir un caractère douteux.) Elle défendait les valeurs de la culture, surtout de la littérature, du théâtre et des musées. Lorsque Nate grandit, ce fut sa suffisance qui le dérangea le plus. Il était dégoûté par l'invocation de ce « Ils », ceux qui nous mettaient des bâtons dans les roues, et la certitude que tous les problèmes seraient à peu près résolus si seulement « nous » n'étions pas freinés à tout moment. Mais s'il remettait en question ce parti pris, sa mère prenait cela comme une critique ou disait qu'il était trop jeune et naïf pour comprendre. Leur relation adulte se fondait sur son empressement à lui faire plaisir. À moins qu'il ne rassemble l'énergie et la patience de prétendre se joindre à elle dans ce « nous » reclus, irrespirable, il la rejetait – alors qu'elle avait quitté sa patrie pour lui, afin de repartir de zéro dans un pays nouveau. Avec son père, il lui suffisait de ne pas discuter.

Clignant à cause du soleil qui pénétrait par la fenêtre, Nate sut qu'il avait échoué. Elle avait perçu de la condescendance dans son assentiment peu convaincant. *Il est allé à Harvard, et maintenant il se croit trop bien pour moi.* Elle inspira d'un coup, comme si elle lui avait offert son âme et la lui reprenait. Aussi nettement que si elle était devant lui, il vit ses narines se dilater une ou deux fois.

C'était trop, il le savait – ce que sa mère attendait de lui. Ce n'était ni juste ni raisonnable, lui disaient ses amis. Mais sa vie n'avait été ni l'un ni l'autre. En Roumanie, on lui avait refusé toutes sortes de distinctions académiques parce qu'elle était juive. Elle n'avait même pas été autorisée à se spécialiser en littérature, car les humanités étaient un domaine presque entièrement fermé aux Juifs. Elle avait dormi sur un canapé dans le séjour du deux pièces de ses parents jusqu'au jour où elle avait épousé le père de Nate, dont la famille était un peu plus fortunée. Ensuite elle était venue ici et avait travaillé comme programmeur informatique – pour que Nate puisse étudier dans une école privée, et ensuite dans une bonne université.

Il appuya le front contre la vitre. « Comment vas-tu, maman ?

— Bien », répondit-elle d'une voix ténue.

Il ferma les stores et retourna vers l'évier en chaussettes, glissant un peu sur le lino, sans lâcher le combiné. C'était pour eux qu'il possédait ce stupide téléphone sans fil. Ses parents avaient insisté pour qu'il fasse poser une ligne fixe – « en cas d'urgence ». Ils étaient les seuls, avec les démarcheurs, à l'utiliser.

« Tu me trouves démodée, dit sa mère au bout d'un moment. Bornée. »

Le soupir qui ponctua cette remarque était une symphonie d'apitoiement sur soi finement maîtrisée.

« *Maman*, dit Nate. Je n'ai même pas de télé. Bien sûr que je ne te trouve pas bornée. »

Elle eut un petit rire. « Je suppose que nous sommes tous les deux un peu arriérés.

— Je suppose. »

Il y eut un autre silence, moins tendu.

« Comment va Hannah ? » demanda-t-elle enfin. Le son qui sortait de sa bouche était *Henna.*

Nate essora son éponge.

« Ça va. »

Plusieurs soirs après, il était assis dans le séjour de Hannah, lisant le compte rendu du nouveau livre du romancier britannique qu'Eugene avait écrit.

« Nate ? »

C'était une bonne critique – excellente, Nate devait l'admettre. Eugene était doué.

« Nate ? » répéta Hannah.

À contrecœur, Nate reposa l'article. Hannah était debout, les mains dans ses poches arrière. « Oui ?

— Qu'est-ce que tu as envie de faire ce soir ? »

Il ferma les yeux. Que faisait-il habituellement avec Hannah ? Un instant, il ne s'en souvint plus. Ensuite il songea aux longues soirées de conversation animée qu'ils avaient eues, toujours l'été – des soirées où ils n'avaient jamais eu besoin de « faire » quelque chose.

Il n'était pas d'humeur à supporter cette sorte… de *communion* d'intimité. Certainement pas.

Il avait peut-être envie de regarder du base-ball. Les finales de coupe approchaient, et il y avait un match qui l'intéressait à cause de son possible impact négatif sur les Yankees.

Hannah répondit que bien sûr, ils pouvaient aller dans un bar.

Ils se rendirent dans un endroit qui s'appelait Outpost[1], un nom mal choisi selon Nate, pour un établissement assez récent fréquenté presque exclusivement par les Blancs qui s'installaient peu à peu dans le quartier historiquement habité par des Noirs où il était situé.

Le match n'avait pas encore commencé. Lorsqu'ils prirent place, Hannah lui apprit qu'elle avait décidé d'accepter des travaux de révision de textes pour gagner un peu plus d'argent. Elle se mit à décrire les exigences précises de l'éditeur qui l'en avait chargée.

C'était donc sa vie aujourd'hui ? se demanda Nate tandis qu'elle parlait. Assis face à Hannah à différentes tables de différents bars ou restaurants ? À l'infini. Était-ce à cela qu'il s'était engagé le soir où ils avaient eu cette dispute à propos du brunch avec Susan et où il l'avait rassurée, disant qu'elle n'avait rien à craindre… qu'il était partie prenante ?

Il déchira son rond de serviette en papier et se mit à tripoter son couteau et sa fourchette.

Il essaya de se concentrer sur ce que Hannah disait – toujours à propos de son travail de correctrice – mais se surprit à se demander à quel point elle avait besoin de cet argent. Au rythme où elle allait, elle ne termine-

1. « Avant-poste ». (*N.d.T.*)

rait jamais son projet de livre. D'ailleurs, son père était avocat d'affaires. Nate était certain que, si elle en avait besoin, elle pouvait lui demander une aide financière. Un luxe agréable pour qui en disposait.

C'était le dernier jour de septembre, mais la température était douce. Hannah avait retiré sa veste. Elle portait un tee-shirt à bretelles qui lui allait bien. Elle avait de jolies épaules. Mais lorsqu'elle bougea les mains pour appuyer son propos, Nate remarqua qu'à l'intérieur de ses bras sa chair tremblotait comme celle d'une femme beaucoup plus âgée. Cela le surprit car elle était très musclée. Il se reprocha de l'avoir remarqué et, plus encore, de se sentir un peu dégoûté. Pourtant il était fasciné. La répulsion qu'il éprouvait, dans sa pureté de cristal, lui procurait un plaisir pervers. Il guetta le moment où elle bougerait à nouveau les bras.

Lorsqu'elle eut terminé son récit, il se contenta d'acquiescer.

Il avait faim. Où était leur nourriture ? demanda-t-il. « Pourquoi est-ce que c'est si long ? »

Hannah parut un peu surprise par sa véhémence. Elle leva les paumes en l'air. « Aucune idée. »

Elle lui posa quelques questions sur ce qu'il avait fait. Les réponses furent brèves. Il ne parvenait pas à se mettre dans le ton de joyeuse plaisanterie qu'elle avait adopté. Avec une étrangère – une simple amie ou connaissance – il aurait pu participer sans peine à une conversation polie quoique banale. Mais avec Hannah c'était différent. Sa relation avec elle avait rarement impliqué ce type de performance sociale ; accepter de l'aborder sous cet angle ressemblait à une défaite. Ou une capitulation.

Hannah essayait de combler le vide. Tandis qu'elle passait d'un sujet à l'autre, Nate eut l'impression de l'observer de loin, de l'évaluer. Alors même qu'elle s'exprimait avec beaucoup d'esprit – elle racontait une histoire sur « le tact presque agressif d'une amie ; elle n'attend pas que tu aies fini de parler pour être d'accord avec toi et te soutenir » –, quelque chose dans son ton, un désir de plaire, un accent presque suppliant, l'agaça.

« Nate ? demanda-t-elle enfin.

— Ouais ?

— Tout va bien ? Tu as l'air un peu… je ne sais pas… *distrait* ?

— Ça va », dit-il. Il lui adressa un bref sourire pour compenser l'absence de conviction de sa réponse.

Un instant plus tard, Hannah se leva pour aller aux toilettes. En la suivant du regard, il remarqua que son jean faisait paraître le bas de son corps plus volumineux que sa partie haute, ses hanches et son cul étrangement plats et larges. Il se demanda pourquoi aucune de ses amies ne le lui avait dit. Pourquoi ne s'en était-elle pas aperçue elle-même ? Après tout, un immense miroir en pied occupait un quart de sa chambre à coucher.

Quand elle revint, elle voulut savoir s'il était en colère.

Comme si elle avait fait quelque chose qui l'avait autorisé à lui en vouloir. Putain, pourquoi les femmes, si intelligentes, si *indépendantes* soient-elles, retombent-elles inévitablement dans cette imbécillité délibérée ? Ce n'était pas comme s'il se limitait au registre émotionnel d'un système binaire, alternant entre le « bonheur » et la « colère contre elle ».

« Non, dit-il. Je ne suis pas *en colère* contre toi. »

Elle eut un mouvement de recul.

Avant qu'elle eût ouvert la bouche, le serveur apporta leurs burgers. *Enfin*. Le match commença. En mangeant, Nate tourna son attention vers l'écran de télévision au-dessus du bar. Il se sentait mieux.

« Exactement ce qu'il me fallait », dit-il du burger.

Hannah tapotait son téléphone et ne leva pas les yeux.

Nate prétendit ne pas s'en apercevoir. « Et le tien, il est comment ? »

Elle leva lentement le regard et cligna plusieurs fois, comme pour tenter de déterminer par ce moyen s'il pouvait vraiment être crétin à ce point. « Tu me demandes comment est mon burger ?

— Je suis *désolé*, répliqua-t-il. Quelquefois je deviens grognon quand j'ai faim. Ce n'est pas une excuse, mais je le regrette.

— Peu importe.

— Je devrais sans doute me promener avec des noix dans les poches. »

Il entrevit l'ébauche d'un sourire, qu'elle refoula aussitôt. Mais c'était un début.

S'efforçant de cajoler Hannah pour la dérider, Nate retrouva son allant. Ce projet – rentrer dans les bonnes grâces de Hannah – chassa l'ennui et réduisit au silence cette voix critique. Il lui raconta (car les femmes adorent parler de vie personnelle) qu'Aurit paniquait parce que Hans rechignait encore à emménager à New York.

« Pour elle, l'argument de sa carrière est une excuse grossière. Je dois la convaincre de renoncer à cette idée avant qu'elle l'envoie chier. »

Quand leurs assiettes furent débarrassées, il ne restait plus aucune trace de la mauvaise humeur de Nate. Il était heureux que Hannah eût accédé à son désir de regarder un match de base-ball. Il avait passé un bon moment.

Sur le chemin du retour, elle se tourna vers lui. « Nate ?

— Ouais ?

— Quel marché avons-nous conclu ? »

Il se crispa. Il avait déjà présenté ses excuses. Qu'avait-il donc fait ? Lui avait-il parlé durement ? Il avait juste dit : « Je ne suis pas en colère contre toi. » Il n'y avait aucune trace de méchanceté dans cette remarque. Peut-être avait-il été *un peu* sec. Mais bon. Allons.

« Je ne veux pas verser dans le mélo, dit-elle. Mais… je refuse d'être traitée de cette manière. Si quelque chose te déplaît…

— Tout va bien. »

Qu'était-il censé répondre ? Qu'elle devrait peut-être faire quelques flexions des avant-bras pour éviter que la chair de ses bras tremblote ? Acheter un jean après l'avoir examiné sous tous les angles ? Il ressemblait, même à ses propres yeux, à un fétichiste taré de la minceur féminine. Un vrai salaud.

Il lui prit la main. « Je ne sais pas ce qui m'a pris. Je suis désolé. »

« Tu sais, Jason, dit Aurit. Il existe un certain type d'homme qui aime être avec des femmes qu'il juge inférieures à lui sur le plan intellectuel.

— Qui dit que les mannequins ne peuvent pas être intelligentes ? » rétorqua Jason, lançant un coup d'œil à Nate pour obtenir son soutien.

Ils se tenaient tous les trois devant une fenêtre ouverte du nouvel appartement de leur ami Andrew, qui pendait la crémaillère avec son petit ami. Jason était en train de leur parler du mannequin lituanien avec qui le directeur artistique de son magazine avait promis de le mettre en contact.

« Pour votre information, dit Jason, Brigita a étudié l'électrotechnique à Vilnius.

— C'est comme Lydgate dans *Middlemarch*, l'interrompit Aurit, apparemment peu impressionnée par l'électrotechnique. "Cette distinction de l'esprit inhérente à son ardeur intellectuelle était absente de ses sentiments et de son appréciation du mobilier ou des femmes." » Aurit adressa un gentil sourire à Jason. « Lydgate finit avec la blonde idiote, d'ailleurs. Elle détruit sa vie. Et sa carrière. »

Jason entoura les épaules d'Aurit de son long bras. « Aurit chérie, tu es si mignonne quand tu t'énerves. Comme Super-Souris. Mais je dois te dire que Lydgate est le meilleur personnage de ce livre. Aussi. » Il marqua un temps pour boire une gorgée de sa bière. « *Bien sûr* que George Eliot penserait comme toi. Elle n'est pas exactement impartiale. Les femmes intelligentes ont un intérêt personnel dans la diabolisation des hommes qui ne savent pas les apprécier. Fais-moi confiance, les hommes sont capables de faire de grandes choses, quelle que soit la femme qu'ils épousent.

— Putain, Jase, s'exclama Nate.

— Réfléchis bien, continua Jason. Si un soi-disant partenariat-compagnonnage entre deux intellectuels d'un niveau égal était la mesure de la valeur d'un homme, il existerait peut-être deux hommes exceptionnels dans toute l'Histoire – le pseudo-mari d'Eliot et ce putain de John Adams. »

Aurit s'était dégagée de l'étreinte de Jason. Elle le

fixa d'un œil froid. « Le fait de n'avoir pas d'âme ne te préoccupe jamais, Jason ? »

Nate pouffa.

Leur groupe se dispersa. Nate s'éloigna de la fenêtre. Le séjour était plein à craquer. Dans la mêlée des corps, Nate repéra Greer Cohen, plutôt charmante dans un jean moulant. Il s'apprêtait à la saluer de la main quand quelqu'un lui tapa sur l'épaule. C'était Josh, un type avec qui il jouait au foot. Josh travaillait dans une maison d'édition, et félicita Nate ; il avait entendu dire du bien de son livre, les gens étaient très excités à l'approche de la parution.

« Merci mon pote, dit Nate.

— Il sort en février, c'est ça ? » demanda Josh.

Nate acquiesça. Puis il aperçut Eugene Wu. Il le félicita pour sa critique du livre de l'auteur britannique. Eugene essaya de cacher à quel point cela lui faisait plaisir. Au bout d'un moment, ils se lancèrent dans une discussion prolongée sur la proportion relative de femmes avec des implants mammaires à New York et dans les États rouges (Républicains). Nate se rendit compte qu'il passait un bon moment. Il lui vint à l'esprit qu'il s'amusait plus aux fêtes quand il avait une petite amie que lorsqu'il était seul. Être dans une relation lui évitait d'avoir à draguer les filles, de supporter de longues et ennuyeuses conversations avec des petites qui lui plaisaient à peine dans l'espoir de coucher avec elles. Il était libre de s'adresser aux gens à qui il voulait vraiment parler.

Quand il quitta la fête, il appela Hannah. « Hé », dit-il dans son portable quand elle décrocha. Il eut l'impression de l'avoir tirée de son sommeil. « Qu'est-ce que tu fais ? »

Ils n'avaient pas eu le projet concret de se voir ce soir, mais il lui avait dit plus tôt dans la journée qu'il appellerait « peut-être ». Il avait envisagé de lui proposer de le rejoindre à la fête, mais s'en était abstenu. Il ne savait pas vraiment pourquoi. Il n'en avait pas eu le désir. D'ailleurs, c'était elle qui avait déclaré, lorsqu'ils s'étaient disputés à propos du brunch, qu'ils n'avaient pas besoin de passer ensemble chaque minute.

Il fit une pause devant une entrée de métro et lui demanda si elle avait envie qu'il vienne. Elle hésita. « Je serai sans doute couchée. Mais tu es le bienvenu. Si tu en as envie. »

L'air embaumait les feuillages brûlés. Ça sentait déjà l'automne. Nate décida de se rendre à pied chez Hannah au lieu de prendre le métro. En route, il s'arrêta dans un délicatessen pour lui acheter une barre Hershey parce qu'il savait qu'elle les préférait aux chocolats plus fantaisistes.

« Je suis désolé de ne pas t'avoir appelée plus tôt, dit-il en arrivant. Je me suis laissé prendre par le temps. »

Elle portait un tee-shirt extra-large de Kent State University, sa chevelure était dénouée, un peu emmêlée. « Ce n'est pas grave, répondit-elle. Ça m'a permis de lire. »

Nate renifla. Elle avait fumé une cigarette peu de temps avant son arrivée.

Ils s'assirent sur les fauteuils près de la fenêtre et échangèrent quelques nouvelles. Il ne l'avait pas vue depuis plusieurs jours. Elle dit qu'elle s'était sentie un peu déprimée. Elle passa les doigts dans ses cheveux. Elle pensait qu'elle avait besoin de se replonger dans son projet de livre, de s'immerger vraiment dans quelque chose. Elle n'avait pas assez écrit ces derniers temps. Peut-être que cela l'égaierait. Nate se sentit un peu coupable. Il soupçonnait qu'il avait sa part de responsabilité, que les derniers épisodes de leur relation n'étaient pas étrangers à son état. Il s'était montré un peu distant. Mais il approuva ses plans. « Le travail m'aide beaucoup, dit-il. Il me remonte le moral. Ça et le sport, l'activité physique. »

Elle haussa les sourcils. « Tu sais combien de cours de Pilates je suis ? »

Elle avait un ton de défi. Cela lui rappela son comportement lors de leurs premiers rendez-vous. Depuis peu elle s'était montrée... plus indécise, plus nerveuse.

Il passa en revue son corps à peine vêtu.

« Tu es très sexy, dit-il. Viens. » Il lui prit la main, l'entraînant vers la chambre.

Une fois au lit, il lui retira son tee-shirt et sa culotte. Le goût de cigarette dans sa bouche, quand ils s'embrassèrent, n'était pas idéal – avec le temps, il supportait de moins en moins son vice – mais il s'en accommoda. Il la caressa un peu. Bientôt il se coucha sur elle, la pénétrant aisément. Au début, il se sentit bien. Mais il était soûl et un peu insensibilisé. Il lui en fallait plus. Il fit défiler des images mentales variées. Il vit Hannah allongée sur son lit, l'une des premières fois qu'ils avaient couché ensemble : son expression d'abandon qu'il n'avait jamais oubliée, la manière dont elle avait cambré les reins à son approche, soulevant ses seins. Cela retint son attention un moment. Puis il perçut le tic-tac d'un réveil et le grincement d'un bus qui passait dans la rue. Il se concentra sur une scène porno d'Internet, une petite brune dans le style de Greer Cohen, la jupe de son tailleur classique retroussée, qui se faisait prendre par-derrière sur un grand bureau en bois.

Hannah était couchée sous lui, fermant très fort les paupières. Puis elle ouvrit les yeux. Un instant, ils se dévisagèrent. Elle se figea, comme s'il l'avait surprise. Ce qu'il avait vu avant qu'elle se fût ressaisie pour le masquer, c'était une absence, une disponibilité totale, comme si elle avait été un bois flottant sur la rivière et se rendait à peine compte qu'il était en train de la baiser.

Nate s'appuya sur un coude, détournant les yeux de son visage pour tendre le cou et fixer avec colère le mur derrière elle. Si elle n'était pas au septième ciel, il ne pouvait s'empêcher de penser que ce n'était pas entièrement sa faute à lui. Elle était trop… consentante, en fait. Au lit, elle jouait le rôle d'un personnage docile, malléable. Même son corps, sa chair pâle avaient une qualité moelleuse, frémissante – fusionnelle, enveloppante, mais il leur manquait quelque chose – de la plasticité, du répondant.

Au bout d'un moment, il la retourna pour la mettre à quatre pattes. Il eut un pincement au cœur en la plaçant dans cette position. Le faire en levrette était naturel quand le rapport sexuel était énergique, cochon, et s'accordait avec l'humeur du couple. Ce n'était pas ça. Il aurait pu aussi bien se masturber. Ça n'avait aucun rapport avec elle.

Tandis que son cul blanc reluisant se balançait d'avant en arrière, la chair flasque de ses cuisses claquant à la cadence de ses impulsions, il ne put s'empêcher de penser que faire l'amour dans cette position avait quelque chose d'humiliant – pour les femmes. Mais en termes de sensation, c'était mieux pour lui. D'ailleurs, elle était sans doute soulagée de ne pas être obligée de le regarder. À présent, son expression devait être pire encore. Pas seulement absente, mais résignée.

Il la martela plus fort. Les cheveux de Hannah, trempés de sueur retombaient en touffes de chaque côté de sa nuque. Il sentit enfin venir un orgasme, glissa les mains sous elle pour empoigner ses seins, se plongeant encore deux ou trois fois en elle, traversé par les ultimes frémissements du plaisir.

Après, il se blottit contre son dos. Son orgasme avait balayé son irritation. Il se sentait un peu coupable de l'avoir manipulée de cette façon. Il n'avait pas fait grand-chose pour la stimuler. *La prochaine fois...* Il l'entoura de son bras pour se racheter, calant son menton dans le creux de son épaule. Épuisé, paisible, il sombra dans le sommeil.

Il se réveilla à demi seulement quand il l'entendit se dégager de son étreinte et se glisser hors du lit. Il entendit la porte de la chambre se refermer et ouvrit les yeux à temps pour voir un rai jaune apparaître dessous quand elle alluma la lampe du salon. Il se rendormit. Il se réveilla à nouveau quand Hannah revint se coucher. Il eut l'impression qu'un long moment s'était écoulé.

« Tout va bien ? demanda-t-il.

— Ça va, répondit-elle. Rendors-toi. »

Mais il y avait dans sa voix un accent contrarié, une récrimination inexprimée qui éveillèrent chez lui un sentiment de terreur, même dans son état de demi-sommeil. Demain, décida-t-il en s'assoupissant à nouveau ; il appellerait Jason et Eugene pour connaître leurs projets. Il était d'humeur à sortir avec des potes.

14

Un soir, Hannah lui raconta qu'elle avait couché à droite à gauche au lycée. Il fut très surpris. Ils revenaient du cinéma ; et il avait fait un commentaire sur les femmes qui portent un accoutrement cochon à Halloween. Ce moment de l'année approchait.

Hannah lui apprit qu'en seconde elle était sortie avec un élève de terminale, un joueur de foot qui lui inspirait de la pitié parce que, même s'il était gentil, « il était parfaitement stupide ».

« J'ai pensé que c'étaient sans doute les meilleures années de sa vie », dit-elle. Après cela, plusieurs de ses coéquipiers avaient voulu coucher avec elle. Elle avait été la petite amie de chacun d'eux à tour de rôle. Elle haussa les épaules en le disant à Nate. « Ça paraissait sexiste et vieux jeu de se comporter comme si la chasteté avait été une vertu, comme le croyaient les nouveaux chrétiens. »

Elle était un peu pompette – lui aussi –, charmeuse mais aussi provocante, comme si elle le mettait au défi d'être prude au point de la châtier ou de la prendre en pitié. Comme si. Nate fut émoustillé par ce récit, plus excité, en fait, qu'il ne l'avait été depuis longtemps.

Pendant sa liaison avec Elisa, il avait appris que le

mépris était très compatible avec la luxure. La colère, et même l'hostilité, les éclairs de haine semblaient assez proches de la passion sexuelle puisque le résultat était pratiquement le même. En revanche, la culpabilité est une émotion dénuée de connotation érotique. Maintenant… Certes, il jugeait sexy l'attitude blasée de Hannah à l'égard de sa virginité, de la même manière que l'athéisme, le marxisme et d'autres *ismes* anti-*establishment* sont excitants chez une jolie femme. Mais ce qu'il ressentait était beaucoup plus dépravé. L'image de ces gros cons adolescents à la tête vide en train de sauter Hannah tour à tour, l'image de Hannah les *obligeant* parce qu'elle était gentille, l'excita autant que le porno. Sa naïveté stupide, cette crédulité bovine à la Marilyn Monroe, transformait la jeune femme qu'il connaissait en une fille qui s'était laissé utiliser et partager, une nana idiote qui méritait d'être baisée. Cette nuit-là Nate la baisa, il baisa cette autre Hannah.

Depuis longtemps ils n'avaient pas connu de nuit aussi passionnée. Vus sous un certain angle (disons, la perspective d'un pornographe), ce furent peut-être les ébats les plus torrides de leur liaison.

Le lendemain matin, Hannah se réveilla enjouée, de bonne humeur. Elle proposa de faire des œufs. Nate devait reconnaître que sa suggestion n'avait apparemment rien d'agressif. Mais alors qu'elle était assise là, le drap remonté sur sa poitrine, la tête penchée, attendant sa réponse – oui ou non –, elle lui parut mièvre, outrecuidante, comme si elle avait une envie impérieuse de lui préparer son petit déjeuner. Alors que d'après lui elle voulait en réalité passer une matinée douillette à la maison – baigner dans l'osmose post-coïtale.

« *Je ne veux pas d'œufs* », annonça-t-il.

L'expression joyeuse – et une partie de ses couleurs – disparurent aussitôt du visage de Hannah.

« Très bien, dit-elle. Eh bien, je suis affamée. Tu veux que j'aille te chercher des bagels ?

— Tu es chez toi. Tu peux faire ce qu'il te plaît. »

Elle fit une grimace puis secoua rapidement la tête, déployant ses cheveux. « Bon. *J'ai* faim. *Je* vais acheter un bagel. »

Lui tournant le dos, elle enfila son jean.

« Au blé complet avec du fromage à tartiner et des tomates. »

Elle fit volte-face. Elle eut l'air sur le point de lui faire un doigt d'honneur. Nate sourit avec espoir.

« S'il te plaît ! S'il te plaît ! Prends de l'argent dans mon portefeuille. Désolé d'être irritable. J'ai mal dormi. » Il s'empara de l'un des coussins en velours et le lança à travers la pièce. « Cette chose m'a dévoré la figure toute la nuit. »

Hannah le fixa un moment. « Parfait. »

Quand elle fut partie, Nate se laissa retomber dans le lit et contempla le plafond.

À certains moments, Hannah semblait déclencher un instinct sadique chez lui. Il aurait juré qu'il ne voulait pas la blesser, mais parfois, quand elle le regardait d'une certaine manière, ou lorsque cette note impatiente se glissait dans sa voix, une obstination perverse montait en lui ; accepter de faire ce qu'elle demandait l'écœurait – lui était intolérable.

Les rideaux d'un blanc pur de sa fenêtre tournoyaient dans la brise d'octobre. Nate se leva et regarda au-dehors. Il se sentit pataud, comiquement masculin, quand le rideau vaporeux vint chatouiller sa poitrine nue.

Il remarqua la pile de livres sur la table de nuit de Hannah. *Les Lettres d'Abélard et d'Héloïse*, *L'Éducation sentimentale*, *La Sonate à Kreutzer*. Était-ce son imagination, ou y avait-il un thème ? Des livres sur des femmes pleurant leur amour perdu, des hommes aux sentiments éphémères. Peut-être était-il paranoïaque. Peut-être sa petite amie avait-elle des goûts impressionnants en littérature.

Nate entendit la clé tourner dans la serrure, puis les pas de Hannah, rapides, déterminés, tandis qu'elle se déplaçait dans l'appartement. Il attendit qu'elle vienne dans la chambre avec l'intention de rattraper sa grossièreté de tout à l'heure.

Au bout d'un instant, elle ouvrit la porte toute grande. « Ton bagel est sur la table. »

Sans lui laisser le temps de répondre, elle lui jeta une poignée de pièces et de billets. Puis elle fit demi-tour et claqua la porte derrière elle.

Tout en ramassant sa monnaie dans les draps, Nate se demanda si elle avait volontairement reproduit le geste d'un client jetant de l'argent à une prostituée. Il l'espérait. Cela aurait reflété une certaine imagination malicieuse qu'il ne pouvait s'empêcher d'admirer sur un plan esthétique.

Il enfila son maillot de corps et se risqua hors de la chambre. Sur la table, il vit un sachet en papier blanc, avec l'inscription *La Bagel-Telle*. Hannah était invisible ; au bout d'un moment, il entendit couler la douche dans la salle de bains. Il s'assit pour manger son bagel. L'ironie était qu'il aurait préféré des œufs.

Elisa voulait qu'il la conseille en vue d'un entretien d'embauche imminent, pour un poste dans un magazine d'information hebdomadaire. Quand ils se retrouvèrent, Nate se demanda si l'excitation que lui inspirait cette perspective faisait toute la différence. Parce qu'il y avait quelque chose de différent.

« Tu sembles en forme, dit-il. Heureuse.

— Merci. »

Son visage était penché au-dessus de son verre de vin, et elle leva les yeux pour le regarder. Nate se souvint qu'elle l'avait fixé de la même manière quand elle le suçait. Il sentit un frémissement dans son bas-ventre et changea automatiquement de position sur sa chaise.

Dès qu'il s'en fut rendu compte, il cligna des yeux, se frottant le front. C'était la première fois depuis longtemps qu'il réagissait ainsi devant Elisa.

Elle reposa son verre de vin et redressa la tête. « Comment va Hannah ? »

Nate haussa les épaules en buvant une gorgée de son whisky. « Bien. » Il marqua un temps, croquant un glaçon. « En fait, ça ne va pas très fort entre nous ces temps-ci.

— Je suis désolée », dit Elisa. Mais son sourire en coin indiqua que c'était exactement ce qu'elle avait espéré entendre. « Pauvre Hannah. »

En dépit de sa mauvaise foi affichée, Nate éprouvait une tendresse inhabituelle envers Elisa à ce moment précis, un sentiment à la fois protecteur et affectueux, né d'une longue familiarité. Il appuya son coude sur le bar et lui adressa un sourire résigné comme pour dire : « Qu'y faire ? » Pendant ce temps, dans la chambre de réalité virtuelle de son esprit, il fit repasser des scènes de baise variées avec elle. Il possédait une vaste réserve de matériau brut où puiser.

Ils s'attardèrent un bon moment, jusqu'à près de

minuit – penchés au-dessus du bar, riant beaucoup, se racontant des potins sur les collègues d'Elisa et d'autres connaissances communes, descendant en flammes non seulement leurs écrits mais leur vie privée chaotique, leurs manies agaçantes, leur manque de charme personnel. Nate s'autorisa à se libérer de l'influence de Hannah, du sens moral qui l'aurait retenu de se montrer aussi honteusement malveillant et cruel en sa présence. Son impartialité, son absence de mesquinerie étaient des choses qu'il aimait chez elle en général – mais la joie qu'il ressentait lui semblait méritée étant donné la tension qu'il avait subie dans sa relation avec sa compagne.

Lorsqu'il salua Elisa à l'entrée du métro, Nate ressentit une pointe de mélancolie. Il déposa un petit baiser sur sa joue.

« Bonne chance pour ton entretien, El, dit-il. Tu le mérites. »

Le lendemain il retrouva Hannah.

« Tu t'es bien amusé hier soir ? demanda-t-elle tandis qu'ils se dirigeaient vers un bar. Tu as vu Elisa, n'est-ce pas ? »

Elle ne paraissait pas jalouse. Nate attribua d'instinct ce commentaire à son intuition, et non à une absence de jalousie. Il fut aussitôt sur la défensive – un peu irrité d'y être contraint alors qu'il n'avait rien fait de mal, ses fantasmes mis à part.

« Ouais, répondit-il d'un ton résolu, la mettant au défi de se plaindre. En effet.

— Bien », répliqua-t-elle avec la même froideur.

Ils allaient rejoindre quelques-uns de ses amis de l'école de journalisme. Une fois au bar, l'humeur de Nate s'améliora. Les amis de Hannah étaient dans l'ensemble des reporters pragmatiques qui buvaient beaucoup, et passaient une bonne partie de leur temps à la mairie, avec les rondes de surveillance des policiers, ou en compagnie des types de Wall Street. Il perdit bientôt Hannah de vue, mais ne s'en offusqua pas – c'était une joyeuse bande. Pourtant, au bout d'un moment, il comprit ce qu'avait voulu dire Hannah, au début de leur relation, quand elle avait dit qu'elle se sentait un peu isolée sur le plan intellectuel. Il vit qu'avec ce genre d'amis elle n'avait pas la possibilité d'exprimer certains aspects de sa personnalité. Cette pensée lui inspira de la tendresse à son égard.

Il la repéra en train de parler à deux femmes près d'une machine Mme Pacman. Il se fraya un chemin jusqu'à elle et posa une main sur sa hanche. « Salut.

— Hé. »

Elle avait un ton sec, presque hostile. Au bout d'un moment, il comprit qu'elle était soûle.

Elle devint agressive avec lui, prenant ses remarques légères pour des critiques et réagissant de manière disproportionnée, le frappant « pour jouer » mais en réalité, avec un peu trop de force. Lorsqu'elle annonça qu'elle allait chercher à boire, il suggéra qu'elle n'avait peut-être pas besoin d'un autre verre.

« Qui es-tu pour me dire ce que je dois faire ? »

Il haussa les épaules, et elle se dirigea vers le bar.

Plus tard, de retour dans son appartement, elle se montra carrément belliqueuse, marmonnant tout bas des réflexions désagréables, plutôt incohérentes sur lui, pour elle-même autant que pour lui. Son ton était faux, plein d'un cynisme revêche, désabusé, et parfaitement affecté, une provocation curieuse qui manquait de naturel.

« Tu sais qu'Irina, Joy et Melissa sont des *femmes charmantes* », dit-elle. Elle s'exprimait comme si c'étaient des paroles de défi. Ce qui était sans doute le cas, supposa-t-il. « C'est ce qui compte réellement, poursuivit-elle. Tu sais que le reste n'est que vanité, n'est-ce pas ? L'écriture, je veux dire. »

Elle fit un commentaire sarcastique sur les « phrases savamment composées » de Nate qui, expliqua-t-elle, imitaient les vrais sentiments sans savoir ce qu'ils représentaient. Il copiait les figures de style des écrivains qu'il admirait sans se rendre compte que pour ces auteurs ce n'étaient pas de simples tournures mais un moyen d'exprimer une vérité.

C'était une attaque brutale. Nate ne s'en formalisa pas. Manifestement elle s'en prenait à lui à cause de ce qui se passait entre eux. Il ne ressentait qu'un vague dégoût devant son manque de contrôle. Il avait surtout envie d'aller dormir.

Comme ils se mettaient au lit, elle lui dit que, si on le traitait comme un grand ponte, c'était parce qu'il était un homme et qu'il avait l'arrogance de croire que tout lui était dû et de s'attendre à obtenir tout ce qu'il voulait, persuadé qu'aucun honneur n'était trop grand pour lui. Le plus comique était que Nate jugeait qu'il y avait beaucoup de vrai dans ses paroles. Mais il pensait qu'*elle* aurait pu se montrer plus exigeante. Sa critique principale à son égard, en matière d'écriture, était que trop souvent elle manquait d'ambition. Elle aurait dû traiter chaque texte comme quelque chose d'important, au lieu de rire des imperfections, de rester sur la défensive en anticipant les commentaires, d'avancer qu'elle avait « travaillé dans l'urgence », que « l'éditeur gâcherait l'article de toute manière », de se référer à l'insignifiance de la publication (« Combien de gens lisent encore tel et tel magazine ? »). Par-dessus le marché, elle n'avait pas l'air de beaucoup écrire ces derniers temps, en dehors des articles de routine qu'elle rédigeait pour gagner de l'argent. En dépit de ce qu'elle avait dit le soir où elle lui avait confié qu'elle était déprimée, son projet de livre ne semblait pas progresser. Il pensait cependant sans réserve qu'elle était exceptionnellement douée. Elle méritait plus de reconnaissance que ce qu'elle avait obtenu. Ce n'était pas juste. Il le lui dit à présent. Puis il tendit la main pour éteindre.

« C'est gentil de ta part, dit-elle quand l'obscurité envahit la pièce. Chaque fois que je veux te faire passer pour un vrai connard, tu dis un truc gentil. Ça me tue. »

Sur le plafond, les ombres se confondaient avec la poussière. Nate se demanda un moment s'il devait rompre avec elle. Mais il l'aimait bien. Il ne voulait pas la blesser.

Il se tourna sur le côté. Il était trop fatigué pour penser à cela tout de suite. Il y réfléchirait quand il aurait les idées claires. Demain. Plus tard.

Début novembre, Peter vint du Maine lui rendre visite. Nate était sûr que Hannah lui plairait et il était impatient de les présenter.

Avec les femmes qu'il ne connaissait pas bien, Peter affectait une courtoisie exagérée que certaines jugeaient rebutante et prétentieuse (« bébête », avait dit une fois Aurit sans mâcher ses mots). Mais au cours d'un dîner qui incluait aussi Jason, Peter gagna la confiance de Hannah lorsqu'il remarqua que Flaubert avait été responsable d'un nombre incalculable de parties de jambes en l'air. « Quand Léon réussit à vaincre le dernier scrupule d'Emma en disant qu'"à Paris toutes les femmes le font", il parvient à ses fins. Oublie l'amour, oublie la morale. Fais appel à leur vanité… » Hannah éclata de rire, enchantée par son observation. Ce qui ravit Peter à son tour.

À un moment donné, ils se mirent à parler du prénom Lindsay, disant qu'aucun d'entre eux n'avait connu de filles s'appelant ainsi à Harvard ou à Yale, mais apparemment, selon l'un des amis universitaires de Peter, NYU fourmillait de Lindsay – les prénoms pouvaient-ils refléter des distinctions sociales aussi infimes ? Nate jeta un coup d'œil à Hannah, qui ne paraissait pas scandalisée par leur snobisme. Elle avait l'air amusée. Lorsqu'elle parlait, il y avait dans son ton juste assez d'ironie pour les calmer, mais pas au point de manquer d'humour.

Ils commandèrent deux bouteilles de vin et plusieurs tournées de cocktails. À minuit, Hannah commençait à avoir la langue pâteuse. Désireux de ne pas gâcher cette agréable ambiance, Nate l'entraîna dans un taxi. Il se sentait heureux, plein d'affection. Lorsque le véhicule accéléra dans North Avenue, il se pencha vers elle et effleura un de ses sourcils avec son pouce. « Tu es si drôle », dit-il.

Lorsqu'ils revinrent chez elle, elle disparut dans la salle de bains. Nate se coucha. Quelques minutes plus tard, elle réapparut vêtue d'un débardeur et d'une culotte échancrée.

Puis Nate regarda son visage et vit qu'elle avait pleuré. Elle avait essayé de le cacher. Non, ce n'était pas tout à fait juste. Elle avait l'air d'avoir cherché sans enthousiasme à le dissimuler, mais ce qu'elle voulait vraiment, c'était lui faire savoir qu'elle était perturbée et l'entendre lui demander pourquoi.

Les larmes, même « off », étaient une nouveauté, mais cela ne le surprit pas vraiment – ou plutôt, sa surprise se limita à la question mineure de savoir « pourquoi maintenant ? » alors qu'ils avaient passé une très bonne soirée et pouvaient fort bien enchaîner sur une très bonne nuit. Tandis qu'elle fouillait dans l'un de ses tiroirs pleins à craquer, des traînées d'eye-liner sous les yeux, les lèvres boudeuses, Nate n'éprouva pas de la pitié, mais de l'exaspération. *Tu nuis à ta propre cause, tu ne comprends pas ça ?* avait-il envie de dire à Hannah qui pleurait sans pleurer. *Putain, tu ne le vois pas ?*

Mais sa vulnérabilité larmoyante lui donnait une position de supériorité morale. « Est-ce que ça va ? demanda-t-il.

— Ça va.

— Pourquoi tu ne viens pas te coucher ? »

Il parlait du ton patient, condescendant d'une personne habituée à gérer les attardés mentaux.

Elle avala sa salive et baissa les yeux, clignant comme si elle souffrait ou était embarrassée. Puis – il se passa quelque chose. Une idée ou une humeur s'empara d'elle. Son visage s'éclaira, elle parut moins morose, plus déterminée – plus animée.

« Viens, dit-elle, les yeux brillants. Allons boire un verre dans l'autre pièce. »

Il y avait dans sa voix un accent de folie ensorcelant, inexplicable. Tandis que Nate la suivait dans le séjour, son irritation céda à la curiosité de voir ce qui allait se passer.

Sans allumer la lampe, elle alla chercher le bourbon sur le réfrigérateur, puis les deux verres cerclés de bleu. Nate s'assit près de la fenêtre. Le seul bruit dans l'appartement était le bourdonnement du frigo. Hannah revint de la cuisine et s'assit sur l'autre fauteuil capitonné, repliant ses jambes nues sous elle. Elle versa le bourbon et lui tendit un verre.

Il n'était pas vraiment d'humeur à boire, il en avait perdu l'envie depuis le moment au restaurant, en compagnie de Jason et de Peter, où il s'était rendu compte qu'il devait garder un œil sur sa consommation d'alcool.

Hannah vida presque la moitié du sien d'un seul coup. Elle frissonna.

« C'est vraiment merdique », dit-elle. Les mots étaient clairs, lucides, mais sa voix avait un ton amer, audacieux. « Je le vois, mais je ne peux rien y faire.

— Tu vois quoi, Hannah ? »

Elle regarda la fenêtre. Dans la vitre, leurs reflets étaient flous et translucides, quadrillés par les rangées de brique de l'immeuble d'en face. Elle se retourna vers lui, son verre à demi plein du liquide ambre lumineux.

« Je ne fume même plus en ta présence. N'est-ce pas merveilleux ?

— Tu veux une cigarette ? Vas-y, prends-en une.

— Tais-toi ! Tu es si condescendant. C'est ce que j'ai pensé quand je t'ai rencontré la première fois. Je t'ai trouvé si lénifiant, content de toi et pas si intéressant – je me souviens de m'être dit : *Combien de fois va-t-il mentionner ce putain de Harvard ?* » Elle rit. « Je n'aurais jamais pensé qu'un jour je… » Elle secoua la tête. « Peu importe. »

Sa voix était devenue chantante, comme si elle parlait à une personne âgée un peu demeurée.

Quand elle ouvrit la bouche de nouveau, son humeur plaisante s'était envolée. « C'était quoi ce soir ? » Elle le fixa. « Tu étais *si* affectueux. »

Nate resserra ses doigts sur le pied du verre. Il ne voulait pas entendre ce qu'elle allait dire.

« Pourquoi ? continua Hannah. Parce que j'ai plu à ton ami Peter. »

Le battement de ses tempes lui fit penser au tic-tac d'un réveil agressif.

« Ne le prends pas mal, dit Hannah. Mais ça m'a vraiment écœurée. Je veux dire, quel genre de personne es-tu pour attacher autant d'importance aux putain d'opinions de tes amis ?

— Tu es soûle, Hannah.

— Et qui suis-je pour accepter cela ? Je me donne en spectacle devant tes amis pour que tu… » Elle frissonna sans finir sa phrase. « J'ai honte de moi, autant que tu le saches. »

Nate regarda par la fenêtre le croissant de lumière jaune projeté par un réverbère.

« Le dernier type avec qui je suis sortie (Hannah se mit à parler sérieusement, comme s'ils étaient en train de discuter d'un sujet très important) était un écrivain. Tu le connais sans doute, ce n'est pas Steve, on s'est rencontrés deux ou trois fois seulement. Mais tu vois, il avait touché un héritage, il possédait un grand appartement et, un jour où j'étais là, des ouvriers hispaniques travaillaient sur son toit-terrasse, aussi je lui ai demandé si ça ne lui faisait pas bizarre d'être là toute la journée à écrire plus ou moins pendant que ces types étaient juste de l'autre côté de sa porte coulissante en verre, en pleine chaleur et tout ça. Et il a répondu : “Ouais, tout le temps”, du genre, c'est ce que je suis censé dire. Parce que ensuite il a continué, disant qu'écrire de la poésie était un travail pénible, autant que la tâche d'un journalier, que les types sur la terrasse ne voudraient pour rien au monde échanger leur place avec lui, pas plus que lui avec eux. Voilà, c'est comme ça qu'il se débarrassait du malaise que lui inspiraient tous ses avantages. Si sûr de lui, sans expérience, tu sais ? » Elle fixa Nate intensément. « Tu n'es pas comme ça. Non, tu es plutôt déc…

— C'était peut-être juste quelque chose qu'il a dit sur le moment, pas l'ensemble de ses réflexions sur l'inégalité, suggéra Nate.

— Peut-être, répondit Hannah. C'était quand même un morveux, à mon avis. »

Nate sourit. Il savait de qui il s'agissait. Un vrai connard. Grand, beau, mais un connard.

Hannah loucha vers son verre vide, puis tendit la main vers la bouteille de bourbon. Nate faillit la prier de se calmer, puis se ravisa au dernier moment. Voulait-il être ce genre de type ? Ils n'étaient plus dans un restaurant, en public. Pourquoi n'aurait-elle pas dû boire ? Et lui, pourquoi ne boirait-il pas ?

Il vida son verre. « Sers-moi aussi, si tu veux bien. »

Hannah s'éclaira. « Bien sûr ! »

« Je peux te poser une question ? demanda-t-elle après avoir reposé la bouteille.

— Oui.

— Que s'est-il passé ? »

Puis, comme si elle savait que Nate serait tenté de feindre l'ignorance, elle ajouta : « Entre nous, je veux dire. »

Nate avait compris tout de suite, lorsqu'il avait accepté de l'accompagner dans le séjour, que c'était là où elle voulait en venir, la raison de leur présence dans cette pièce. Pourtant il fut encore tenté de prétendre qu'il ignorait de quoi elle souhaitait parler – afin de détourner la conversation ou de la repousser à plus tard.

« Je ne saisis pas, insista-t-elle. J'ai *fait* quelque chose ? »

Lorsque Nate ouvrit la bouche, sa voix était rauque, plus peinée qu'il ne l'aurait cru. « Je ne pense pas… Non. »

Il aurait voulu pouvoir le lui reprocher – désigner une cause. Mais il savait que le responsable, c'était lui. Peu importe ce qui s'était passé, tout était sa faute.

« Non, tu n'as rien fait », répéta-t-il.

Il la regarda. Elle était pâle. L'expression de son visage reflétait exactement la sensation d'impuissance qui l'accablait. Presque sans s'en rendre compte, il se leva pour s'approcher de son fauteuil et se percha sur un des bras. Son irritation s'était envolée. Il se sentait protecteur, plein de tendresse. Humain dans tous les sens du terme. Il était heureux.

Elle se poussa, et il se cala près d'elle sur le siège.

« Peut-être que je ne suis pas doué pour les relations, dit-il.

— Nous devrions sans doute reconnaître que ça ne marche pas, répliqua-t-elle. C'est vrai, non ? Il y a un mois, si quelqu'un m'avait prédit comment les choses tourneraient entre nous, je me serais écriée non, je ne le supporterai jamais. Mais je m'entête à négocier ce que je crois juste. Je t'aime bien – c'est ça mon problème, je t'aime bien. Il y a quelque chose chez toi… »

Elle s'interrompit et se redressa. Elle se remit à parler d'un ton différent, plus décidé. « Mais ça, ce que nous sommes devenus, ça me mine. »

Nate se tourna vers sa bibliothèque. Il essaya de distinguer les titres isolés dans l'obscurité.

« Toi non plus, tu ne peux pas être heureux », dit Hannah.

Non. Lorsqu'il se força à détourner les yeux des livres pour croiser son regard, il se sentit submergé par des vagues de tristesse. Par une solitude presque intolérable. Il se demanda s'il souffrait d'une grave déficience, si – même s'il était considéré comme quelqu'un de bien par tous ses amis (et il était un *très* bon ami), et qu'il était dans l'ensemble un bon fils – quelque chose clochait sérieusement chez lui. L'amour révélait-il une vérité, un manque fondamental, une froideur, qui le poussaient à reculer au moment même où la réciprocité était nécessaire ?

Il frissonna. En inspirant, il huma le parfum des cheveux de Hannah. Ils sentaient la noix de coco – l'odeur, savait-il à présent, du shampoing bon marché qu'elle gardait dans sa salle de bains, le genre de produit qui aurait provoqué une grimace de dégoût chez Aurit et Elisa.

Il se souvint combien sa relation avec elle avait été légère et drôle dans les débuts, il se rappela les premiers rendez-vous où elle l'avait fait rire, le surprenant par sa personnalité si… *intéressante.* Il pensa à son comportement ce soir au restaurant, avec Jason et Peter. (Et ce n'était pas parce qu'elle avait plu à Peter. C'était parce qu'elle avait été elle-même : la personne dont il était tombé amoureux.) Même l'épisode du blanc-bec. Il savait ce qu'elle voulait dire. C'était ça le fond du problème. D'habitude, il savait de quoi elle parlait. Et il était certain que l'inverse était vrai. Depuis le début, il s'était senti en phase avec elle.

Il appuya son front contre le sien. « Je suis désolé de ce qui s'est passé. Mais essayons encore, tu veux bien ? Je peux faire mieux. »

Elle fixait l'air vide, obscur de son appartement.

Il dessina sa lèvre inférieure avec son pouce. « Je t'aime beaucoup, dit-il. Tu le sais, hein ? »

En fait, il se rendit compte à ce moment précis qu'il l'aimait. *Bien sûr* qu'il l'aimait. L'avait-il simplement punie pour un crime inconnu ? *Parce qu'elle avait été gentille avec lui ?*

Elle ne réagit pas tout de suite, mais continua de regarder dans le vide. « J'ai besoin de sentir que tu essaies aussi, dit-elle enfin. Que je ne suis pas la seule dans cette histoire à me soucier de ce qui se passe. »

Il cala le pouce sous son menton, la regardant dans les yeux. « Tu ne l'es pas, répondit-il. Tu n'es pas seule. »

Elle se détendit. « D'accord, acquiesça-t-elle. D'accord. »

Il l'attira contre lui. Sa poitrine tremblait quand elle expira. Il la serra plus fort. Il se sentait proche d'elle, peut-être plus qu'il ne l'avait jamais été, comme s'ils avaient traversé une tempête, se découvrant non seulement sous leur meilleur jour, mais dans ce qu'ils avaient de réel… et ils étaient toujours là. Elle – elle n'avait pas renoncé à lui. Il enfouit son visage dans ses cheveux, murmurant quelque chose sur l'amour.

15

Nate était au bar, demandant à Stuart – Beth ne travaillait pas aujourd'hui – de lui remplir son verre quand la porte vitrée du Recess s'ouvrit toute grande. Greer Cohen entra, une brise d'automne tourbillonnant autour d'elle. Une fois la porte refermée avec un déclic, le frémissement de l'air s'apaisa. Greer resta au centre d'un petit tourbillon d'activité. Un pull et différents sacs, dont l'un contenait un tapis de yoga roulé, étaient suspendus à ses épaules. Des mèches de cheveux ondulés s'échappaient d'un chignon lâche.

« Nate ! »

Son sourire exprimait tant de plaisir que Nate ne put s'empêcher d'être touché. « Greer, dit-il. Qu'est-ce qui t'amène ici ?

— Le yoga. Au bout de la rue. »

Stuart attendait son argent derrière la caisse. D'autres clients levèrent les yeux de leurs ordinateurs. L'énergie papillonnante de Greer et sa voix chantante de petite fille troublaient l'air immobile du café.

Nate glissa un billet à Stuart, puis posa une main sur le bras de Greer pour la guider hors du couloir central du Recess. Lorsqu'il sentit son petit bras sous son pullover, un frisson parcourut son corps. Il ne s'était pas rendu compte que Greer était devenue un personnage récurrent de sa vie imaginaire, un nom connu parmi la myriade d'autres jolies filles qui évoluaient dans les différents scénarios.

Tandis qu'elle se laissait entraîner vers le fond, Greer leva les yeux vers lui avec un sourire où il vit – absurdement – de la complicité.

Nate l'interrogea sur son livre. Ils se mirent à parler de la réalité quotidienne du travail du romancier.

« Tant d'heures passées à regarder l'écran, dit Greer. Sans le yoga, je me mettrais une balle. »

Le sourire enfantin de Greer n'en était pas moins suggestif.

« Je comprends », dit Nate.

Avec le temps, il avait révisé à la hausse son opinion de Greer. Elle était chaleureuse, amicale. Il fallait le lui reconnaître. L'avance qu'elle avait obtenue pour son livre n'était pas rien. Arriver à ce résultat exigeait une certaine dose de talent, en termes de capacité d'écriture et d'autopromotion. Ce type de jugeote n'avait rien à voir avec un vrai talent, mais c'était quelque chose. À propos de son style à proprement parler il n'avait rien à dire. Ce n'était pas son genre de littérature.

Ils continuèrent à bavarder quelques minutes. « Tu sors avec Hannah Leary, n'est-ce pas ? » demanda-t-elle à un moment donné.

Nate détourna les yeux. « Ouais. »

Le sourire de Greer s'affaissa légèrement, plus complice encore.

« Prenons un verre un de ces jours, dit-elle comme elle s'apprêtait à partir. Pour parler du métier d'écrivain. »

Il y eut un nouveau frisson d'agitation, puis elle sortit une carte de visite d'un de ses sacs. Elle s'empara du stylo magique du tableau d'affichage et se mit à griffonner quelque chose au dos de la carte.

Elle la tendit à Nate. Il lut : « AMD Global Brand Management » et, imprimé au-dessous, « Ian Zellman, stratège principal ». Nate regarda Greer d'un air interrogateur.

Elle haussa les épaules. « Un type, c'est tout. »

Nate retourna la carte. Greer n'avait pas écrit son nom, juste les dix chiffres de son numéro de portable. Il glissa la carte dans sa poche, non sans un sentiment de satisfaction d'avoir triomphé d'Ian Zellman, stratège principal.

Quand Greer fut partie, Nate se sentit gagné par une agréable perplexité. Il ignorait pourquoi Greer flirtait ainsi avec lui. Peut-être était-elle attirée par son prétendu prestige intellectuel ? Elle avait obtenu pour son livre un à-valoir bien plus important que lui pour le sien, et en vendrait sans doute plus d'exemplaires, mais en tant qu'auteur d'un roman autobiographique sur les amours adolescentes, elle manquait d'une certaine… respectabilité.

Il se replongea dans la critique qu'il était en train de rédiger. Il oublia Greer jusqu'à la fin de la soirée.

Il était dehors avec Jason, qui parlait de Maggie, sa collègue de travail. Maggie envisageait d'emménager avec « ce connard », le concepteur de site web.

Nate glissa la main dans sa poche, où il trouva la carte avec le nom de Greer. Il en effleura les bords du bout des doigts.

Il avait déjà été infidèle. Avec Kristen. Ils vivaient à Philadelphie à l'époque, mais il se trouvait à New York pour le week-end. Il était allé à une fête dans un appartement situé, semblait-il, au fin fond de Brooklyn, mais en réalité très proche de celui qu'il habitait à présent. La seule personne qu'il connaissait était le type qui l'avait amené, mais à minuit il avait disparu. Jason, qui l'hébergeait, devait passer à un moment donné, mais en attendant, Nate en fut réduit à bavarder avec les filles. Pourquoi un garçon aurait-il eu envie de lui faire la conversation ? Il flirta de la manière décousue de quelqu'un qui n'espère pas de résultat. Il allait acheter de la bière en compagnie d'une fille avec laquelle il avait bavardé quand elle se retourna, le poussa contre le mur en pierre d'un immeuble et se jeta sur lui. Tandis qu'il lui rendait son baiser sans enthousiasme, il eut seulement, à sa surprise, le réflexe de ne pas la froisser, en partie parce qu'elle n'était pas très jolie. Il se dégagea aussitôt. Mais de retour dans l'appartement, il se rendit compte qu'il restait attentif à sa présence, conscient du moindre frôlement de son bras ou de sa cuisse. Lorsqu'elle alla parler à quelqu'un de l'autre côté de la pièce, il la suivit du regard, avec un instinct animal. Il eut l'impression que, pour chasser toutes les images de Kristen, il devait donner à son désir une ampleur excessive, démesurée, en faire quelque chose qui interdisait toute réflexion. En fait la fille, un peu névrosée, avec ses joues de tamia, n'était qu'un assez joli film cochon en puissance, naturel, mais pas convaincant… selon ce que les gens qui veulent travailler dans le cinéma aspirent à devenir. Néanmoins, Nate fut pris d'une passion furieuse, aveuglante, lorsqu'ils montèrent dans un taxi pour se rendre à Alphabet City, où elle partageait un appartement. Pas-Kristen avait sa langue dans sa bouche, Pas-Kristen dégrafait un soutien-gorge rouge bon marché qui s'ouvrait devant, Pas-Kristen avait autour des clavicules une constellation de grains de beauté en relief – tout cela contribuait à son étrangeté enivrante. À un moment donné, alors qu'elle avait sa queue dans sa bouche, elle le suça si fort que l'expression *la prise étau menaçante* lui vint à l'esprit. Nate dut prendre sur lui pour l'endurer vaillamment. Lorsqu'ils baisèrent, ses miaulements polysyllabiques étaient spectaculaires, tapageurs, aussi bien synchronisés avec ses poussées que s'ils avaient joué à Marco Polo. Pourtant, c'était excitant.

L'excitation fut plus difficile à comprendre le lendemain. Dans le bus qui le ramenait à Philadelphie, Nate observa la circulation sur Central State Parkway à travers la vitre teintée. Le ciel était d'un gris terne, le reflet de son visage blême, abject. La frustration qu'il avait pu ressentir dans sa relation avec Kristen s'était dissipée. Sa vie avec elle paraissait pleine de promesses, d'air frais, d'intelligence. Sa beauté austère, vivifiante, semblait la désigner comme l'une des élus. Pourquoi avait-il commis cet écart qui pouvait tout foutre en l'air ?

Le bus fit une embardée. L'odeur de la nourriture de fast-food des autres passagers lui donna la nausée.

Lorsque Kristen s'arrêta près de la gare routière, Nate ajusta furieusement les bretelles de son sac à dos. C'était un homme brillant, en général apprécié, très capable de prononcer de pieux mensonges avec aisance, mais il n'avait jamais été très habile quand son intérêt personnel était en jeu. Il s'exprimait comme si ses phrases étaient entre guillemets ironiques, pour prendre du recul avec ce qu'il disait.

Il se rappela, en jetant son sac sur la banquette arrière, qu'il n'avait pas vraiment besoin de mentir. Il devait seulement omettre certaines informations. Dans la voiture, il sombra sans un état de terreur figée. Plus tard, au lit, Kristen s'excusa d'être fatiguée – heureusement. Coucher avec elle aurait été un demi-mensonge épuisant de plus, mais si elle avait pris l'initiative il se serait senti trop coupable pour refuser.

Quelques jours plus tard, ils roulaient en direction d'un centre commercial de banlieue, lorsqu'elle se tourna vers lui : « Tu as dormi chez Jason ce week-end, n'est-ce pas ? »

La nuque de Nate se raidit. « Ouais. »

Kristen fronçait le front. Des gouttes de sueur se formèrent sous le tee-shirt de Nate tandis qu'il attendait. Et attendait.

« C'est ce que je pensais », reprit-elle en tournant à gauche dans Delaware Avenue. Le cliquetis de son clignotant cessa. « Mais j'avais pensé que tu irais peut-être chez Will McDormand. J'aurais aimé savoir à quoi ressemble l'appartement de Will. Peut-être qu'il a une cheminée et un tableau d'Andrew Wyeth dans son séjour, et une glace au plafond de sa chambre. »

Nate pouffa. « Sûrement que oui. »

Mais son cœur battait encore la chamade.

Le pire, cependant, ne *fut* pas la difficulté de la chose. Mais son peu de difficulté. Oui, Nate se sentait coupable, pourtant le fait de savoir que Kristen ne pouvait pas souffrir à cause de ce qu'elle ignorait rendait son infidélité plus supportable qu'une insulte beaucoup plus insignifiante – par exemple lorsqu'il s'énervait contre elle parce qu'elle interrompait sa lecture en lui posant une question sans intérêt, pour lui demander s'ils devraient aller à Ikea ce week-end ou s'il allait appeler la compagnie de téléphone pour se plaindre d'une erreur dans la facture qu'ils avaient reçue. À ces occasions, sa contrariété était immédiate, palpable, et il s'en voulait aussitôt. Mais après cette infraction beaucoup plus grave, il fut bien moins tourmenté par les flammes de l'enfer qu'il ne l'avait escompté. Il vit que la tromperie, à défaut de devenir routinière, était du moins possible. En dépit de la haine de soi, de l'aspect un peu dégoûtant de la fille – qui existait, supposait-il, chez la plupart de celles avec qui on pouvait tromper sa compagne –, le côté fun, la diversité de la chose le séduisaient : jouir de ce que lui offrait Kristen *et*, de temps à autre, profiter un peu de cette plongée dans l'inconnu et l'étrangeté. Des possibilités se présentaient à lui. Il songea à une serveuse gothique d'un bar voisin qu'il soupçonnait depuis longtemps de le draguer.

Il se rendit compte que c'était une voie risquée, et mit fin à ce projet. D'abord, le mensonge deviendrait une habitude confortable. Ensuite, il devrait justifier son comportement à ses propres yeux : caricaturer Kristen en pensée, exagérer ses limites et sa « pudibonderie », répéter des mantras *psyché-pop* sur la nature irrépressible de la sexualité masculine, comme le faisaient certains hommes d'âge mûr, des hommes qui à ses yeux, étaient non seulement vicieux, mais pathétiques et dépourvus du moindre charme. Il voyait aussi que cela détruirait la qualité de sa relation avec Kristen. Elle ne pourrait pas souffrir de ce qu'elle ignorait, mais le besoin de dissimuler des facettes clés de sa vie privée le contraindrait à être sur ses gardes, à réfléchir avant de parler, de peur de se contredire, ou de révéler quelque chose malgré lui. D'ailleurs, ils étaient en 1999, et le spectre de Clinton jouait un rôle important : l'homme d'État accompli devenu la risée de tous parce qu'il n'était pas capable de garder sa braguette fermée. Nate avait pris consciemment la décision de ne pas recommencer, de ne plus la tromper.

Il remit la carte de Greer dans sa poche et se tourna vers Jason. « Pourquoi ne pas dire à Maggie ce que tu ressens pour elle ? »

Jason eut l'air surpris. « Tu ne le sais pas ? »

Nate se rendit compte que non, pas exactement. Il avait mis ça sur le compte du comportement bizarre de son ami à l'égard des femmes.

« Explique-le-moi. »

La pomme d'Adam de Jason frémit quand il but une longue gorgée de bière. Il reposa le verre sur la table et se pencha en avant. « C'est samedi matin, commença-t-il, appuyant son propos d'un large geste d'orateur. J'ouvre les yeux, je repousse une couette fleurie. Le soleil pénètre par une fenêtre, réfléchi par une gigantesque photographie d'Ansel Adams, accrochée au mur. Où suis-je ? Je m'interroge. Ah ! » Il mit sa main en cornet derrière son oreille. « Qu'est-ce que j'entends ? Un petit pas qui trottine ? C'est Maggie ! Elle entre en sautillant dans sa chambre, aussi jolie qu'un bouton d'or, avec son tee-shirt Sewanee et son pantalon de pyjama en flanelle qui peluche de partout. Elle tient une assiette remplie de muffins à la banane qui sortent du four et elle me sourit. » Jason s'interrompit pour battre des cils, ce qu'il fit avec un talent inattendu. « Son petit bout de nez est délicatement teinté de rose, et son sourire si doux qu'il me brise le cœur. Et tu sais ce qui se passe ? Ma queue se ratatine, on dirait une minuscule crevette rose, ou le pénis d'un putain de bébé. Tout ce que je veux, c'est foutre le camp d'ici le plus vite possible, me ruer dans une boîte lugubre avec plein de mannequins et me faire une ligne de coke. Et je n'aime même pas la coke.

— Comment le sais-tu, Jase ? Sérieusement. Comment sais-tu que tu ne serais pas heureux ? »

Jason glissa le doigt sur le bord de son verre avant de lever les yeux vers Nate. « Eh bien, Miss Lonelyhearts, même s'il n'y avait que 80 % de chances pour que ça arrive, je ne pourrais pas suivre. Maggie est vraiment une bonne personne. Et tu auras peut-être du mal à le croire, tu penses que tu es le seul à faire craquer les femmes, putain de vaniteux, mais elle m'aime vraiment bien. »

Nate voulut réagir – se défendre – mais il se tut. Le côté sensible de Jason, les rares fois où il apparaissait, semblait d'une extrême fragilité, comme une vitre que les notes discordantes d'un discours auraient suffi à faire voler en éclats.

« Non, répondit Jason, sa voix retrouvant un registre plus habituel. Ce qu'il me faut, c'est un mannequin avec une belle personnalité. Dommage que Brigita ait été aussi nulle. »

Nate eut un grognement de sympathie. Ils se remirent à manger les chips au guacamole qu'ils partageaient.

Au bout d'un moment, Jason demanda comment se passaient les choses avec Hannah.

Nate jeta un coup d'œil à la porte battante du chef entre le bar et la cuisine. « Bien. Très bien. »

Depuis la soirée que Hannah et lui avaient passée à boire du bourbon, les choses s'étaient arrangées Elle était résolument enjouée. Elle lui téléphonait moins, parfois elle négligeait de le rappeler jusqu'au moment où il avait très envie de la revoir. Il l'avait invitée au restaurant pour son anniversaire, et lui avait offert une écharpe qu'Aurit l'avait aidé à choisir. Tout allait bien. Pourtant il sentait parfois sur lui son regard qui l'observait de trop près, essayant de déchiffrer son humeur, craignant visiblement qu'il ne s'ennuie ou ne se montre distant. Lorsqu'il manifestait une affection particulière, il remarquait le bonheur prudent, anxieux qu'elle s'efforçait en vain de dissimuler, comme s'il était un toxico ou un joueur, et elle l'épouse d'une patience à toute épreuve qui détectait des signes d'amélioration. C'était humiliant pour eux deux.

Nate retint un soupir en se levant. « Je vais au bar, dit-il. Tu en veux un autre ?

— Ouais. »

« Je me demande si la mode est devenue plus ironique, déclara Hannah quelques jours plus tard, pendant le brunch. Je parle des lunettes rétro, des jeans de maman et des habits inspirés des années 80. »

Nate hocha la tête, l'air distrait.

« Peut-être que c'est le cas quand on vieillit, parce qu'on a vu passer toutes les tendances, et qu'on ne les prend plus vraiment au sérieux ? On a vu les tailles des jeans monter de plus en plus haut, puis descendre encore et encore, avant de remonter aujourd'hui. Et les lunettes ? Elles ont tellement rapetissé qu'il fallait presque des lunettes pour voir ses propres lunettes, et ensuite, boum, un beau jour elles te font ressembler à une chouette tellement elles sont larges ? Pour les jeunes de vingt ans, qui ne sont pas blasés par ce cycle, ces énormes lunettes sont simplement cool ? Pas ironiques, mais juste sympas, de la même façon que les gens de notre génération trouvaient vraiment super les jeans fuselés dans les années 90 ? »

Pendant que Hannah parlait, une belle femme était entrée dans le restaurant. Elle avait une longue crinière de cheveux châtain clair, épais mais lisses et brillants, le type de chevelure qu'on reconnaît d'instinct comme le signe d'une santé florissante et d'une bonne éducation. Son visage aussi était agréable. La différence infime entre la perfection de ses traits et une beauté classique (son nez était un peu large, son menton trop saillant) ne la rendait pas moins séduisante. Le blazer qu'elle portait lui donnait l'air d'une jolie étudiante de troisième cycle, mais il était cintré et assez court pour accentuer la longueur de ses jambes. Lorsqu'elle passa près de leur table, Nate remarqua que son jean lui moulait étroitement les fesses, qui semblaient avoir bénéficié d'années d'équitation et de lacrosse.

Il posa les yeux sur Hannah. Elle le fixait, la bouche ouverte.

Nate l'ignora, se réfugiant dans la contemplation de sa tasse de café, où des gouttelettes grasses flottaient en surface telles des flaques irisées, prismatiques. Il avait regardé une autre femme. Putain, la belle affaire. Il n'avait pas l'énergie, à cet instant précis, d'affronter la tension *ennuyeuse*, intolérable, qui régnait entre eux.

Il se mit à parler de la couverture de son livre, des changements mineurs qu'il souhaitait y apporter, pour disposer dans un ordre différent les textes de présentation, et accentuer la couleur de la police de caractères de la jaquette pour qu'elle ressorte mieux sur l'illustration.

À son tour, Hannah acquiesçait sans l'écouter, tripotant une salière en verre qu'elle faisait rouler entre son pouce et ses doigts. Nate trouva cela grossier de la part de sa prétendue *petite amie.* Ce livre – le *sien* – était tout simplement la chose la plus importante de sa vie. Rien à voir avec une conversation sur la mode.

La serveuse apparut. « Voici le pain perdu, et pour vous, les œufs Bénédicte. Tout se passe bien ? Voulez-vous encore du café ? » Elle dodelinait de la tête en parlant, comme pour leur souffler la bonne réponse. Puis elle prit le petit pot de crème sur leur table, l'inclinant pour examiner son contenu. « Je vais vous en rapporter. Du ketchup pour vos pommes de terre ? Vous en avez déjà. Je reviens tout de suite. »

Nate reprit son récit sur la jaquette de son livre. Il était heureux d'avoir refusé le premier projet. Il se l'était reproché – il ne voulait pas faire d'histoires – mais il l'avait jugé vieillot et indigeste. Oscar, l'illustrateur, était parvenu à un résultat brillant à la fin. La nouvelle couverture, malgré son sérieux, était tendance, pleine de fraîcheur.

Nate était en train de développer ce dernier point lorsque Hannah l'interrompit. « Je ne peux pas faire ça, Nate.

— Faire quoi ?

— Rester assise là à jouer les fan-clubs. Je ne suis pas d'humeur à pousser des Oooh et des Aaah à propos de ton grand livre et de tous tes petits succès.

— Très aimable de ta part », répliqua Nate. (En fait, il était soulagé qu'elle lui eût fourni l'opportunité d'exprimer son irritation.) « C'est vraiment agréable d'entendre une remarque aussi gentille et attentionnée dans la bouche de ma petite amie quand j'essaie de discuter d'un sujet qui m'importe un tout petit peu. Tu veux qu'on reparle de la mode ? Ça serait plus intéressant pour toi ? »

Hannah avala sa salive et ferma les paupières. Lorsqu'elle les rouvrit, elle le regarda droit dans les yeux avec colère. « On peut aussi parler de la femme que tu étais en train de mater, non ? Elle était très jolie en effet.

— Enfin, bor…

— Te fatigue pas, le coupa Hannah. Je sais comment ça marche. Tu vas me dire… Mieux, tu vas te contenter de *laisser entendre* – que je suis irrationnelle, névrosée, jalouse, impossible. En effet, toutes les personnes libérées du XXIe siècle savent qu'il est bien normal que les hommes matent les femmes, non ? C'est biologique. Seule une femme ridicule, insupportable y verrait un inconvénient. »

Nate fixait la table, l'air furieux.

Hannah continua. « Mais nous savons tous les deux que tu ne te contentais pas de la mater. Tu le faisais ostensiblement, avec une incroyable *méchanceté*. Tu criais sur les toits ton mépris pour moi, ou ton ennui, peu importe. Ne t'inquiète pas, j'ai reçu le message. »

Des rires, des bribes de conversations animées leur parvenaient des autres tables. Nate était en nage, il avait l'impression que tout le monde avait les yeux rivés sur lui, comme si Hannah lui faisait une scène, alors qu'elle parlait assez bas. L'intensité de leur échange tranchait sur les bavardages de leurs voisins. *Lequel de ces couples de dîneurs qui dégustent cette délicieuse nourriture tendance et haut de gamme ne s'intègre pas ici ?*

« Alors je suis coincée, poursuivait Hannah. Si je me plains, j'ai l'air idiote, mais si je l'ignore, suis-je vraiment censée faire semblant d'être tout émue et heureuse pour toi parce que tu réussis si bien et que ton livre est si excitant ? Ça aussi, ça me rend ridicule. De toute façon je suis piégée.

— Putain ! Je… On ne pourrait pas manger tranquillement ?

— J'ai une idée, dit Hannah. Je peux jouer au même jeu que toi. Tu vois ce type là-bas ? » Elle montra du geste un homme en blouson de cuir qui sirotait son café au bar, juché sur un tabouret. « Il est beau, non ? Il est si grand. Je pense que je vais aller le draguer. »

Nate soutint son regard. « Eh bien vas-y. »

Hannah tressaillit, puis secoua la tête. Ils se jaugèrent un long moment alangui, se délectant du plaisir aigre de cette hostilité ouverte. Puis Hannah se prit le visage dans les mains, se couvrant les yeux de ses doigts effilés de violoncelliste. Ses cheveux retombaient sur ses joues. Lorsqu'elle le regarda, Nate sentit que sa colère était passée. Cela l'effraya.

« Peu importe, dit-elle. Je suis incapable de faire ça. Je n'en ai pas envie. »

Avec sa fourchette, Nate poussa un œuf dans son assiette.

« J'ai essayé de jouer à ce jeu, continua Hannah. De faire semblant de m'en moquer. Et tu sais quoi ? Ça a marché. Tu as toujours réagi dans le même sens. »

Nate se força à ne pas bouger un seul muscle de son visage, pour ne pas lui laisser voir qu'il savait très bien de quoi elle parlait. L'admettre lui aurait paru humiliant à un point intolérable, car c'eût été reconnaître de manière trop évidente le petit mélodrame sordide, répétitif qu'était devenue leur relation.

« Mais je ne veux plus continuer, dit-elle. Tu gagnes toujours à ce jeu parce que je ne le prends pas au sérieux et que tu – eh bien, tu… » Elle lâcha son couteau et sa fourchette, qu'elle tenait sans doute depuis un bon moment comme des accessoires de ritualiste. Ils cliquetèrent sur son assiette. « Eh bien, je ne sais pas ce que tu fais. »

Ses yeux brillaient.

Nate se rendit compte avec un certain étonnement qu'il n'avait jamais vu Hannah s'apitoyer sur son sort pendant tous ces mois. Sauf la fois où il avait compris qu'elle venait de pleurer.

« D'ailleurs, dit-elle, ses larmes ravalées, mais avec émotion, je pense que c'est stupide. Toute cette histoire est stupide. Elle ne te correspond pas. »

Nate avait perdu le désir de se disputer. « Sans doute que non, répondit-il tout bas. Écoute, allons-nous-en d'ici, tu veux bien ? »

Quelques minutes plus tard, ils se dirigeaient vers le parc situé au centre du quartier de Hannah. Ils marchaient dans la rue sans se toucher – leurs mains enfouies dans les poches de leur veste – bavardant agréablement de sujets anodins.

Hannah indiqua du menton un magasin d'ustensiles de cuisine de l'autre côté de la rue. « C'est nouveau.

— C'est pratique, observa Nate. La prochaine fois que tu auras besoin d'une poêle ou d'autre chose. »

Il détourna les yeux quand ils passèrent devant le bar où ils s'étaient retrouvés la première fois.

Le parc était dénudé, l'herbe d'un vert terne, les arbres squelettiques, depuis longtemps dépouillés de leurs feuilles. Hannah et lui allèrent s'asseoir sur un banc au sommet d'une colline. Un moment, ils gardèrent le silence.

« Je suppose que nous savons tous les deux que ça ne fonctionne pas », dit enfin Hannah.

Ses mains étaient toujours dans ses poches, mais ses bras tendus sur ses genoux, de telle sorte que sa veste formait une sorte de tente devant elle. Nate hocha lentement la tête, prenant soin de ne pas approuver avec trop d'empressement.

« Je ne sais pas pourquoi, dit-elle. J'ai essayé d'analyser la situation, mais à présent, je pense que nous pouvons seulement reconnaître que ça ne marche pas. »

Elle parlait d'une voix neutre, dénuée d'émotion, mais lorsqu'elle se tourna pour lui faire face, ses yeux étaient si suppliants qu'il dut regarder ailleurs. Il était sûr qu'elle attendait qu'il la contredise, comme l'autre soir dans son appartement. Mais il ne pouvait pas recommencer. L'intensité des sentiments qu'il avait éprouvés alors n'avait pas duré. Les faits étaient devenus trop criants. Les relations n'auraient pas dû exiger des efforts aussi ardus. *Personne* ne le croyait. Il aurait été fou de continuer. Et en fait, il n'en avait plus envie.

L'image de Greer surgit dans son esprit : le sourire qu'elle lui avait adressé au Recess, ce qu'il avait *ressenti* à ce moment-là. Ce désir réel, spontané – cela devait signifier quelque chose. La carte avec son numéro était posée sur sa commode. « Global Brand Management », avait lu Hannah d'un ton sec quand elle l'avait remarquée au milieu des stylos rongés et des étiquettes de pressing déchirées. « Tu envisages de changer de carrière ? »

Penser à Greer lui inspira un sentiment de culpabilité. Pourquoi donc ? Il ne lui avait pas téléphoné. Pourtant c'était ce qu'il éprouvait. Malgré le soulagement qui l'envahissait – il se sentait soudain libéré d'une tension profonde, presque musculaire, dont il n'avait pas même perçu l'existence – il était gagné, en contrepartie, par un sentiment de tristesse et de honte.

« Je suis désolé », dit-il. Il expira, laissant échapper un peu de la condensation de son haleine dans l'air froid.

« J'imagine que je n'ai pas été parfaite non plus », dit Hannah. Elle sortit ses mains de ses poches et replia les bras contre sa poitrine. « Je ne t'en veux pas. J'ai été furieuse contre toi, mais je pense que c'est passé. Je n'en vois pas l'intérêt. »

Nate changea de position sur le banc, se sentant mal à l'aise comme si elle avait une raison de lui en vouloir, bien qu'il fût incapable de dire pourquoi. Il savait qu'il l'avait blessée, et pourtant se croyait obligé par la galanterie du XXIe siècle de prétendre le contraire, de crainte de paraître présomptueux ou arrogant.

« Tu sais que je te trouve super », dit-il.

Elle se contenta de hausser les sourcils. Il perçut la platitude de ses paroles.

« Ce qui me dérange, dit-elle au bout d'un moment, c'est qu'au début, *bon Dieu*, tu aurais pu plus t'impliquer. Mais depuis… » Elle se tourna pour lui faire face. « *Pourquoi ?* Pourquoi as-tu entamé cette relation si tu ne t'en souciais pas assez pour faire l'effort de la mener à bien ? »

Nate essaya de réprimer un soupir. *Entamé cette relation ?* Manifestement, ils y avaient participé tous les deux.

« J'ai essayé.

— *Ah oui ?* As-tu passé ne serait-ce que trois secondes à réfléchir au problème que cela posait et à te demander si tu pouvais faire en sorte d'arranger les choses ? Tu te comportais en spectateur passif, comme si rien n'était en jeu pour toi. »

Nate aurait préféré ne pas avoir à écouter cela. Il avait l'impression de l'avoir entendu, sous cette forme ou une autre, un milliard de fois.

« Et tu avais toujours ton livre, continua Hannah. Ce qui se passait entre nous ne pouvait t'affecter d'une quelconque manière puisque ce qui compte le plus pour toi, c'est la sortie de ton livre. C'est difficile de rivaliser avec ça.

— Tu veux dire que c'est mauvais ? De me soucier de mon livre ?

— Je… non ! Bien sûr que non. Il y avait un déséquilibre dans ce rapport de pouvoir, c'est tout ce que je veux dire. Ce n'était pas drôle d'être du mauvais côté. »

Nate se demanda s'il serait condescendant de lui suggérer qu'elle s'en tirerait mieux si elle se préoccupait plus de son propre livre. Parfois il était difficile de rester motivé – il le savait – surtout quand on était malheureux. Mais il savait aussi qu'il fallait surmonter cet obstacle. Il y était parvenu. Il avait écrit ce livre même les jours où c'était la dernière chose qu'il avait envie de faire.

Il décida qu'il valait mieux ne pas lui en souffler mot.

Entre les arbres dépouillés, il fixa les étals de la foire paysanne qui avait lieu dans le parc chaque semaine. Par cette journée grise, il lui évoqua la place de marché désolée d'un sinistre village d'Europe centrale. Il respira l'odeur de diesel de la rangée de camions à l'arrêt qui transportaient les fermiers et leurs produits depuis le nord de l'État. Cela lui rappela les mornes dimanches après-midi de son enfance, quand il rentrait en voiture avec ses parents après les visites aux cousins du New Jersey ou aux amis roumains vivant dans les banlieues de Washington, et qu'il regardait défiler derrière la vitre les paysages ternes, désolés, accablé par une tristesse indéfinissable – par l'impression que la vie était dans l'ensemble une affaire désespérée, solitaire, peu réjouissante.

Il songea à son avenir immédiat. Il se souvint de la soirée où Mark et lui avaient dragué Cara, du sentiment d'ennui qui l'avait envahi lorsqu'il avait songé à sa vie de célibataire, aux flirts continuels, inlassables, à la solitude et au cynisme sous-jacents.

« Quelquefois je pense que j'ai perdu quelque chose, dit-il à Hannah. Une capacité à être avec une autre personne, que j'avais avant. » Il eut un rire sans joie. « Je me sens vraiment mal dans ma peau, en fait. »

Hannah parut incrédule. « Je ne sais pas quoi répondre à ça. Je suis censée dire quoi ? »

Nate fut blessé par son ton. « Peu importe, répondit-il. Je m'apitoie sur mon sort. C'est stupide. »

Elle ferma les yeux. Lorsqu'elle les rouvrit, elle parla lentement. « À mon avis, tu cherches à te convaincre que tes émotions sont vraiment profondes, du genre connerie existentielle qui se prend au sérieux. Pour moi, il s'agit du lieu commun le plus éculé du monde : le type qui s'intéresse à une femme jusqu'au moment où il se rend compte qu'elle lui appartient. Il veut seulement ce qu'il ne peut pas avoir. On trouve partout ces crétins superficiels qui se lamentent sur leur sort.

— Putain ! Si tu as l'intention de…

— Je suis désolée, reprit Hannah. Je suis dure, mais je n'en reviens pas. Si ce que tu dis est vrai, si tu as juste un “problème”, ça craint aussi pour moi. Je ne vais pas rester ici pour te soutenir le moral. C'est comme si un cambrioleur demandait à sa victime de comprendre son désir compulsif, incontrôlable de voler les gens. » Elle loucha vers le ciel pâle. « Donne-moi quelques années, jusqu'au jour où tu seras sur ton lit de mort par exemple. »

Nate eut un petit rire. Elle l'imita. Leurs yeux se croisèrent. Le sourire de Hannah était empreint d'une étrange amitié, comme s'ils avaient été de vieux compagnons de guerre.

Il savait avec une certitude presque parfaite qu'un temps viendrait où il serait déprimé, seul, et ressentirait le besoin impérieux de la compagnie de Hannah, de sa chaleur humaine, de son intelligence, de son humour, de sa capacité à le comprendre. Ce soir-là, quand il rentrerait chez lui, dans son appartement vide, il regretterait cette journée. Mais il savait que tous les soirs où il n'éprouverait pas ce genre de mélancolie nostalgique – disons quarante-neuf soirs sur cinquante – il serait heureux d'être délivré de ce joug pesant, fastidieux. À cette pensée, il se sentit à nouveau coupable.

« Je suis sûr que c'est en grande partie ma faute », observa-t-il. Il sourit tristement. « Je veux dire, entièrement ma faute.

— Ah, le couplet du mec qui fait son *mea culpa*, s'exclama Hannah. "Quel sympathique emmerdeur je fais." L'ennui, c'est que ça te donne le beau rôle, alors que moi, je n'ai rien. »

Le retour de l'amertume dans sa voix prit Nate par surprise. Chaque fois qu'il pensait avoir dépassé le stade des reproches, elle se remettait en colère. Un processus qui se poursuivrait sans doute à l'infini, se dit-il. D'ailleurs il commençait à avoir faim – il n'avait pas beaucoup mangé au petit déjeuner – et la température fraîchissait.

« On devrait y aller », proposa-t-il.

Hannah détourna le visage. Le rideau de sa chevelure auburn se balança tandis qu'elle hochait lentement la tête. « Oui. »

Il feignit de ne pas remarquer qu'elle essuyait sa joue du dos de la main. En réalité, il éprouva une pointe de ressentiment. C'était de la manipulation.

16

Nate avait une longue relation intime avec la culpabilité.

Il se sentait coupable quand il passait devant le sans-abri du quartier, un homme d'âge moyen à lunettes avec une coupe afro poivre et sel dont le refrain chantant – « T'as un dollar, mon pote ? » – résonnait derrière vous comme un effet de remix dance. Il se sentait coupable lorsque, dans un immeuble de bureaux à Manhattan, il voyait un vieux concierge courbé au-dessus d'un balai à franges, les articulations raides, les bajoues dégoulinant sur son col. Il se sentait coupable quand un Hispanique ou un Asiatique au visage blême remplissait son verre d'eau dans un restaurant. Il pensait aux dix ou douze heures de poste qu'il devait effectuer avant de retourner dans un appartement sordide partagé avec une douzaine d'autres personnes. Nate se sentait coupable dans le métro, quand le train s'enfonçait plus loin dans Brooklyn et que les voyageurs blancs qui descendaient étaient de plus en plus nombreux. Finalement, presque tous les gens qui restaient étaient noirs – épuisés par l'excès de travail. Sous-payés. Il se sentait coupable quand les circonstances le forçaient à se lever tôt un matin d'hiver glacial et que, se hâtant dans les rues balayées par le vent, il voyait les vendeurs du sud-est asiatique souffler sur leurs mains en installant leurs stands de boissons chaudes. Qu'avait-il fait pour mériter une vie plus facile – la sienne ?

Il était né intelligent, tout simplement. Une question de chance, comme la beauté. Dire qu'il travaillait dur était une rationalisation. Comme si, en recevant un couteau à lame fine, on prenait la peine de le polir et de l'affûter : c'est formidable de faire cet effort, mais quelqu'un a dû vous donner le couteau d'abord. Ce n'était pas que de l'intelligence. Nate se sentait coupable quand il songeait à ses grands-parents et à ses arrière-grands-parents en Europe orientale – les shtetls, les pogroms et pire encore.

Dans un tel contexte, les déceptions amoureuses mineures des femmes célibataires privilégiées de New York ne faisaient pas du tout le poids. Pourtant le lendemain de sa rupture avec Hannah, Nate fut tourmenté par un fort sentiment de culpabilité.

Dans le parc, il avait été – euh, incapable de voir au-delà de l'exaspération qui obscurcissait son horizon, et semblait justifier non seulement son attitude actuelle, mais des écarts de comportement encore pires. Il s'était, à ses yeux, conduit d'une façon admirable, car en cherchant à s'extirper d'un piège aussi subtil et inconfortable, il aurait pu se montrer beaucoup plus méchant. Depuis un ou deux mois il s'était senti, à certains moments, si fortement harcelé par Hannah que le simple fait de ne pas lui dire le fond de sa pensée dans les termes les plus crus lui avait paru être un acte héroïque. Hier, pendant le brunch et après, son agacement avait atteint de tels sommets qu'il avait l'impression d'avoir fait preuve d'une réelle magnanimité en endurant les péripéties de la scène de rupture. Il n'avait pas dit : « Ça suffit », il n'était pas parti ainsi que l'auraient fait la plupart des types. D'autres lui auraient dit qu'elle avait besoin de décompresser – impliquant qu'elle était obsessionnelle, coincée.

Pourtant, alors qu'il errait dans son appartement, traînant les pieds d'une pièce à l'autre, Nate était beaucoup moins énervé. Il se sentait coupable pour plusieurs raisons. En particulier, d'avoir maté cette femme au restaurant. De son comportement en général.

Il était aussi déconcerté. À de nombreuses reprises, depuis que sa relation avec Hannah avait commencé à se détériorer, l'irritation qu'elle déclenchait en lui avait cédé au remords. Il avait toujours pensé qu'après coup, quand il regrettait, il était lucide et voyait la situation telle qu'elle était. Aujourd'hui seulement il se rendit compte qu'il n'avait cessé de fuir depuis le début, passant d'une humeur à l'autre, sans jamais s'arrêter pour analyser les tenants et les aboutissants de ce va-et-vient. Au lieu de cela, il s'était contenté de l'éviter pendant des périodes entières.

Au parc, il avait jugé Hannah déraisonnable quand elle l'avait accusé de ne pas essayer, mais à présent il se demandait s'il n'avait pas faussé le jeu à un moment donné – décidé qu'il ne voulait pas d'elle, puis fait en sorte qu'elle justifie le relâchement de l'intérêt qu'il lui portait. Car il savait – il n'était pas stupide – que son comportement avait contribué à son sentiment d'insécurité, ou même été sa cause principale. Bien sûr, cette précarité (*Tu es en colère contre moi ? S'il te plaît, s'il te plaît, je peux te préparer un petit déjeuner ?*) l'avait rendue encore plus exaspérante. Mais il avait eu l'impression d'être incapable de se comporter différemment. Quand il avait été désagréable avec elle – en lui criant dessus, en matant cette femme, peu importe – il avait été animé par une pulsion irrépressible. Pourtant il l'avait beaucoup aimée au début.

Il cessa d'aller et venir et resta près de la fenêtre, clignant des yeux face au ciel blanc laiteux. En vérité, il n'avait pas cessé de l'aimer. Même maintenant. C'était ce qui avait été, ce qui était encore, si troublant.

La voix de stentor dans sa tête lui disait qu'il s'était conduit en imbécile. Il savait que son attitude avait semé la confusion dans son esprit. Il l'avait vue se recroqueviller, devenir triste et nerveuse, se transformer sous certains aspects en une personne qu'il ne reconnaissait pas. Chaque fois qu'il se l'était reproché, il s'était convaincu qu'il ne la forçait pas à rester avec lui. Ils pouvaient rompre n'importe quand, si elle voulait.

Mais il se rappela un propos d'Aurit – en fait, une phrase de l'excellente explication qu'elle avait rédigée. Elle avait décrit la dynamique tordue de ses parents, citant la réaction de son père quand sa femme le critiquait : « Si ça ne te plaît pas, va-t'en. » Aurit soutenait que l'individu en position de force dans une relation, qui refuse de prendre en compte le malheur de l'autre sous le prétexte que personne ne le force à rester, se comporte comme un vrai connard. « C'est comme si les États-Unis avaient déclaré dans les années 50 : "Désolés, Noirs du Sud, mais si la façon dont vous êtes traités ne vous convient pas, vous pouvez retourner en Afrique." »

D'un autre côté, Hannah n'était pas une minorité privée de droits civiques, se dit Nate, quittant la fenêtre pour trottiner de la chambre à la cuisine. Pourquoi aurait-il dû avoir plus de pouvoir qu'elle ? Il n'avait rien demandé. Lorsqu'il se souvint de ce détail, il lui en voulut d'avoir été disposée à supporter docilement son comportement désagréable. À être sa victime. Certes, elle avait rendu les coups, elle avait fait la gueule, mais sa mauvaise humeur s'était asséchée comme un ruisseau, se résumant à l'agitation indignée d'un petit animal pris au piège. De façon générale, elle s'était mise à sa disposition, elle lui avait facilité la tâche. À présent il devait être à la fois son propre juge et son jury. Mais il devait se préoccuper de ses sentiments personnels. Ce n'était pas juste de faire peser sur lui toute la responsabilité.

Un court moment, il se sentit mieux. Puis il lui vint à l'esprit qu'elle l'avait supporté parce qu'il l'avait voulu. Jusqu'à ce qu'il change d'avis. Il avait toujours arrêté d'être odieux avec elle dès qu'il s'était rendu compte qu'il dépassait les bornes et qu'elle risquait de le quitter. Elle lui avait permis de la tourmenter ainsi parce qu'*elle l'aimait bien*. Peut-être même qu'elle l'aimait.

Cette idée le fit tressaillir.

Aurait-il la chance de rencontrer un jour une fille sans tics agaçants ni imperfections physiques ? Quelle véritable critique pouvait-il adresser à Hannah ? Le fait qu'il lui arrivait de trop boire ? Il buvait lui aussi. Elle ne se préoccupait pas assez de son projet de livre ? En réalité, avant que la spirale descendante de leur relation n'eût paru la consumer, elle avait fait preuve de beaucoup de sérieux. Elle se sentait parfois inquiète ? C'était le cas de *toutes* les femmes. Celles qui prétendaient le contraire étaient les plus folles.

Il la revit à la fête qu'avait donnée Francesca Je-ne-sais-quoi sur sa terrasse. Il se souvint qu'elle avait tenu tête à Jason. Il se rappela, ah, qu'il avait été tellement *heureux* ce soir-là.

Il décida d'appeler Kristen. Si une personne aussi intègre que Kristen, qui se trouvait être aussi une femme très forte, très intelligente – *une pédiatre oncologue* – avec laquelle il avait vécu intimement pendant plus de trois années, avait de lui une haute opinion, il ne pouvait pas être devenu aussi horrible que ça.

Kristen décrocha à la seconde sonnerie. Sa voix était chaleureuse, riche – et pourtant très familière. Elle l'émut, même après tout ce temps. « Nate ! s'exclama-t-elle. C'est bien de t'entendre. »

L'un de ses chiens aboya en arrière-fond. « Corky, notre petit dernier, dit-elle : il n'a qu'un an. Un berger allemand croisé. Très difficile. »

Kristen vivait à Boulder avec son mari, un docteur en sciences médicales qui avait une activité très louable et très impressionnante, Nate avait oublié laquelle exactement, à la faculté de médecine. (Il dirigeait un genre de dispensaire novateur et hautement humanitaire ?)

Kristen dit que David et elle allaient bien. Très bien, en fait. La nouvelle maison aussi était super, mais ils avaient à peine commencé à déballer les cartons. « Pas eu le temps. »

Mais elle trouvait le temps de sauver trois chiens et de s'occuper d'eux ?

« Apparemment oui, reconnut-elle.

— Et de courir ?

— J'ai fait le marathon de Denver en septembre », répondit-elle, un peu penaude.

Nate eut un rire affectueux. « Tu ne changes pas, Kris. »

Il entendit David l'appeler. « Une seconde », dit-elle à

Nate. Loin du combiné, elle se mit à parler à son mari, la voix brouillée, indistincte. Tandis qu'il attendait, Nate se représenta le dîner chez Kristen et David : les bougies sur la table, les chiens vautrés sur des coussins en tissu écossais, les cartons empilés sur les planchers en feuillu.

« Dis-moi comment tu vas », demanda-t-elle quand elle reprit la ligne.

Nate était près de la fenêtre, dessinant des cercles sur la vitre embuée. Dehors, le crépuscule descendait sur le paysage post-industriel anguleux de Brooklyn – une mer agitée de panneaux d'affichage, de grues, d'immeubles gris et trapus.

« J'ai connu mieux. »

il expliqua à Kristen qu'il avait encore rompu avec une fille bien. « Vraiment sympathique. Plus que la plupart des autres en fait. »

Mais ça ne fonctionnait plus. Il avait senti… ce n'était pas facile à expliquer. Les choses étaient devenues « pesantes ». Il avait eu conscience de ne pas être à la hauteur des attentes de Hannah. De ne pas être assez impliqué, assez concentré sur elle, supposait-il. Au bout d'un moment, il avait eu l'impression de la décevoir constamment, et elle paraissait toujours en colère contre lui. Ce n'était pas drôle. À la fin, la relation avait fini par l'étouffer. Ça devait signifier quelque chose, non ?

« Nate ? intervint Kristen. Bien sûr que ça a un sens. Ce n'est pas bien d'étouffer.

— C'est vrai !

— Je suis certaine que tu avais une bonne raison de ne pas vouloir continuer avec cette, hum, Hannah, même si tu ne vois pas clairement laquelle. »

Quelque chose dans le ton pincé de Kristen – il voyait d'ici le léger froncement de son nez – indiqua à Nate qu'elle s'imaginait que Hannah, eh bien, avait un horrible défaut, évident aux yeux de tous, mais qui lui échappait...

Mais peut-être n'était-ce pas le cas ? – bien sûr, il ne pouvait pas le dire, surtout pas à *Kristen*. Peut-être qu'elle ne lui plaisait plus, du moins plus assez : c'était ça le problème ? Peut-être sa relation avec Hannah avait-elle traîné aussi longtemps, beaucoup plus que ses récentes liaisons, parce que d'ordinaire son attirance s'estompait en tandem avec son intérêt pour la fille. D'habitude, les femmes commençaient à l'agacer à peu près au moment où diminuait son désir de coucher avec elles. Cette confluence lui avait donné la mesure de son manque de superficialité, un sentiment gratifiant. Le problème avec Hannah, se disait-il à présent, était que le déclin de cette attirance, de l'enthousiasme qu'elle lui inspirait, ne concordait pas avec les sentiments qu'il avait éprouvé pour elle en tant que personne. Cela lui avait révélé un aspect de sa personnalité.

À Kristen, il dit seulement : « Peut-être que je suis aussi perturbé parce que je suis plus ou moins en difficulté, tu ne crois pas ?

— Tu n'es pas en difficulté, Nate. »

Exact. Nate avait oublié que, dans le monde de Kristen, être en difficulté signifiait que vous étiez un gosse de six ans avec une tumeur de la taille d'un pamplemousse. Lorsqu'il s'en souvint, une fois de plus (cela se produisait invariablement chaque fois qu'il parlait à Kristen) il ne parvint pas à admettre l'idée que pour elle, ses problèmes étaient ceux d'un New-Yorkais décadent qui passait son temps à se complaire dans son drame personnel. Il l'entendait déjà résumer leur conversation à David quand ils s'assiéraient pour leur dîner aux chandelles. Ce cher vieux Nate, célibataire new-yorkais, n'a pas l'air de se fixer. Un garçon brillant, n'est-ce pas ? demanderait David. Oui. Mais très, tu sais, névrosé, égocentrique. Nate jouerait le rôle d'un amusant contrepoint à leur style de vie vertueux, communautaire, ses problèmes, son mal-être confirmant le bien-fondé de leur mode d'existence.

Cela ne l'aidait pas. Nate se tourna de façon à caler son dos contre la fenêtre.

« Je me sens aussi coupable, dit-il, sentant le froid de la vitre à travers son tee-shirt. Je n'ai pas réussi à prendre une décision. » Il songea au soir où Hannah et lui avaient veillé en buvant du bourbon chez elle. « Ou plutôt, je change d'avis tout le temps. Je pense que je me suis conduit comme un abruti.

— Mais c'est le propre de ce type de relation, non ? demanda Kristen. D'essayer de faire un choix ?

— Sans doute.

— Nate, s'écria Kristen avec emphase. Tu es sorti avec elle, combien, quatre mois ? Cinq ? Les premiers mois, tu as le droit d'hésiter sur la personne. Fais plus attention la prochaine fois. Mais accorde-toi un peu de répit. Ce n'est pas comme si tu l'avais fait marcher pendant des années et qu'elle soit trop vieille pour avoir des enfants.

— Ouais. »

Kristen, se rendit compte Nate, n'avait guère de sympathie pour les peines d'amour des femmes. Elle était bonne, très bonne, mais la sphère de sa compassion était un peu limitée. Elle avait toujours manqué d'une certaine sorte d'imagination. Elle était si raisonnable et autodisciplinée. Elle s'accordait un seul petit plaisir : celui de mépriser les gens qui ne géraient pas leur vie avec autant de compétence ou de clairvoyance qu'elle. (Il pensa à sa succession de petits amis, chacun attendant son tour avant même que l'ancien eût été congédié, un mode de fonctionnement qui avait perduré jusqu'à sa rencontre avec David.)

Ayant expédié le sujet de Hannah de façon satisfaisante, Kristen se mit à décrire les derniers hauts faits de Corky, qui impliquaient un tuyau de jardin et la gargouille d'un voisin. (Une *gargouille ?* Où diable habitaient-ils ?) En l'écoutant d'une oreille, Nate supposa qu'en théorie il n'éprouvait pas non plus de compassion pour la détresse de Hannah. Seulement, la théorie mise à part, il se *sentait* vraiment coupable.

Une fois qu'ils eurent raccroché, Nate continua d'errer dans l'obscurité qui envahissait son appartement, choisissant de ne pas allumer le plafonnier pour maintenir une harmonie entre la réalité du dehors et son univers intérieur. Il se souvint du premier soir où Hannah était venue ici. Ils avaient bavardé tard dans la nuit. Ils avaient baisé. À plusieurs reprises. La seconde fois, il devait être trois ou quatre heures du matin, et ils parlaient depuis longtemps. Il l'avait embrassée, et s'était retrouvé couché sur elle. Stupéfait d'avoir pris l'initiative. Il était épuisé. Sa queue avait réfuté la thèse de son cerveau, qui craignait un échec de sa part, ou des efforts trop laborieux. Il se trompait. C'était bien – vraiment bien, en fait.

Dans la cuisine, il ouvrit le réfrigérateur, puis regarda à l'intérieur, écoutant son chuintement.

Sur l'un des plateaux métalliques, il y avait une botte de céleri défraîchi que Hannah avait achetée pour lui. Elle avait pensé que cela lui plairait peut-être de le grignoter avec du beurre de cacahuètes – non, d'amandes. Elle ne comprenait pas que, lorsqu'il avait faim, il n'avait même pas la patience de nettoyer et de hacher du céleri. Mais il aimait bien le beurre d'amandes. C'était meilleur que le beurre de cacahuètes. Il referma la porte du réfrigérateur.

Il ne ressentait pas que de la culpabilité.

« J'ai toujours pensé qu'elle était… euh, un peu… »

Nate se pencha. « Oui ?

— Eh bien…

— Quoi ?

— Bizarre.

— *Bizarre ?* »

Jason réfléchit en fronçant le front. Lorsqu'il parla enfin, son ton était forcé, comme s'il essayait de condenser dans des mots simples des idées très compliquées, hautement abstraites.

« N'interprète pas mes paroles de travers. J'aime bien Hannah. Mais je ne te voyais pas avec elle, c'est tout. Vous étiez toujours à couteaux tirés. Du genre, elle prenait une voix aiguë quand elle te parlait. Elle était quelquefois nerveuse en ta présence. Je ne sais pas. Ça me paraissait bizarre, c'est tout. J'avais l'impression que vous n'étiez pas heureux ensemble. Vous n'aviez pas l'*air* heureux. »

Ils étaient assis à l'intérieur d'une alcôve fenêtrée, dans un bar proche de l'appartement de Jason.

« Peut-être que c'est moi ? dit Nate.

— Qu'est-ce que tu veux dire ?

— Si je n'étais pas heureux, c'était peut-être ma faute. Peut-être que – qui sait – j'ai arrêté d'essayer. »

Jason se cala contre son dossier et se frotta la tempe, passant la main dans ses cheveux qui se hérissèrent comme de la fourrure. « Disons que c'est vrai, répondit-il. Mais c'est sans doute *parce que* tu n'étais pas heureux. Je me trompe ? On ne peut pas dire que tu sois masochiste. » Il se tordit les mains. « Crois-moi, tu ne l'es pas. Tu sais très bien veiller sur tes intérêts. »

Nate commença à arracher le ruban de masquage qui avait été appliqué sur le bras de son fauteuil. Il écouta la pluie qui tambourinait sur la vitre. Il se sentait tenu de défendre Hannah, comme si Jason l'avait laissé tomber. (*Bizarre ?* Nate avait cru que Jason l'appréciait – l'appréciait sincèrement.) Il se souvint que Jason avait affirmé au début que Hannah n'était pas son type. Qu'avait-il dit exactement ? Que Nate avait tendance à aimer des femmes « genre fifille exigeante ». Ce souvenir éveilla de l'aigreur en lui, car peut-être son ami était-il satisfait de voir sa prédiction se réaliser.

Nate aurait préféré parler à Aurit, mais elle se trouvait en Allemagne. Après son coup de téléphone à Kristen, il avait aussi envisagé d'appeler Peter dans le Maine, mais contacter tous les gens qu'il connaissait pour discuter de sa rupture lui avait paru être un truc de fille. Il aurait été difficile de parler de ce genre de sujet avec Peter. Dans le désert immense de sa propre vie amoureuse, Peter abordait ces questions avec des hypothèses différentes. Il considérait comme acquis que si une femme était sympathique, séduisante et vous aimait bien, vous aviez envie d'avoir une relation avec elle. Cela lui était arrivé autrefois.

Nate voulait à présent changer de sujet. Ce qui était assez facile. Jason ne tarda pas à exposer les grandes lignes de son prochain essai. Un gros coup – sur la méritocratie.

Nate plaqua les mains sur le dessus de la table. « Tu ne soutiens pas que le problème est que nous n'en avons pas vraiment – mais que la méritocratie en soi est une mauvaise chose ? »

Jason acquiesça avec enthousiasme. « L'équité dans une méritocratie n'est qu'un hommage au talent exceptionnel. Pour les gens ordinaires – par définition, la majorité de la population – la méritocratie est un système plus cruel que ce qu'elle a remplacé…

— Que l'esclavage ? Le féodalisme ?

— Pour chaque Jude l'obscur, continua Jason, couvrant sa voix, empêché d'étudier à Oxford par un système de classes héréditaire, il y a un millier d'autres maçons qui n'ont pas son intelligence. La méritocratie est super pour des types comme Jude, qui avait du talent. Pour les autres, c'est une mauvaise nouvelle.

— Attends, répliqua Nate. En quoi cela nuit-il aux autres maçons que Jude entre à Oxford ? Si je suis ton raisonnement, accepter le mariage gay nuirait au mariage hétéro ? Parce que ça, je ne le comprends pas non plus.

— Ils sont exposés par ce qui leur manque. Quel con. » Jason secoua la tête. « Si chacun reste à la place où il est né, il n'y a pas de honte à ça, mais si on a le pouvoir de s'élever, et qu'on échoue à le faire, cela devient un échec personnel.

— Ah, je vois, dit Nate, se coulant dans les agréables circonvolutions d'un débat impersonnel, il vaut mieux pour tout le monde, mais surtout pour les pauvres, connaître et accepter sa condition. Je pense que j'ai déjà entendu cet argument. Chez toutes sortes d'apologues de l'aristocratie. La reine Victoria, peut-être ? »

Jason expira bruyamment. « La différence – et ce devrait être évident – entre moi et un Tory au cul serré, c'est que le Tory nie l'existence de Jude, refusant de croire que d'énormes talents résident parmi les "ordres inférieurs". Ou bien, s'il le reconnaît, il est hostile à ces talents. Regarde l'antisémitisme de la haute bourgeoisie.

— Quand même, insista Nate. Tu peux opprimer Jude – pour empêcher d'autres cols-bleus de s'apitoyer sur leur sort. Tu pourrais épargner aux gens ton absence d'hostilité. »

Jason haussa les épaules avec bonne humeur. « Chacun de nous a une façon d'aimer qui lui est propre. »

Nate alla chercher la tournée suivante. Ce bar se distinguait par une fréquentation égale de résidents noirs et blancs du quartier de Jason. Il y venait souvent, ce dont Nate s'était souvenu plus tôt dans la soirée quand il avait vu le barman le saluer. Un instant Nate avait vu son ami par les yeux du garçon – un habitué apprécié, un beau mec bien habillé, sociable.

Nate revint lentement vers leur table, tenant avec soin leurs bières remplies à ras bord.

Au bout d'un moment, la conversation revint sur le sujet des relations.

« En règle générale, les hommes veulent une raison de mettre fin à une relation, tandis que les femmes en veulent une pour la maintenir, déclara Jason, agitant son verre. C'est pourquoi, après la rupture, les hommes cherchent tout ce qui n'allait pas dans la relation, pour confirmer la pertinence de leur décision. En revanche, les femmes passent en revue ce qui aurait pu être différent, ce qui aurait permis à la relation de fonctionner. »

La mousse dégoulinait du bord de son verre. Nate eut un élan d'affection pour son ami qui, sans en faire état, veillait tard, buvait trop un soir de semaine parce qu'il avait besoin de compagnie.

« Le rapport des hommes et des femmes à la relation est le même, inversé, que leur rapport à l'orgasme, poursuivit Jason avec fougue. Les femmes désirent une relation de la même façon que les hommes désirent l'orgasme. Tout leur être se plie à cet impératif. Les hommes, par contraste, recherchent une relation de la même façon que les femmes recherchent l'orgasme : de temps en temps, dans les circonstances appropriées. »

Lorsqu'ils quittèrent le bar, Nate était de bien meilleure humeur.

En rentrant sous la pluie, il songea à ce que Jason avait dit et se souvint d'un désaccord qu'il avait eu avec Aurit. Elle pestait contre un type qui avait rompu avec elle. Elle pensait qu'il se trompait d'objectif. À son avis, les hommes et les femmes ont tout autant besoin des relations ; mais les hommes ne le savent pas. Ils attribuent à tort leur malheur à d'autres causes, ce qui est frustrant pour les femmes, car elles les voient faire des choix qui se retournent aussi contre eux. Nate avait soutenu que le mot *besoin* perdait son sens si on le définissait de cette manière. Si vous êtes persuadé de n'avoir pas envie d'une relation, et de trouver le bonheur dans l'amitié ou le travail, par exemple, comment quelqu'un pourrait-il prétendre que vous souffrez du désir enfoui d'avoir une relation ?

Nate était arrivé devant son immeuble. Il gravit l'escalier, déverrouilla sa porte, tâtonnant un peu avec ses clés. Lorsqu'elle s'ouvrit, il éprouva un élan de tendresse pour son humble appartement et pour le plaisir simple d'y être seul.

Non, il n'avait absolument aucun *besoin* d'une relation.

Le lendemain matin il se réveilla assez tôt, paya ses factures d'électricité, de portable et d'Internet, et prit son billet de bus pour Baltimore, où il devait passer les fêtes de Noël. Ensuite il but un café avec le rédacteur d'une revue littéraire qui désirait publier son texte sur la marchandisation de la conscience. Sur le chemin du retour, il s'arrêta à l'épicerie. Lorsqu'il arriva chez lui, il avait les doigts rougis par le frottement des poignées tordues des multiples sacs plastique qu'il portait (il oubliait toujours d'apporter un sac en toile – à dessein, parce que c'était un peu chochotte). La journée était limpide, une clarté dorée inondait joliment son appartement. Les voix perçantes qui l'avaient harcelé la veille avaient presque toutes plié bagage et disparu.

Sur son ordinateur, il trouva un e-mail d'Aurit, de Hambourg. Elle lui avait écrit la veille.

« Je suis pressée, écrivait-elle, mais je voulais te dire que je suis vraiment désolée d'apprendre ta rupture avec H. Peut-être plus encore que toi. Je regrette que nous n'en ayons pas parlé avant. J'ai l'impression que tu n'as peut-être pas pris le temps nécessaire de réfléchir à ce qui a pu provoquer la mauvaise dynamique que tu décris. Est-ce que ça vaut la peine de s'y arrêter ? Ou bien c'est trop tard ? En tout cas, j'espère que ça ne t'ennuie pas que je lui écrive. J'ai de la peine pour elle. À bientôt, A. »

Plus désolée que toi ? Putain, ça voulait dire quoi ? Sacrée Aurit. Il supprima le message, de peur qu'il ne nuise à l'amélioration rapide de son humeur.

Il prit la carte de Ian Zellman qui était restée entre ses draps, là où il l'avait glissée. La veille, après son retour du bar, plutôt éméché, il l'avait retrouvée sur la commode et s'était couché avec l'intention d'appeler Greer à cette heure tardive, ce qu'il s'était, par chance, abstenu de faire. Il s'assit sur son lit, le téléphone à la main. Les rayons du soleil striaient l'air de la chambre. Greer décrocha à la seconde sonnerie. Elle avait une jolie voix enfantine, sensuelle aussi. Son rire l'enchanta. Alors qu'ils parlaient, le menton maladroitement calé sur l'épaule, il se passa la main dans les cheveux avec un large sourire.

Deux jours plus tard, à Manhattan où il avait rendez-vous avec son éditeur, Nate tomba sur Amy Perelman, qu'il avait connue au lycée. Il ne l'avait pas revue depuis qu'elle avait obtenu son MBA, cinq ou six ans auparavant. Elle travaillait à présent pour une banque d'investissement. Elle dit à Nate qu'elle s'occupait de M&A (Fusions et Acquisitions), un secteur qui avait semblé « très peu sexy quelques années plus tôt, quand tout le monde gagnait un tas d'argent dans les produits dérivés et d'autres choses que personne ne comprenait », mais qu'avec le recul elle était heureuse de ne pas avoir « participé à toute cette affaire ». Elle secoua tristement la tête en lui confiant que les primes étaient encore en baisse. Nate mit un moment à comprendre qu'elle parlait sans ironie en feignant d'être un placeur insensible.

Elle lui apprit qu'elle était fiancée. Il jugea grossière et assez provinciale sa minauderie quand elle tendit la main pour lui montrer sa bague. D'habitude la coquetterie ne le choquait pas, mais la manière dont Amy Perelman flirtait avec lui sans conviction lui parut empreinte d'une condescendance agressive. Elle ne prétendait pas être attirée par lui mais se comportait comme si elle était toujours la fille la plus populaire du lycée et lui l'acolyte en adoration à qui elle faisait l'aumône de quelques sourires avec autant de mépris que si elle lui avait jeté une poignée de pièces, l'obligeant à ramper pour les ramasser par terre. D'ailleurs, bien qu'elle fût encore très jolie, elle ne lui plaisait plus beaucoup, en réalité. Avec son maquillage excessif et le blond artificiel de ses cheveux, elle paraissait plus âgée que la plupart des femmes plus bohèmes de sa connaissance, qui n'étaient pas partie prenante dans le monde des affaires.

Elle ne parut pas non plus apprécier son succès relatif dans la vie, ce qui n'arrangea pas les choses. La dernière fois qu'il avait vu Amy, il habitait une minuscule mansarde dans Brooklyn, et tentait de survivre en écrivant des articles en free-lance. « Ma vie n'a pas beaucoup changé », lui expliqua-t-il, mais, ajouta-t-il tout bas, son premier livre devait sortir bientôt. « Super », dit-elle d'un ton neutre, sans paraître comprendre l'importance de cette nouvelle. Peut-être croyait-elle qu'il publiait à compte d'auteur, quelque chose de ce genre ? Il fit en sorte de mentionner qu'il avait écrit un article pour un magazine très prestigieux. « C'est sympa », répliqua-t-elle, mais il vit que c'était sans importance à ses yeux. Nate savait qu'elle ne cherchait pas à le dénigrer. (Elle observa qu'elle avait « entendu dire que Brooklyn était devenu très agréable ».) Ce qui lui donnait l'impression de s'être réalisé dans son milieu avait simplement peu d'écho à l'extérieur. Il fut perturbé de se sentir si atteint par l'incapacité d'Amy à le voir tel qu'il souhaitait lui apparaître – comme quelqu'un qui avait réussi, qui était son égal. Pourquoi cela aurait-il eu de l'importance ?

Pendant une bonne partie du trajet de retour, Nate s'émerveilla de cette rencontre. Il n'avait jamais pensé qu'un jour viendrait où Amy Perelman, dont le chouchou jaune et blanc se trouvait sans doute au fond d'un carton dans l'appartement de ses parents, lui paraîtrait aussi peu séduisante. Ce qui rendait cela plus remarquable encore, c'était que peu de temps auparavant il avait rencontré une autre camarade de son lycée. Il assistait à une lecture près de Columbia lorsqu'il avait vu Michelle Goldstein, la fille frisée passionnée de théâtre qu'il regardait en roulant les yeux à cette époque, Michelle Goldstein du *pas de deux* et du *coup d'État*.

Chez lui, tandis qu'il parcourait son courrier, il éclata de rire. Pas aux dépens de Michelle, mais à cause de l'idiotie générale et de l'affectation de la jeunesse. Parce que Michelle, après tant d'années, avait été vraiment *charmante*. Elle était avocate, spécialisée en droit du travail. Elle paraissait très sérieuse et progressiste, comme une habitante de l'Upper West Side de la vieille école. C'était le quartier où elle vivait avec son mari et son fils. Son époux, lui apprit-elle, était comédien. (« Pas tout à fait en herbe – il a beaucoup de talent et joue dans un tas de spectacles off et off-off Broadway – mais disons que nous n'avons pas besoin d'une nounou à plein temps. Ce qui nous convient, car ce n'est pas dans nos moyens. ») Ils habitaient au coin de la 104e Rue et de Riverside, dans un vieil immeuble à loyer modéré où son mari vivait depuis des années, et qu'il avait partagé avec des colocataires. Elle regrettait que l'Upper West Side fût devenu un quartier de « riches ». Ses cheveux, négligemment tirés en arrière, étaient encore un peu frisés, et son jean faisait un peu mémé, pourtant elle avait du charme, beaucoup plus qu'Amy Perelman.

Nate y songeait encore quand il s'approcha de son ordinateur et ouvrit sa boîte de réception. Il y avait un message de Hannah. Sans prendre le temps de se demander ce qu'il pouvait contenir, il cliqua dessus. Une nouvelle fenêtre apparut. Il s'assit.

Cher Nate,

L'autre jour dans le parc, je t'ai dit que je n'étais pas en colère. Je pense que je ne mentais pas. J'étais simplement pétrifiée.

Plus tard, j'ai été furieuse. La première chose qui m'a dégoûtée, c'est ta façon de *hocher la tête* quand j'ai dit que ça ne marchait pas. Putain, merde ! Tu t'en foutais il y a quelques semaines, quand je t'ai dit que je ne resterais avec toi que si tu promettais de t'impliquer toi aussi ? Je voulais dire d'abord que je refusais d'avoir une relation avec un homme qui était capable de hocher la tête comme un crétin quand je proposerais de rompre avec lui. (Je suis aussi en colère quand je pense à cette soirée chez moi. Pourquoi m'as-tu convaincue de continuer avec toi si tu n'en avais pas réellement envie ? Est-ce que tu jouais à une sorte de jeu ?)

Bon, d'accord, j'ai été en colère. Contre toi – mais aussi contre moi. Parce que je n'ai jamais cru que je me laisserais maltraiter de cette façon. Je sais que je mérite mieux et, franchement, j'ai été beaucoup mieux traitée par d'autres hommes.

Je ne m'attendais pas à avoir des sentiments pour toi. Avant qu'on se connaisse, j'ai entendu parler de la manière dont tu te comportes avec les femmes. Au début, je me suis dit que tu étais vraiment imbu de ta personne. J'ai pensé que tu considérais comme acquis que je mourais d'envie de sortir avec toi parce que tu te trouves si génial. J'ai détesté ça.

J'en parle parce que plus tard, quand ça a commencé à déraper, je n'ai cessé de repenser à cette période où j'aurais pu m'en tirer facilement avant d'être trop amoureuse de toi. Comme si, en prenant soin de pas tomber sous ta coupe dès le premier jour, j'avais espéré me prémunir contre une souffrance ultérieure. Apparemment, ça n'a servi à rien. J'ai fini par céder. Je t'ai fait confiance. Quand je vois dans quel état je suis à présent, je le regrette.

Je ne cherche pas à faire du mélo. Je sais que les relations sont souvent un échec. Mais je me souviens comment se passaient les choses il n'y a pas si longtemps. C'était vraiment super. Du moins, c'est ce que je me suis dit. J'ai eu l'impression qu'il y avait quelque chose de vrai entre nous – que je te connaissais, que je te comprenais. Est-ce stupide de ma part ? Je ne peux pas m'empêcher de me demander si j'ai commis une erreur. Je me suis montrée trop difficile ? Pas assez difficile ? Aurais-je dû aborder le problème dès que j'ai senti que, je ne sais pas… tu étais en train de *changer* – au lieu de te croire sur parole quand tu m'as dit que tout allait bien ? Je ne cesse de me poser la question et pourtant je sais que c'est idiot de me mettre martel en tête comme si c'était à moi de redresser la situation, de comprendre ce que tu veux et de m'adapter en conséquence.

La seule chose que je sais, c'est que lorsque j'ai essayé d'aborder le sujet de notre relation, j'ai eu l'impression que tu voulais toujours la torpiller. Je me suis mise à craindre de t'agacer – je sentais que tu t'éloignais et je ne voulais pas t'aliéner encore plus, alors je n'ai pas insisté pour qu'on en parle encore. Avec le recul, je le regrette. Quelque chose n'allait plus depuis un bon moment, c'était évident. Quand j'y repense, ça paraît stupide que la plupart du temps nous ayons simplement ignoré l'éléphant qui se trouvait dans la pièce.

Si nous avions parlé, vraiment parlé, je me demande si les choses se seraient améliorées. Parfois je pense à des choses qui sont si évidentes pour moi, et cela me contrarie qu'elles ne le soient pas, ne l'aient pas été, pour toi. Par exemple, pourquoi crois-tu que nous avons passé une si bonne soirée en compagnie de Jason et Peter ? C'était parce qu'ils étaient gentils avec moi – ils se sont comportés comme s'ils voulaient vraiment entendre ce que j'avais à dire, ce que tu ne faisais pratiquement plus à ce moment-là. (D'ailleurs je te remercie – pour la façon dont tu m'as traitée récemment.)

Ensuite je pense que tu as eu l'air si triste dans le parc quand tu as dit que tu n'avais peut-être plus la capacité d'être dans une relation. C'est pourquoi je me demande si tu es aussi perturbé et désorienté que moi à ce propos. Dans ce cas, peut-être devrions-nous en parler maintenant, essayer de comprendre ce qui s'est passé. Peut-être qu'il n'est pas trop tard pour aborder cette question honnêtement, ouvertement.

Une partie de moi pense que je ne devrais pas envoyer cela, que j'ai déjà assez souffert. Mais je préfère ne pas céder à la peur d'être honnête.

H

Nate eut envie de faire un certain nombre de choses quand il eut terminé de lire ce courriel. Un, refermer brutalement le couvercle métallique de son ordinateur et le projeter contre le mur. Deux, faire une course en montée de quinze kilomètres. Trois, lire un philosophe très *masculin*, très austère, très vivifiant. Disons, Schopenhauer. En tout cas, cela ne lui donna absolument *pas* envie de renouer avec Hannah.

Nate n'avait pas été attentif à chaque phrase ; c'était au-dessus de ses forces. Le contenu du courriel lui avait paru si déplaisant qu'il l'avait lu en diagonale. Il eut l'impression de l'avoir fait par égard pour elle, comme s'il l'avait surprise dans une position embarrassante et détournait poliment les yeux. (Le passage où elle mentionnait d'autres types ? Il frissonna pour elle – cela semblait si… *désespéré*.) Mais il en avait lu assez, plus qu'assez. Il avait compris. La lettre – sa conclusion, l'idée d'en « parler encore », d'« aborder cette question honnêtement et ouvertement » – l'avait frappé comme le signe d'un entêtement aveugle. N'importe qui aurait vu qu'ils avaient donné bon nombre de chances à leur relation et que leur conversation dans le parc avait été décisive. L'e-mail était confus, désordonné, basculant de la colère au désir effréné, éperdu, de tirer une fois encore le bras de la machine à sous dans l'espoir d'obtenir un résultat différent, fondé sur quoi ? Parce qu'il avait dit qu'il craignait d'être incapable de vivre une relation ? Quand il lui avait déclaré cela, il avait été sincère, mais n'exagérons pas, cette inquiétude l'étreignait de temps à autre, puis disparaissait presque totalement de son esprit. Elle ne le préoccupait pas du tout pour l'instant. Elle ne lui inspirait en aucun cas le désir de s'accrocher à une relation qui était de toute évidence terminée.

D'ailleurs, cet e-mail était un rappel viscéral – à supposer qu'il en ait eu besoin – des raisons pour lesquelles il ne voulait pas rester avec elle. La lettre de Hannah fit remonter la culpabilité, l'appréhension et l'embarras qu'il avait fini par lui associer.

Mais le message lui conférait une obligation. Elle était manifestement perturbée. Il lui devait une réponse. Les jours suivants, Nate envisagea de lui écrire, mais il vit presque tout de suite qu'il ne pourrait en aucune façon rédiger un courriel de la même longueur, et quelques lignes de sa main, au-dessus de sa grandiose et abondante littérature, sembleraient d'une pauvreté dérisoire, un grain de sable posé sur sa pyramide. Certes, il n'avait pas la patience de composer une réponse d'une importance comparable. La vérité – qui l'effrayait un peu – était qu'il ne savait pas quoi lui dire. Elle se targuait d'une certaine vertu morale en supposant d'emblée que n'importe qui était capable de produire ce genre de lettre, comme si tout le monde avait des sentiments aussi honnêtes et évidents. En dépit de tous ses efforts, il n'aurait pas pu en écrire une semblable.

Même après toutes les heures passées à arpenter son appartement l'autre jour, il ne savait plus vraiment ce qu'il pensait ou ressentait, et ce qu'il savait était confus et, franchement, assez dérangeant. Ce qu'il avait appris au cours des jours suivants, c'était que son malheur était parfaitement maîtrisable, s'il le gérait avec doigté. C'est-à-dire qu'il ne devait pas s'y attarder. Mais aller de l'avant.

Puisqu'il n'était pas question de lui écrire, Nate envisagea de lui téléphoner. Il faillit le faire à de nombreuses reprises. Mais il repoussait chaque fois cette éventualité. Il ne parvenait pas à décider s'il valait mieux s'expliquer au téléphone ou s'il devait lui proposer de prendre un café avec lui. La seconde solution était sans doute la meilleure, mais il se disait malgré tout que ce n'était pas forcément une bonne idée. Un tête à tête durerait plus longtemps qu'un coup de téléphone. Elle le pousserait à révéler beaucoup de choses qu'il n'avait pas très envie de dire. Pas seulement pour se protéger lui. Il ne souhaitait pas prononcer des paroles qui risqueraient de la blesser. La seule déclaration honnête qu'il aurait souhaité lui faire était sans doute la dernière qu'elle voudrait entendre. Il désirait lui dire qu'il regrettait de ne pas avoir rompu avec elle plus tôt, de ne pas avoir vu plus tôt que ça ne fonctionnait pas, que la situation était sans issue. Il n'aurait pas dû hocher la tête dans le parc. Elle avait raison là-dessus. À ce moment précis, il aurait dû l'avoir déjà quittée. Rétrospectivement, il sentait qu'il avait manqué de courage ce soir-là, chez elle ; ils auraient dû se séparer à ce moment-là. Mais il pensait que ce discours ne lui plairait pas. Il ne savait pas ce qu'il pourrait dire d'autre. D'ailleurs, le flot interminable de conversations qu'il avait eues avec Elisa après leur rupture lui avait montré de quelle façon les événements pouvaient se retourner contre vous. Il ne voulait pas se lancer dans un autre dialogue sans fin, somme toute malsain. Hannah n'était pas Elisa. Elle était plus mûre, on en attendait plus d'elle.

Peut-être qu'une conversation brève, aimable au téléphone vaudrait mieux ?

Chaque fois qu'il se décidait pour l'une ou l'autre solution, il ne parvenait pas à appuyer sur la détente, se disant qu'il prendrait sa décision plus tard ; il lui parlerait – au téléphone ou dans un café – sans faute.

Un vendredi matin beau et ensoleillé, une semaine après avoir reçu l'e-mail de Hannah, il rentra de chez Greer en flânant. Il était d'humeur joyeuse – la nuit avait été bonne, très bonne. Il vit que Hannah avait envoyé un autre courriel. Il sut aussitôt qu'il avait merdé. Il aurait dû faire *quelque chose.* Il n'y avait pas de sujet. Nate cliqua sur le message.

> Putain, je n'arrive pas à croire que j'aie pu être aussi conne. Je me demande ce qui m'a pris de t'envoyer ce mail, à un moment de Dieu sait quoi. Je veux juste te dire que je le reprends. Tu es un pire trou du cul que ce que j'imaginais. Je n'arrive pas à croire que tu n'aies même pas pris la peine de répondre. En tout cas, il y a encore une chose que je voulais te dire. Tu es vraiment nul au lit.

17

« Alors *tu* sors avec Greer, à présent ? »

Nate et Aurit marchaient le long de Fifth Avenue, dans Park Slope, leurs écharpes claquant au vent tandis qu'ils plissaient les yeux à cause du soleil de midi. Aurit venait de rentrer de voyage, une semaine en Israël et deux en Allemagne.

Nate ne perçut pas seulement de la désapprobation dans sa voix. Il savait qu'elle critiquerait son choix. Elle jugeait Greer superficielle et stupide. Il l'avait cru lui aussi. Ce qui le dérangeait plus, c'était le ton cinglant qu'elle avait adopté pour prononcer le pronom *tu*.

« Greer est vraiment intelligente », dit-il quand ils parvinrent à destination. Il regretta ces mots dès l'instant où ils furent sortis de sa bouche.

« Je n'en doute pas », répliqua Aurit. Elle ouvrit la porte vitrée du restaurant. « Bien sûr, elle a eu un tel succès dans sa carrière. Rappelle-moi combien elle a touché pour son livre de cul ? »

Ils furent aussitôt enveloppés par l'air chaud de la salle qui embaumait le sirop d'érable. Une hôtesse à l'accent australien les guida dans une étroite allée jusqu'à une table du fond. Lorsqu'ils s'assirent, cet élément de conversation se perdit. Après le long séjour d'Aurit à l'étranger, les sujets de discussion ne manquaient pas. Hans allait enfin s'installer à New York.

« C'est génial ! » s'exclama Nate.

Aurit lui raconta comment il avait pris cette décision, les conversations qu'ils avaient eues, les projets qu'ils avaient faits.

Plus tard, elle lui demanda s'il avait parlé à Hannah.

« Pas toi ? répliqua-t-il.

— J'ai posé la question la première. »

Nate sucra son café. « Ne sois pas comme ça.

— Parfait, répondit Aurit. Nous avons échangé des e-mails. Brièvement. Elle n'a pas dit grand-chose.

— Eh bien…, commença Nate. Je crois qu'elle est peut-être un peu barge. »

La table trembla lorsque Aurit posa sa tasse. « Ne prends pas cette direction, Nate. C'est laid. Particulièrement parce qu'*elle* a fait preuve de beaucoup d'élégance à ton égard. Elle n'a rien dit de méchant sur toi. » Elle le fixa d'un air déterminé, avançant le menton. « Que s'est-il passé ?

— En gros, elle m'a dit que j'étais le pire connard qui ait jamais existé. » Il se passa la main dans les cheveux. Il ébaucha un sourire désinvolte, genre « Qu'y faire ? ». En réalité la rapidité avec laquelle leur relation avait dégénéré le mettait très mal à l'aise.

Aurit redressa la tête. « Tu as fait quoi, Nate ?

— Rien.

— Je veux un récit sérieux. Qu'est-ce que tu lui as fait pour qu'elle t'en veuille à ce point ?

— Rien, littéralement rien. C'était ça le problème.

— Mmh. Mmh…

— Je n'ai pas répondu à un courrier qu'elle m'a envoyé.

— Tu t'es excusé ?

— Tu n'as pas vu l'e-mail qu'elle m'a envoyé en réponse à ma non-réponse. Je pense que nous avons dépassé le stade des excuses. »

Aurit secoua la tête. « Charmant. »

Nate envisagea de répondre, sur le ton de la plaisanterie, qu'une armée de femmes hostiles était postée dans les rues de New York, Juliet en tête. Même Elisa, qui prétendait être son amie, avait un pied dans le camp ennemi. Maintenant Hannah avait aussi rejoint ses rangs. Mais en face, Nate était seul. Pourtant il s'abstint de tout commentaire. Il n'avait aucune envie de rire de cette situation. Il se sentait mal. Lorsqu'il y songeait. Il essayait de ne pas y penser.

« Dans son mail, Hannah essayait de ne pas dramatiser, continua Aurit. Mais j'ai senti qu'elle était assez bouleversée. Honnêtement, je suis surprise que tu te montres aussi désinvolte à ce sujet. » Elle l'examina avec curiosité. « Vous êtes restés ensemble… cinq, presque six mois ?

— Cinq, marmonna Nate.

— Et tu avais l'air de l'apprécier. Énormément, je veux dire. »

Nate regarda l'emplacement de son assiette sur la table. « Ça ne va sans doute pas durer avec Greer, dit-il soudain, se surprenant lui-même. C'est sans doute une histoire de courte durée, rien de plus. »

Ils avaient couché ensemble dès le premier rendez-vous. Étant donné que Greer avait déployé ses charmes pendant toute la soirée, cela n'avait pas étonné Nate.

Mais il avait été pris de court lorsqu'elle avait fondu en larmes, tout de suite après. Il avait été troublé, inquiet, et aussi étrangement fasciné – par sa mutabilité, par la manière fluide et naturelle avec laquelle elle passait de l'affect d'une fille plutôt vulgaire à celui d'une ingénue. Il avait eu l'impression d'assister à la mue d'un reptile ; il était subjugué. La nuit avait été empreinte de féerie, évoluant d'une humeur à l'autre. Lorsque Nate partit le lendemain matin, il avait l'impression d'avoir vécu toute une vie.

Lorsqu'il vint la chercher pour leur troisième rendez-vous – Greer lui inspirait les gestes démodés de la galanterie, ce qui lui paraissait curieux parce qu'en un sens il venait seulement pour coucher de nouveau avec elle –, il découvrit qu'elle n'était pas encore habillée pour sortir. Elle n'était pas coiffée. Elle avait encore pleuré. Le choc produit par un commentaire de son éditeur, ajouté à un incident dans le bus où une femme obèse l'avait accusée de l'avoir bousculée, et à une conversation avec sa sœur, l'avait « anéantie ».

Un instant, le souvenir inconfortable d'Elisa resurgit dans la mémoire de Nate – ce flot ininterrompu de larmes. Il eut envie de s'enfuir. Mais il résista. Il n'avait pas vraiment envie de s'en aller. Son impression la plus vivace de la soirée survint beaucoup plus tard, bien après que Greer se fut consolée : le scintillement de l'anneau de son nombril dans la chambre éclairée par la lune tandis que son corps montait et descendait au-dessus du sien.

La passade se transforma en une liaison de plus en plus longue.

Nate s'était trompé sur la nature de l'intérêt de Greer pour lui. Elle n'avait pas été séduite par son « cachet intellectuel ». Elle avait, lui dit-elle, ressenti pour lui une attirance puissante, « presque cinétique ». Nate, peu habitué à se voir comme un objet de fascination érotique, avait été incroyablement excité par ce commentaire. Il avait aussi tendance à la croire. En tant qu'autobiographe, Greer savait décrire avec talent ses propres émotions. D'autre part, ce qu'elle disait concordait à merveille avec le penchant qu'il avait eu pour elle, bien avant le début de leur relation.

Longtemps auparavant, il avait classé Greer dans la catégorie des gens qui avaient glané des connaissances d'une minceur stupéfiante pendant leurs quatre années à Sarah Lawrence, Vassar ou Gallatin, ou dans n'importe quelle autre université chic dont l'objectif, vanté par la pédagogie moderne, était d'enseigner aux étudiants « à penser » en évitant l'interférence des faits réels. Son ignorance des événements qui avaient eu lieu – certains illustres licenciements, schismes, famines, etc. – était presque touchante. Elle n'avait pas non plus entendu parler de nombreux livres et idées réputés avoir une portée historique mondiale. Mais Greer avait ses propres idées, toutes sortes d'idées. Simplement, elles trouvaient leur origine dans un contexte circonscrit à la culture pop et à un certain axe de littérature féminine. Elle cultivait aussi une irrévérence imperturbable, une conviction sérieuse et sincère de sa supériorité sur les gens snobs. Comme Nate, Greer n'était pas fausse. Au contraire d'Elisa, elle ne faisait pas semblant. Elle vous regardait en face et disait : « Vraiment ? Tu me demandes si j'ai lu *Guerre et paix* ? Tu ne connais pas déjà la réponse ? »

Ainsi qu'il l'avait précisé à Aurit, Greer était intelligente. Telle une voiture de sports à la ligne épurée, son esprit n'était pas alourdi par des fardeaux inutiles, mais elle avait un don naturel pour le mode de discussion dialectique, habile à repérer les failles de votre logique et à vous proposer des arguments contraires. Lorsque la dialectique lui faisait défaut, elle avait à sa disposition un autre outil : les larmes. Elle jugeait tout à fait légitime ce moyen rhétorique : les pleurs relevaient de la rubrique de la sincérité.

Si Greer n'était ni rigoureuse ni critique à l'égard d'elle-même, elle était passionnée, empathique, avec de grandes réserves de sensibilité pour les questions qui la préoccupaient. Sa personnalité, comme sa manière d'écrire, était mélodieuse, engageante. Ce que Nate avait pris au début pour un côté artificiel chez elle était en fait de la théâtralité, une attitude très différente, qui expliquait en partie pourquoi sa compagnie était si débordante de vie. Nate fut bientôt charmé par l'originalité de ses intérêts – ses engouements imprévisibles pour, disons, les pinatas une semaine et, la suivante, les cartes postales miniatures où tient une seule phrase. Il remarqua aussi comment les gens réagissaient à sa présence. Elle avait une manière d'être – un charisme, une verve de conteuse, un art de s'habiller avec naturel aussi tendance que le chic d'Elisa mais beaucoup moins recherché, une aisance instinctive en société dont elle tirait parti avec bienveillance, prodiguant son attention aux membres les plus timides et les plus empruntés d'un groupe. Un soir elle joua de la guitare pour lui. Elle portait une queue-de-cheval désordonnée, la fine bretelle de son débardeur avait glissé sur son bras. Alors qu'elle chantait une chanson de Liu Phair – d'une voix ténue, naturelle, d'une beauté déchirante –, elle lui apparut comme l'être le plus sexy, le plus touchant qu'il eût jamais vu. Douce, dure, triste et excitante tout à la fois.

Non seulement elle n'était pas impressionnée par le « je ne sais quoi intellectuel » de Nate mais elle jugeait plutôt ennuyeuse cette sorte d'exercice de masturbation qu'elle tolérait avec condescendance – de la même façon qu'il tolérait le « nombrilisme puéril » qui caractérisait son travail, ainsi qu'il aimait à le qualifier en son for intérieur. De temps à autre ces attitudes à l'égard de l'écriture de l'autre filtraient dans des remarques lancées au hasard, d'ordinaire pendant les disputes qu'ils avaient dès l'instant où ils redevenaient sérieux.

Bien qu'elle se vante d'être honnête, Greer n'était pas toujours sincère à proprement parler. Elle n'inventait pas mais, pour servir ses intérêts, tendait plutôt à brouiller et à tourner à son avantage des faits qui se reconfiguraient comme des billes dans un bol incliné. Elle se rendait à peine compte de ce mode de fonctionnement. Sur le moment, elle croyait dur comme fer à ce qu'elle disait. Cela lui suffisait. Elle versait aisément dans la manipulation si elle était acculée. Elle n'avait pas d'états d'âme à ce sujet. Ainsi, un reproche mineur causé par le retard de Nate, ou par une petite négligence de sa part – par exemple, il avait omis de décrocher quand elle l'avait appelé, ce qu'elle jugeait impardonnable –, dégénérait en dispute. Elle avait toutes sortes d'exigences excentriques ; sa « malhonnêteté », sa « manipulation » ou sa « mesquinerie » le rendaient si furieux qu'il jugeait tout à fait légitime de se dispenser de tact. Toutes sortes de critiques contenues déferlaient, le plus souvent sans le moindre rapport avec le propos apparent de la querelle. Une fois, il prononça à voix haute l'expression *nombrilisme puéril*. Cela la vexa plus que les qualificatifs *stupide* et *conne* qui avaient également échappé à Nate. (Pour lui, ces instants avaient été franchement excitants, un frisson de plaisir illicite accompagnant ces mots. Parler à une femme dans ces termes sans redouter d'autres conséquences que de l'entendre lui hurler en retour « putain de trou du cul merdeux » était à ses yeux une idée libératrice.)

À sa surprise, ils sortaient meurtris de ces disputes, mais aussi purifiés. Alors qu'il exagérait ses défauts ou l'accusait d'un degré de malhonnêteté beaucoup plus élevé que celui dont elle était réellement coupable, les griefs ressortaient. Il lui dit, par exemple, qu'il n'y avait rien de plus exaspérant dans ce putain de monde que de l'entendre lui demander, *avec cette voix* : « Est-ce que tu m'en veux ? » À son tour, Greer lui faisait une cinquantaine d'autres reproches bien pires encore. Apparemment, c'était un vrai connard. Il avait d'innombrables manières de rabaisser les femmes en général, et elle en particulier. Il la malmenait quand ils se querellaient, c'est pourquoi elle fondait quelquefois en larmes. Elle n'essayait pas de fuir le sujet, expliquait-elle. Elle était simplement frustrée, et si ses pleurs l'obligeaient à s'interrompre, *à cesser de s'écouter lui-même*, eh bien tant mieux. Certes, il ne se laissait pas convaincre par son discours – le féminisme de Greer, jugeait-il, lui servait souvent à se trouver de bonnes excuses et elle y avait recours à la légère (c'est-à-dire qu'elle l'appliquait de façon systématique quand cela renforçait sa position, et n'en tenait pas compte le reste du temps) –, mais la crainte de déclencher une scène poussait Nate à modifier son comportement.

Invariablement, lorsqu'une dispute s'achevait, il se rendait compte avec soulagement qu'en fait Greer n'était pas aussi dépourvue de scrupules et d'intelligence qu'il se l'était imaginé dans sa colère. Comme on pouvait s'y attendre, des ébats passionnés suivaient. Il ne s'agissait pas d'une réconciliation sur l'oreiller, mais plutôt d'une réconciliation que le sexe rendait possible. À un moment donné, Nate se rendait simplement compte de l'absurdité de ce qui avait motivé leur dispute ; sa colère se *dissipait* alors. D'ailleurs, Greer – peut-être parce qu'elle était lasse elle aussi de se quereller, ou parce que le désir de Nate l'excitait – se laissait entraîner assez vite.

Greer était en manque – c'est-à-dire qu'elle avait besoin d'un public – mais Nate ne saisissait pas toujours pourquoi elle avait besoin de lui en particulier. Parfois il lui lançait un coup d'œil, voyant d'un œil neuf combien elle était sexy, pleine de charme. L'anxiété le rongeait. N'aurait-elle pas préféré sortir avec un type plus beau, plus drôle, quelqu'un de moins posé, de moins érudit ? Au bout de deux mois, il lui demanda, pourquoi lui ? Oui, il se rappelait ce qu'elle avait dit sur l'attirance, mais pourquoi… pourquoi était-elle séduite par lui au lieu d'un autre ? Elle prit une de ses mains dans les siennes, glissant le pouce sur sa paume et le long de ses doigts. Elle expliqua que son désarroi face au monde matériel et son incapacité à manipuler les objets étaient attachants. « Quelquefois je regarde tes grosses mains maladroites – ces doigts… » Elle sourit et embrassa le bout de son index. « Tes mains me rappellent des pattes d'ours… Je te regarde hacher des légumes ou boutonner ta chemise, et je ne sais pas pourquoi, je suis envahie par un flot d'affection. » C'était gentil, mais Nate était encore insatisfait. Ça n'avait rien à voir avec lui, avec son vrai moi.

Mais il savait ce qu'elle voulait dire à propos de l'émotion qu'éveillait en elle sa vulnérabilité. L'apparence fluette de Greer le touchait. Il aimait follement l'envelopper dans ses bras. Il avait l'impression de la protéger, en particulier quand elle avait des idées noires, lorsqu'elle pleurait après l'amour ou était désarçonnée par un contretemps mineur. À ces moments-là, le monde cessait d'être peuplé d'innocentes distractions (de cartes postales miniatures ! de pinatas !) et devenait un sinistre carnaval classé X où des rapaces lubriques se battaient pour la sauter : « Ça me rend malade ! » Ils s'asseyaient par terre, elle serrait les genoux contre sa poitrine, tandis que Nate la tenait, caressant son petit dos courbé avec ses grosses mains.

En février, son livre fut publié. Nate avait nourri en secret le fantasme d'être célibataire quand viendrait ce moment, mais il s'aperçut qu'il valait mieux être accompagné de sa petite amie pour cela. Lors des soirées organisées pendant sa (brève) tournée, il essayait de se rappeler les noms de gens qu'il n'avait pas vus depuis des années ou venait de rencontrer à peine quelques minutes plus tôt. Il se sentait incompétent quand il n'y parvenait pas ou lorsqu'il manquait d'enthousiasme dans la conversation. Tout le processus était épuisant et perturbant – il éprouvait souvent de la gêne ou se trouvait ridicule – et il était heureux d'avoir quelqu'un à appeler ensuite, ou, mieux encore, à serrer contre lui en regardant un film à l'hôtel. Il se sentit plus proche de Greer, reconnaissant même, après avoir traversé cette épreuve avec elle.

Le côté cucul de son paysage mental, une tendance mélo à se mettre en scène qui l'agaçait parfois, les putain de crises de larmes destinées à le manipuler – tout cela le dérangeait quelquefois. Mais Greer était gentille, agréable, surtout quand tout allait bien, lorsqu'elle se sentait appréciée, pas seulement par Nate mais en général. Elle était aussi sensible qu'une plante exotique arrachée à son écosystème naturel, mais quand elle obtenait ce dont elle avait besoin, elle était rayonnante. Jour après jour, ils étaient heureux. Nate s'ennuyait rarement. Avec Greer, il y avait toujours une distraction, une crise, une dispute ou un projet fabuleux de son cru. Comme d'obliger Nate à la regarder baiser une femme.

Greer compensait son manque de droiture par des vertus plus féminines : la chaleur humaine, la compassion… Comme Hannah, elle était vivante et de compagnie très plaisante. Au contraire d'Elisa, elle voulait bien faire des choses qui lui faisaient plaisir. Elle était affectueuse, très soucieuse de son bien-être. Elle aimait cuisiner pour lui et, de façon générale, s'assurer qu'il était bien traité. Au début, il avait trouvé cela surprenant chez une fille aussi déchaînée au lit (mais le projet de coucher devant lui avec une femme ne se réalisa pas, s'estompa avec le temps, et devint de plus en plus improbable avec le changement de la dynamique de leur couple).

Greer avait rencontré brièvement ses parents lors de la soirée de lancement de son livre, mais au printemps il l'emmena passer quelque temps chez eux, dans le Maryland. Il fut frappé de constater à quel point elle se montrait plus gentille avec eux qu'Elisa. Dans l'ensemble elle ne leur plut pas, ainsi qu'il put le constater. Ou plutôt, son père l'apprécia plus ou moins, mais sa mère, qui critiquait toutes les filles avec lesquelles il sortait, fit à peine mine de dissimuler, sous une cordialité impétueuse, une antipathie méprisante. Nate, plein de tendresse et de gratitude pour les efforts de Greer, chercha à masquer la froideur de sa mère.

Il ne pouvait s'empêcher de redouter que l'inexplicable attachement de Greer se dissipe d'un coup, aussi mystérieusement qu'il était apparu – ce nœud d'incertitude l'obligeant à garder présents à l'esprit ses sentiments pour elle, mais à l'inverse, il finit par être affecté par sa jalousie. Que cela lui plaise ou non, c'était une réalité, cela faisait partie de sa vie avec Greer. La crainte d'une crise de jalousie imposait des limites non seulement à son comportement, mais à sa conversation. Nate atténuait ses éloges des autres femmes, et même de leur littérature. Aurit devint un sujet sensible. (« Je n'ai jamais été attiré par elle ! » protestait-il. Mais Greer, comprit-il, était assez astucieuse pour le savoir. Elle n'était pas jalouse des charmes d'Aurit, mais du respect – justifié et accordé à contrecœur, selon lui – qu'il avait pour elle. « Tu traites toutes ses paroles comme si elles avaient un impact particulier, juste parce que c'est elle qui les a prononcées, dit-elle une fois. Si je dis la même chose qu'elle, tu as l'air de croire que le fait qu'elle abonde dans mon sens donne une légitimité à mon propos. »)

Greer était toujours à l'affût de ce qui pouvait la rabaisser ou la priver de son dû. Jamais Nate n'aurait maté une autre femme en étant assis en face d'elle. Il ne savait pas si elle agiterait son couteau près de son cœur ou fondrait en larmes, mais c'était sans importance car ça n'arrivait pas.

Ils fêtèrent les six mois de leur liaison. « Je suppose qu'après tout avoir une relation n'est pas un problème pour toi, observa Aurit un jour, lors de l'une des occasions, de plus en plus rares, où Nate et elle se virent en tête à tête. Je suppose que tu n'avais pas rencontré la bonne personne. »

Aurit avait largement révisé son opinion sur Greer – elle avait fini par respecter son féminisme et sa lucidité émotionnelle, même si elles ne s'étaient pas liées d'amitié – mais le ton de sa voix irrita Nate. « Peut-être que c'était juste le bon moment », répliqua-t-il, surtout pour la contredire.

Aurit plissa les yeux. « Tu sais que tu la dénigres souvent subtilement quand elle n'est pas là ?

— Eh bien, j'aurais du mal à le faire en sa présence, non ? »

Aurit ne parut pas du tout amusée.

« Détends-toi, je plaisante, dit-il. Je pense juste que le timing compte dans cette histoire. Pas toi ?

— Je n'en sais rien, répondit Aurit. Pour les femmes, c'est presque toujours le bon moment. » Elle était à cran. Hans envisageait de repartir en Allemagne parce qu'il n'avait toujours pas trouvé de travail à New York. « Ce qui est nul, ajouta-t-elle au bout d'un moment, c'est que chaque fois que vous – les hommes, je veux dire – décidez que c'est le bon moment, il y a toujours quelqu'un de disponible pour commencer une histoire avec vous.

— Je ne crois pas que ce soit vrai, répondit Nate. Et Peter ? Et Eugene ?

— Eugene est très susceptible et Peter vit à Trouduc dans le Maine. »

Malgré ce qu'il avait dit à Aurit, Nate sentait qu'il

avait trouvé la bonne personne. Après les premiers mois – qui, entre le sexe, les humeurs de Greer et leurs querelles, avaient été pour lui une aventure étourdissante – ils se disputèrent moins souvent. Avec le temps, Nate céda du terrain, il se plia à ses exigences. À présent il prenait toujours les appels de Greer quand il se trouvait à l'extérieur. Il la soutenait de la manière requise. (Il avait appris, par exemple, que si elle l'appelait au milieu de la nuit pour lui demander de venir parce qu'une amie d'une amie avait été agressée la veille et qu'elle avait peur, ce n'était *pas* ridicule.) S'il était parfois frustré par ses demandes, il éprouvait aussi autre chose : son exaspération le confortait dans la certitude – curieusement plaisante – d'être raisonnable, beaucoup plus qu'elle. D'ailleurs il avait fini par admettre qu'il était plus heureux, plus productif, moins distrait par la solitude et par l'excitation sexuelle quand il avait une petite amie. Si cela impliquait de faire certains compromis dans l'intérêt de la relation, soit.

Il lui arrivait d'être embarrassé par Greer, d'être hérissé par son comportement. Elle pouvait être trop – trop mignonne et puérile, trop disposée à proclamer fièrement une opinion peu étayée et mal pensée, trop éprise d'elle-même pour voir qu'elle trahissait parfois une futilité désinvolte qui, dans le pire des cas, frôlait la vulgarité. Mais c'étaient juste des moments isolés, des sentiments fugaces qui s'estompaient aussitôt. D'ailleurs, qui était-il pour la juger ? Il n'était sûrement pas parfait – lunatique, plongé dans ses livres, concentré sur son travail. Peut-être que ce qui le dérangeait le plus, c'était le sentiment de solitude qu'il éprouvait de temps en temps. Parfois Greer, en toute innocence, prononçait une phrase qui l'anéantissait, une remarque qui dans sa substance ou même ses simples élisions, exprimait un volume d'indifférence machinale, fortuite, de dérision même, à l'égard de la plupart des choses qui lui importaient le plus. Certains aspects de sa personne étaient simplement incompréhensibles pour Greer. C'était juste un « je ne sais quoi intellectuel ». Pour Greer, écrire était une façon de monétiser son charisme. Cela lui permettait de passer son temps à rêvasser à ce qu'elle aimait le plus : elle-même, ses sentiments. Nate ne pouvait en aucun cas lui expliquer ce que représentaient pour lui certains livres, un certain type de pensée. Il n'essayait pas vraiment. Cela sonnerait sans doute faux – creux – de toute façon. Prétentieux.

En réalité, ce type d'échange n'était pas le propos de leur relation. Leurs conversations étaient légères et enjouées, un changement de rythme, en particulier après une journée de travail. Avec elle, Nate adoptait la façon d'être de Greer, plus superficielle, plus indulgente, plus bête que son mode de comportement habituel. Cela lui procurait une certaine dose d'intimité. Il conservait un moi séparé, distinct de son moi *greerien*, un moi intact, libre, même si sa personne physique était obligée, par exemple, de voler à son secours quand elle avait peur. En fait, lorsqu'il se rendait chez elle à pied en pleine nuit, il était presque toujours heureux de la voir. Même après tant de mois, le charme inhérent à la beauté de Greer le bouleversait. Il y avait chez elle, dans son sourire, son délicieux petit rire, ses doigts légers comme un oiseau, sa fragilité, quelque chose qui l'excitait certes, mais qui éveillait en lui une émotion… qu'il n'avait jamais ressentie auparavant.

Un jour Greer lui demanda s'il avait rompu avec Hannah à cause d'elle. Nate commit l'erreur de répondre pas vraiment. « C'était presque fini de toute façon.

— Alors tu m'as prise pour te consoler ? répliqua-t-elle. Je sais que tu la trouves *tellement* intelligente.

— Greer ! Ça n'a jamais été sérieux avec Hannah. Je suis resté beaucoup moins longtemps avec elle qu'avec toi. »

Nate apprit quelques jours plus tard que Hannah avait vendu son projet de livre. Greer en avait sans doute entendu parler elle aussi ; c'était sans doute ce qui avait éveillé sa curiosité. À part lui, Nate fut heureux pour Hannah. Sa tendresse pour elle n'avait pas été altérée par la façon dont leur histoire s'était disloquée à la fin. Il pensait parfois à elle, à des choses qu'il aurait voulu lui dire, à des observations qu'elle aurait appréciées, et il éprouvait une pointe de déception lorsqu'il se rendait compte que c'était impossible. Quelquefois il se remémorait les bons moments qu'ils avaient passés ensemble, mais, le plus souvent, ils étaient chassés par le souvenir des heures douloureuses qu'il avait connues à la fin.

Il se sentait coupable quand il songeait aux différentes femmes de son passé (mais il fut heureux, et un peu égoïstement soulagé, d'apprendre à la fois par Jason et par Aurit que l'annonce du mariage de Juliet avait paru un dimanche dans le *Times*). Lorsqu'il repensait à Hannah, il éprouvait aussi autre chose. Leurs échanges s'étaient noués à des niveaux différents de ce qu'il vivait avec Greer. Ce n'était pas pour lui une pensée confortable. Sa relation avec Hannah lui avait révélé des choses sur lui-même dont il n'était pas très fier, à propos de ce qu'il jugeait réellement important chez une femme, de ce qu'il prétendait apprécier, mais dont il se passait très bien.

Au bout d'un peu plus d'un an, Greer et lui décidèrent d'emménager ensemble. Cela semblait logique. Ils s'entendaient bien. Le bail de Nate avait expiré. Il dut lui-même reconnaître que son appartement laissait à désirer. Celui de Greer n'était pas génial non plus.

Il abandonna un moment ses cartons pour se rendre à la fête d'anniversaire de Cara. Avec le temps, il avait commencé à l'apprécier. C'était quelqu'un de bien. Sur la demande de Mark, Nate l'avait même aidée à trouver du travail, en la recommandant à un rédacteur de magazine qui avait besoin d'une assistante. Plus important encore, Mark et Cara étaient heureux ensemble (pourtant Mark passait beaucoup de temps à discourir, en son absence, sur le manque d'humour des « femmes »).

Avant la soirée, Nate devait dîner avec Jason, Aurit, Hans, qui était résolu à tenir le coup à New York après tout, Peter, qui se trouvait en ville, et sa nouvelle petite amie. Il avait donc rencontré quelqu'un dans le Maine. C'était une archiviste de Portland, une fille charmante. Mignonne aussi, quoiqu'un peu déplacée à New York, avec sa queue-de-cheval et sa veste en peau de mouton.

Greer lui avait envoyé un texto plus tôt dans la journée pour prévenir qu'elle ne se joindrait pas à eux. Nate se sentit un peu coupable d'en être soulagé. Lorsque Greer se trouvait en compagnie de ses amis, elle finissait toujours par être mal à l'aise. Elle croyait qu'ils ne la jugeaient pas assez intelligente pour eux, ou pour lui. Nate n'avait aucun moyen de lui expliquer que ce n'était pas ça. C'était une question de style de conversation. Greer aimait charmer, divertir avec sa *greeritude*, amuser le groupe avec des récits de son nouveau passe-temps décalé ou de sa dernière mésaventure comique – son intérêt sarcastique pour l'astrologie et sa visite consécutive chez un voyant, sa rencontre avec une voisine qui s'était plainte de l'odeur d'ail qui émanait de son appartement quand elle faisait la cuisine. Peut-être une théorie en vogue sur la télé réalité ou les films pour adolescents des années 90. La discussion impersonnelle, l'échange agressif, le style d'humour pratiqués par Jason, Peter, Aurit et Nate donnaient à Greer l'impression d'être exclue, et même rabrouée. Mais, au contraire de ce qu'elle pensait, ses amis l'aimaient bien. Ils acceptaient de rendre hommage à son charme pendant cinq minutes au début de la soirée, et de courts instants éparpillés entre les conversations, mais la plupart du temps ils voulaient parler normalement – c'est-à-dire de la manière qu'ils jugeaient normale. Nate ne pouvait pas expliquer cela à Greer sans la blesser.

Pendant le dîner, Jason lui apprit qu'Elisa avait eu une promotion dans le magazine d'information pour lequel elle travaillait à présent.

À la demande de Greer, Nate avait rompu tout contact avec Elisa. Tout s'était passé au mieux. Elisa puisa de la satisfaction dans le fait que Greer la jugeait si dangereuse qu'elle avait interdit à Nate de la voir ou de lui parler. D'après ce que Jason lui rapporta, Elisa le répétait chaque fois que l'occasion s'en présentait. Le triomphe qu'elle en tirait était sans aucun doute plus gratifiant qu'une compensation appropriée pour avoir renoncé à ce qui était – elle-même devait le savoir –

une amitié très dysfonctionnelle. (D'ailleurs, elle était beaucoup plus heureuse depuis qu'elle occupait son nouveau poste ; elle sortait avec l'un des reporters.) Nate, pour sa part, était surtout soulagé d'être délivré du fardeau d'Elisa sans avoir été contraint de prendre lui-même la décision de couper les ponts avec elle. Greer, bien entendu, se réjouissait de cette confirmation de son pouvoir à obtenir un sacrifice immédiat.

Nate informa ses amis que son livre figurait sur une première liste de sélection pour un prix prestigieux. Il essaya de minimiser l'événement, mais il était extrêmement flatté. Pour fêter ça, ils lui firent boire un verre de vin de dessert qui, insista Hans, était censé porter bonheur en Allemagne.

Ils se rendirent à pied du restaurant à la fête. Nate n'avait pas l'intention de rester longtemps. Il avait beaucoup de cartons à faire.

Il était arrivé depuis un instant à peine lorsqu'il vit Hannah à l'autre bout du séjour de Cara. Il la reconnut juste à temps pour qu'elle le voie. Elle tressaillit et se détourna aussitôt. Quand Nate regarda à nouveau, elle avait disparu.

Il alla chercher à boire dans la cuisine. Hannah était près du réfrigérateur. Il avait espéré la trouver. « Salut, dit-il.

— Salut »

Sa voix était calme, son expression indéchiffrable. Il était heureux de la voir, annonça-t-il. Elle eut un sourire neutre et aurait manifestement préféré l'éviter.

Nate avait une bière à la main. Dans sa poche, les doigts de son autre main se recroquevillaient et se dépliaient contre sa cuisse. Il se rendit compte qu'il voulait présenter des excuses à Hannah. Ou autre chose. Il craignait de mal s'exprimer. D'être condescendant. Il décida de le faire de toute manière. Greer lui disait qu'il réfléchissait trop à ce genre de choses, et elle avait souvent raison.

Il inspira et plongea la tête la première. « Je voulais te dire que je suis désolé. Pour beaucoup de raisons. Vraiment, je me suis conduit comme un con. »

Hannah perdit un peu de sa réserve. Elle répondit que oui, c'était assez juste. Mais son ton était un peu ironique, plus amusé que fâché. Au bout d'un moment, elle commença à s'excuser elle aussi. « Je n'aurais pas dû écrire ce que je… » Elle rougit.

Il comprit à quoi elle faisait allusion. Son teint s'empourpra aussi. « Ce n'est rien », dit-il.

Elle détourna le regard. Mais il y avait quelque chose d'espiègle dans sa manière de pincer les lèvres. Nate haussa les épaules et roula les yeux d'un air de conspirateur. Elle croisa son regard. Il perçut, plus qu'il ne vit, une sorte de connivence. Un instant, les tensions – les déceptions – du passé furent une sombre farce qu'ils étaient les seuls à partager.

Il remarqua un changement subtil dans ses cheveux, toujours plats, dénoués sur les épaules, mais avec une coupe plus à la mode. D'après ses souvenirs, elle était plus maquillée que d'habitude. Sa jupe avait raccourci. Elle était jolie.

Peu de temps auparavant, Aurit lui avait dit que Hannah voyait un documentariste. Bien entendu, cela l'avait un peu préoccupé. Les documentaristes étaient les gens les plus prétentieux au monde. Il l'avait toujours pensé. L'idée qu'un stupide cinéaste se délectait de l'intelligence de Hannah, de son humour, de sa maturité l'avait exaspéré. Nate était persuadé qu'il était le seul capable d'apprécier ses mérites à leur juste valeur. Ce qui était absurde.

À cet instant, il se demanda si elle voyait encore cet homme. Cela paraîtrait sans doute bizarre de poser la question.

« J'ai su pour ton livre, dit-il à la place. Félicitations.

— Merci.

— Je sais qu'il sera formidable.

— C'est gentil de le penser. »

Puis un silence – assez aimable, mais un peu anxiogène.

« Eh bien… », commença Nate. Il voulait lui poser une question, mais ne savait pas laquelle. À défaut d'autre chose, il lui demanda si elle avait vu Peter. Elle secoua la tête. « Il est là pour le week-end. Cela lui fera plaisir de te voir. »

Il crut qu'elle rougissait encore. Avait-il eu tort d'aborder ce sujet ? Mais pourquoi ? Peut-être cela lui avait-il rappelé quelque chose. Puis il se souvint lui aussi de la soirée où elle avait rencontré Peter. Le restaurant, la conversation, ensuite son appartement. Il l'avait tenue dans ses bras, il avait éprouvé – un sentiment si fort et si triste. Lui avait-il dit qu'il l'aimait cette nuit-là ? Cette nuit-là, il l'avait aimée.

Brusquement, la tête lui tourna. Il serrait trop fort le gobelet en plastique qui se recroquevilla entre ses doigts. La bière inonda sa chaussure.

« Attention », dit Hannah en souriant. Puis, d'une manière inattendue – il avait l'impression qu'ils venaient juste de commencer à parler –, elle annonça qu'elle devait y aller. « Mon, euh, mon ami est dans l'autre pièce. En fait, nous devons partir. Salue Peter pour moi. Je regrette de ne pas l'avoir vu. »

Nate prit congé peu après. Dans le métro qui le ramenait chez lui, les souvenirs remontèrent à la surface : les longues soirées passées à parler, assis sur les chaises près de sa fenêtre, dans son lit, les rires, le rapport facile mais profond avec elle, l'amour qui aux meilleurs moments était empreint d'un sentiment, d'une intensité si puissants. Il éprouva un sentiment de perte dont la force, autant que la réalité, le prirent par surprise. Il avait si rarement pensé à Hannah depuis leur rupture.

Chez lui, il fut accueilli par une odeur de vieux livres. Les cartons de déménagement, entassés dans l'ombre le long des murs.

Il se mit à marcher de long en large. *Bien sûr* Hannah n'avait jamais paru plus attirante qu'aujourd'hui, alors qu'elle était hors de sa portée, et qu'il s'apprêtait à s'installer avec Greer. Pourtant il était sûr que ce qu'il ressentait était plus profond que cela. L'affection qu'il portait à Hannah était réelle, spontanée et familière. C'était ce qu'il avait éprouvé lorsqu'ils sortaient ensemble – aux meilleurs moments.

Mais il avait été malheureux avec elle. C'est pour cette raison qu'ils avaient rompu.

Il récupéra un carton à moitié plein sur le sol et le posa sur son bureau avec l'intention d'y ranger le contenu de son classeur. Il ne le fit pas. Au bout d'un moment, il s'approcha de la fenêtre. Lorsqu'il l'ouvrit, une bourrasque d'air froid s'engouffra dans la pièce et l'enveloppa, hérissant les poils de ses bras.

Même maintenant, il lui était difficile de dire pourquoi il n'avait pas été heureux avec Hannah.

Au bout d'un moment, il referma la fenêtre, puis s'assit devant son ordinateur. Quand il éteignit la lumière et se mit au lit, il était près de trois heures du matin. Il eut pourtant du mal à trouver le sommeil.

Au moins, pensa-t-il en se retournant une fois encore, il serait occupé demain. Peut-être que Greer viendrait l'aider à faire ses cartons. À l'évidence, il n'était pas très efficace tout seul. Oui, ce serait bien. Greer égaierait l'appartement de ses encouragements, riant de ses progrès pitoyables et des petits tas exhumés alors qu'il fouillait dans les entrailles de ses placards ou déplaçait des éléments de mobilier qui n'avaient pas bougé depuis des années.

À cette pensée, Nate commença à se sentir mieux. Puis il comprit. Ce qu'il éprouvait à cet instant – le sentiment de perte, la nostalgie – s'estomperait, s'effacerait de sa mémoire comme ses autres états d'âme. C'était dans l'ordre des choses. Ce qu'il partageait avec Greer était foutrement génial. De plus, il aimait sa vie, ses amis. Il était satisfait des progrès de son nouveau livre ; c'était sans doute plus important pour lui que n'importe quoi d'autre. Qu'il le mérite ou non, il était heureux.

Dans quelques jours, il se dirait que cette nuit n'avait jamais existé – l'unique preuve qui subsisterait serait un e-mail en déshérence, sauvegardé automatiquement dans le dossier brouillons. (« Chère Hannah… ») Lorsqu'il aurait emménagé dans le nouvel appartement, il ne se souviendrait pas plus de la douleur – ni du plaisir – de cet instant que de l'odeur de l'air respiré à l'aube à la fenêtre de sa chambre, après une nuit entière de travail.

Remerciements

J'ai eu la chance de bénéficier d'un soutien incroyable de la part de mes premiers lecteurs. Je suis redevable à Melissa Flashman et Ryan Ruby, qui ont lu le livre chapitre par chapitre pendant que je l'écrivais. Ryan, tes corrections étaient géniales, et je te suis reconnaissante des nombreuses conversations que nous avons eues au sujet de Nate. Mel, ton enthousiasme immédiat m'a aidée à croire en ce livre. Je ne t'en remercierai jamais assez.

Je voudrais également dire ma gratitude à Stacey Vanek Smith pour le soutien qu'elle m'a apporté non seulement pour ce livre, mais pour des tentatives antérieures. Stacey, je me souviendrai toujours avec plaisir de nos longues conversations téléphoniques au sujet d'Isabel, d'Abby et de Tom, avant même que Nate ait vu le jour. Carlin Flora a elle aussi lu un nombre incommensurable de versions du livre. Carlin, grâce à ta sensibilité et à ton discernement, j'ai appris à comprendre les relations entre les gens, et leur caractère, dans les romans comme dans la vie.

Michelle Orange, Meline Toumani et Gary Sernovitz, ont eu la générosité de me lire et de me communiquer leur sentiment sur mon travail. J'ai beaucoup apprécié également les remarques de Megan Hustad.

Je souhaite aussi remercier Anthony Madrid, dont la réaction à ma première ébauche m'a permis d'élaborer la seconde version. Merci encore pour toutes ces années d'amitié où nous avons échangé les conversations les plus merveilleuses qu'on puisse imaginer. Tu m'as tant appris. Je ne reconnaîtrais pas la personne que je serais aujourd'hui si je ne t'avais pas rencontré à Tucson il y a si longtemps.

Merci à Dan Ray, Lou Rouse, Mart Bonds et Myles Perkins de m'avoir permis d'écouter des années de conversations entre hommes.

Je suis aussi reconnaissante à mon agente littéraire, Elyse Cheney, qui m'a encouragée à donner toute sa force à ce roman et qui l'a lu un nombre incalculable de fois. De plus, Sarah Rainonne est une éditrice sensible, intelligente, créative, et je lui suis reconnaissante de ses merveilleux talents éditoriaux. Merci à Alex Jacobs, qui a lu ce roman à certaines étapes décisives et travaillé sans relâche pour le voir aboutir, merci à Tania Strauss, qui a offert une perspective nouvelle, rafraîchissante.

On m'a dit que les éditeurs ne font plus guère d'*editing* aujourd'hui, mais c'est entièrement faux dans le cas de Barbara Jones, mon éditrice si sensible et astucieuse chez Henry Holt. Merci à Joanna Levine, Kenn Russell, James Meader, Vicki Hare, David Shoemaker, et à toute l'équipe de Holt. Mes remerciements les plus sincères à la personne qui a dû rentrer mes corrections compulsives sur le manuscrit. Je suis aussi reconnaissante à Tom Avery, dont l'enthousiasme a tellement compté pour moi, à toute l'équipe des éditions William Heinemann, et spécialement à Suzanne Dean. À propos de la Grande-Bretagne, je remercie aussi Natasha Fairweather.

Je veux également remercier mes frères, Zeev et Steve Waldman. Zeev, tes corrections étaient super. Steve, pendant toutes ces années tu as été le fan le plus constant et le plus attentif que j'aie connu. Ma cousine Wilhelmina Waldman a aussi été un énorme soutien pendant tout ce temps.

Et bien sûr, un grand merci à mes parents, qui ne m'ont pas suggéré une seule fois de chercher un « vrai » travail et qui m'ont toujours encouragée. Votre amour et votre patience m'ont permis de surmonter quantité de moments difficiles.

Enfin, merci à mon extraordinaire époux, Evan Hughes, qui m'a tant appris, sur l'écriture et tout le reste. Evan a toujours traité mon travail d'auteure de fiction comme l'activité la plus importante de ma vie. C'est un éditeur brillant, un merveilleux observateur des gens, et il a enduré des conversations sans fin sur Nate. Evan, je n'aurais pas pu écrire ce livre sans toi. C'est une évidence – mais ce n'est pas la question. Je ne peux pas imaginer ma vie sans toi.

Impression : CPI Firmin-Didot à Mesnil-sur-l'Estrée
Dépôt légal : août 2014. N° 2261-4 (125803)
Imprimé en France